KB076807

상상의 아름다움

상상의 아름다움
유창근 제6문학평론집

초판 인쇄 2022년 10월 25일
초판 발행 2022년 10월 28일

지은이 유창근
펴낸이 신현운
펴낸곳 연인M&B
기 획 여인화
디자인 이희정
마케팅 박한동
홍 보 정연순
등 록 2000년 3월 7일 제2-3037호
주 소 05056 서울특별시 광진구 자양로 73(자양동 628-25) 동원빌딩 5층 601호
전 화 (02)455-3987 팩스(02)3437-5975
홈주소 www.yeoninmb.co.kr
이메일 yeonin7@hanmail.net

값 18,000원

ⓒ 유창근 2022 Printed in Korea

ISBN 978-89-6253-545-7 03810

* 이 책은 연인M&B가 저작권자와의 계약에 따라 발행한 것이므로 본사의 허락 없이는 어떠한 형태나 수단으로도 이 책의 내용을 이용하지 못합니다.

* 잘못된 책은 바꾸어 드립니다.

한국 현대문학의 해부

상상의 아름다움

유창근 제6문학평론집

연인M&B

 문학평론으로 등단한 지 어언 36년이 지났다. 문예창작학과 교수로 시와 문학비평론을 가르치면서 정년까지 오로지 한길을 걸어왔다.

 그동안 「문학을 보는 눈」(학지사), 「문학비평연구」(태영출판사), 문화관광부 우수학술도서로 선정된 「차세대 문학의 이해」(태영출판사)를 비롯해 여러 권의 전공 관련 학술서를 발간하고, 「素月評傳」(서울문화사), 「文學과 人生」(양서원), 「문학의 흐름」(도서출판 서원), 「한국현대시의 위상」(동문사) 등 4권의 문학평론집을 내놓았다. 그러나 책이 나올 때마다 마음 한구석에 늘 부족하다는 생각이 떠나지 않아 꽤 오랜 세월 침묵하다가 이제야 두꺼운 껍데기를 깨게 되어 기쁘다.

 문학비평을 전공한 덕에 정년 이후에도 신춘문예 심사를 비롯해 박종화문학상·전영택문학상·서울시문학상·김영일아동문학상 등 각종 문학상 심사, 여러 문예지의 신인상 심사, 백일장 심사, 작품집 평, 문학 특강 등으로 분주했던 것도 침묵한 이유 중의 하나다.

 이번 제5·제6문학평론집은 그동안 발표했던 문학평론을 꼼꼼히 모아 두지 못한 탓에 분실된 작품이 부지기수라 서둘러 책으로 엮어야겠다는 생각에서 남아 있는 작품들을 정리하다 보니 분량이 넘쳐 부득이 두 권으로 묶게 되었다.

 제5문학평론집 「逸脫의 美學」은 일반문학에 대한 평론집으로 1부에는 4차산업과 관련된 평론 2편을 수록하였고, 2부에서는 우리나라 시문학에 크게 영향을 끼친 작고 시인 金素月과 林和 · 朴斗鎭 · 任剛彬 시인의 작품을 논하였다. 3부에서는 주로 최근에 시집을 발간한 현역 12시인들의 시세계에 대해 조명했다. 다만 이번 평론집의 주제인 '일탈의 미학'에 적합하다고 판단되는 작품은 이미 발표된 것이라도 재수록하였고, 4부와 5부에서는 기타 장르도 언급했다.

제6문학평론집 「상상의 아름다움」은 차세대 문학작품을 논한 글로 1부에는 이미 작고한 분들이지만 우리나라 차세대 문학을 개척한 金英一 · 韓晶東 · 馬海松 선생을 조명하였고, 2부에는 종합문예교양지 『연인』에 연재했던 문학평론으로 원로문인들의 추천을 받은 유망有望 시인 10명의 대표작 10편씩 모두 100편을 조명했다. 마지막 3부에서는 차세대 문학 우수작품집 두 권에 대한 평을 수록하였다.

요즘 문학비평답지 않은 비평들이 난무하고 있어서 심기가 불편하다. 문학비평을 단순히 독후감상문 정도로 가볍게 생각하면 안 된다. 작품을 읽고, 이해하고, 해석하고, 분석하고, 감상하고, 궁극적으로 작품의 가치를 평가하고, 작가와 독자를 이어 주는 교량 역할을 충실히 수행할 때 비로소 문학비평의 사명을 다하는 것이다.

부족하지만 이 문학평론집이 작품을 창작하는 문인이나 문학 지망생들에게 하나의 길잡이가 되었으면 하는 작은 소망을 가져 본다. 책이 나오기까지 늘 함께하신 하나님, 사랑하는 가족, 그리고 연인M&B 신현운 대표에게 감사를 드린다.

2022년 가을 文川書齋에서

文川齋 俞昌根

김영일 · 한정동 · 마해송

김영일

낯설음의 시학^{詩學}
-석촌石村 시詩를 중심으로

I. 프롤로그

어리석은 사람은 산에 올라갔을 때, 높이 솟아오른 나무는 보나 그 아래에 있는 숲을 보지 못하고, 눈 아래 우거진 숲은 세미한 것까지 보나 머리 위의 큰 나무는 보지 못하고 내려와서 마치 산을 다 본 것처럼 이야기한다.

일찍이 19세기 프랑스의 비평가 생트뵈브^{C.A.Saint Beuve}는 "그 나무에 그 열매"를 강조하면서 문학을 볼 때, 작품 외에 작가의 생애, 환경, 목적, 사회 등을 폭넓게 고찰할 것을 주장하였고, 테느^{H.A.Taine} 역시 문명 존재에 필요한 기본 정신상태의 원천은 종족^{race}, 시대^{moment}, 환경^{milieu}이라며 이것이 곧 문학을 결정짓는 3대 요소가 된다[1]고 강조했다. 두 사람 모두 문학에서 작가의 존재가 절대적이라는 점에 초점을 맞추고 있다. 따라서 문학작품을 볼 때는 원전^{原典}이나 작품에 사용된 언어, 작가의 전기^{傳記}, 평판과 영향 관계, 시대적 배경, 문학 특유의 관습과 전통 문제 등에 깊은 관심을 두

---

1) 유창근, 문학비평연구, 태영출판사, 2008. p.16.

고 다양하면서 풍부한 자료를 동원해 작품을 보지 않으면 안 된다.

특히 석촌石村 김영일金英一의 시에는 자전적自傳的 요소들이 상당수에 이르고 있어, 작가와 작품의 영향 관계를 집중적으로 규명하는 일이야말로 대단히 의미 있다고 본다. 특히 작품 속에서 빈번히 발견되는 고향 이미지들이 석촌의 체험을 바탕으로 이루어졌다고 전제할 때, 그의 자전적 사실을 밝히는 일은 시세계를 조명하는데 중요한 부분이 될 것이다.

또한, 문학작품을 사회·문화적 요인들의 복합적인 상호작용의 결과나 산물로 보고 작품을 생산한 사회나 문화에 대하여 충분히 이해하고자 하는 방법이 있다. 주요 관심사는 문학작품과 삶의 현실과의 상호관계에 있는데, 일차적으로 문학작품과 사회·경제·정치 등과의 관련에 유의하지만, 나아가서 윤리·문화와의 관련에도 관심을 갖는다. 따라서 문학과 사회제도, 작가의 사회적 지위, 문학적 소재, 문학의 전달과 공급 등에 관해서 많은 비중을 둔다.

석촌 김영일은 1914년 일제강점기에 태어나 1945년 광복이 되기까지 30여 년을 식민지 백성으로 살았다. 중학교 시절부터 대학을 졸업할 때까지 일본에 거주하면서 그는 일제의 살벌한 감시에도 불구하고 자비自費를 들여 한글판 『고향집』이라는 아동잡지를 발행하고, 6·25 부산 피난 시절에는 전시동요집 「소년기마대」를 펴내 어린이들에게 애국심을 고취하는 일에 동참했다. 그런데 1940년 『아이생활』 신년호에 〈大日本의 少年〉이라는 친일적인 한글 동요童謠를 게재한 까닭이 무엇인지 당시 사회와 관련하여 석촌의 문학을 재조명하는 일은 매우 의미 있다고 본다.

다음으로, 문학작품의 형식을 발견하고 해명하며, 철저하게 문학

작품 자체만의 우위성優位性을 밝히는 방법이다. 문학작품에서 외적인 요소들을 완전히 차단시키고 작품 자체만을 철저히 정독close reading하고 분석하는 방법이다. 특히 시의 경우, 시어詩語는 어떻게 사용하고 있으며, 각 부분을 통합하는 전체 구조의 원리는 무엇이고, 운율의 배치 및 행과 연의 구분은 어떻게 이루어지며 어떤 효과를 나타내고 있는가에 주목한다. 또한 음성적 조직(운율, 음운배열, 소리의 표현적 사용), 시의 말씨와 문체, 비유, 의미의 형식적 조직, 통일성과 복합성(irony, paradox, ambiguity, tension) 등에 특별한 관심을 둔다. 그러나 이 방법은 서정시를 다루는 데는 성공을 했으나 산문을 다룰 때는 흡족한 결과를 얻지 못했다는 자체 반성도 있다.

그동안 우리나라 문학 교육이 전적으로 이 방법에 의존해 온 탓도 있겠으나, 문학을 가르치고 연구하고 평하는 사람들도 아직 이 범주를 크게 벗어나지 못하고 있는 것이 사실이다. 석촌의 시를 연구할 경우, 작품 자체에 대한 치밀한 분석을 통하여 문학성을 밝혀내는 일은 필수적이다. 특히 석촌은 형식이나 내용의 획기적인 파쇄破碎를 통해 자유시 운동을 주창한 선구자였음을 입증하는 작업이 심도 있게 이루어져야 할 것이다. 석촌에 대한 연구는 그동안 이재철의 연구2)를 바탕으로 몇몇 평자들의 단편적 인상비평印象批評이 있었으나, 근자에 와서 권석순에 의해 보다 발전적인 연구물3)이 나왔다.

또 다른 방법으로, 문학작품의 배후에 있는 인간세계, 즉 작가의 정신 및 심리의 반영과 투사로 보며, 창작 과정 자체를 연구하기 위하여 정신분석학精神分析學의 방법을 도입하거나 각자의 필요에

---

2) 李在徹, 韓國現代兒童文學史, 一志社, 1978, pp.255~264.
3) "김영일의 동시 연구"(2005)로 석사, "김영일 아동문학 연구"(2009)로 박사학위 취득.

맞게 변용하여 문학을 조명하는 방법이다. 작가의 체험과 개성이 어떻게 그의 문체, 주제의 선택, 성격묘사를 결정하였는가를 따지기도 하고, 작품을 다룰 때 작품 안에 등장하는 인물의 성격을 분석하거나 한 작가가 즐겨 사용하는 개인적 상징을 해명하며, 표면적 의미와 내면적 의미를 구분하여 작품 속에 잠재된 의미를 추출하기도 한다. 그리고 독자를 매료시키는 작품의 비밀을 추구하는 일에 관심을 둔다. 정신분석을 적용한 많은 문학연구와 비평은 작가와 작품과의 관계를 해명하는 데 크게 이바지해 왔다. 아직은 생소한 감이 있지만, 프로이드Freud의 정신분석학이 나타난 이후 심리학적인 입장에서 문학을 조명하려는 경향이 활발해지고 있다.

석촌은 중학교 시절부터 1984년 타계하기까지 줄곧 객지 생활을 했다. 그의 시에 유난히 고향을 묘사한 작품이 많은 까닭과 무관하지 않다. 석촌 자신도 '나의 동시에 고향을 그려 읊은 것이 상당수에 이른다. 고향을 일찍 떠난 몸이어서 그런지 몰라도 우리는 고향에서 문학을 찾아야 할 것만 같다.'고 술회述懷한 걸 보면, 석촌의 무의식無意識 속에 자리잡고 있는 시의식詩意識의 근간根幹은 거꾸로 고향으로 거슬러 올라가야 한다. 이 경우, 퇴행退行, regression이라는 방어기제防禦機制에 의해 석촌의 시세계를 조명하는 작업이 필요하다.

그리고 신화神話의 원형原型을 문학작품 속에서 찾아내고, 작가들에 의해 그것이 어떻게 재현되고 재창조되었는가를 연구하는 방법이 있다. 대표적인 학자로 노스럽 프라이Northrop Frye를 들 수 있다. 그는 인류학자 프레이저Frazer의 신화이론神話理論이나 융G.C. Jung 심리학에서 말하는 집단무의식集團無意識을 문학ㆍ장르론에 적용하여 체계화하고 새롭게 정립시켰다. 비평은 또 성경聖經에서 시작해야 한다고 강조하고 있는데, 성경이야말로 서구 문화의 중심적인 백과사전적 문학형태이며, 문학적 심상과 상징의 중요 원천이며, 신화 즉 창조부터 묵시에 이르기까지 확대되어 나간 하나의 원형구조로서 존재하는 문학작품이기 때문이라는 것이다. 석촌 시의 원형 문제를 신화나 성경, 노스럽 프라이의 '사계원형四界原型' 등으로 분석해 보는 방법도 매우 흥미로운 작업이다.

그 밖에 문학작품을 조명하고 가치를 평가하는 방법이 여러 가지가 있으나, 결국은 문학비평의 여러 방법들 사이의 끊을 수 없는 연결고리를 작품의 손상 없이 규명하고, 서술하고, 가치를 매기며, 편견 없는 시각으로 작품을 평가하는 작업이 무엇보다 중요하다.

II. 전기傳記 및 문학사적 위치

1) 석촌의 삶과 문학

우리는 그동안 작품에 매달려 피곤할 정도로 작품 자체만을 가지고 분석하는 일에 익숙해 왔지만, 작품을 쓴 작가에 대해서는 소홀해 왔던 게 사실이다. 그러나 작품을 읽기 이전에 먼저 작가에 관한 모든 것을 충분히 파악해야 작품을 제대로 이해하고 평가할 수 있다.

밀턴의 〈실명에 관하여〉라는 시는 그가 44세 때 눈이 전혀 보이지 않게 되었다는 사실을 알고 난 후에야 그 작품을 더 잘 이해할 수 있고, 김소월의 시 〈진달래꽃〉 역시 평안북도 정주의 고향 집 뒷산에 흐드러지게 핀 진달래 꽃밭에서 한 소녀와의 아름다운 추억이 창작 모티브가 되었다는 사실을 알고 난 다음에 〈진달래꽃〉을 훨씬 잘 이해할 수 있는 것이다. 따라서 작가의 출생에서 사망에 이르기까지 작가의 모든 것들, 즉 출생 배경, 혈연관계, 교우관계, 연애관계, 체질, 성격, 건강, 정신상태, 학력, 학교 성적, 부채, 사상, 기타 경력 등 모든 전기적 사실들을 사전에 충분히 파악하고 작품을 대할 때 작품을 보는 시야는 더 깊고 넓어지게 되는 것이다.

그런데 안타깝게도 지금까지 밝혀진 석촌의 전기자료傳記資料는 턱없이 빈약하다. 그의 문학을 제대로 조명하려면 우선 그의 일대기一代記를 상세하면서도 정확히 파악할 수 있는 여러 가지 자료 발굴 작업이 선행되어야 한다. 많은 시간이 소요되더라도 석촌에 관한 자료들을 샅샅이 뒤져서 수집하고 정리하여 전기집傳記集을 만들고, 작품이나 연구물도 체계적으로 정리하여 후학들이 석촌의 문학을 연구하는 데 어려움이 없도록 기반을 마련해 주어야 한다. 그래야 그의 문학이 제대로 평가받을 수 있고 빛을 볼 수 있는 것이다.

석촌의 둘째 아들이며 아동문학가인 김철민을 통해 확인한 바에 의하면, 석촌은 1914년 5월 17일 황해도 신천군 북부면 석당리 277번지에서 대지주大地主이며 면장面長을 지낸 부친 김홍조金鴻祚와 모친 양홍준梁鴻俊의 2남 2녀 중 장남으로 태어났다. 본명은 병필炳弼4)이고, 호는 석촌石村, 예명이 영일英一이다. 한국일보 1989년 10월 19일자 문화훈장 "元老 등 15명 文化훈장敍勳"이라는 제호 아래 발

---

4) 김영일, 책 속의 주인공이 되어, 아동문학, 통권 227호, 2013, pp.68~69. '나는 습자시간을 아주 싫어했다. 그건 내 본 이름이 '김병필'이어서 획수가 많아 붓으로 쓰기에 아주 어려워 잘 되지 않아서였다. 고학년이 되어 나는 독서에 취미를 가졌었다. (중략) 내가 맨 처음에 읽은 책은 『승방비곡』이었다. 이 소설책을 읽고 나는 몇 번이나 울었는지 모른다. 최독견이 읍에 사는 사람이란 걸 나중에 알게 되었다. 그래서 그런지 그 소설책은 우리 고을에서 많이 읽혔다. 나는 그 책 속의 주인공이 여간 좋았던 것이 아니었다. 그 주인공의 이름이 '영일(英一)'이었다. "옳지, 나도 그 이름을 따서 쓰자. 영일이란 쓰기도 쉽고 부드럽기도 하다. 그러나 '길영(永)'자보다는 나는 첫째가는 영웅이 되어야 한다. 그러니 영웅의 영자를 따서 '영일(英一)'로 하자." 이때부터 나는 쓰기 어려운 본이름을 버리고 쓰기도 쉽고 부르기도 고운 '영일'이가 된 것이다.'

표된 포상자 명단에도 사진과 함께 '玉冠=故 金炳弼^(예명 영일)'로 표기하였고, 같은 날짜 중앙일보 기사에 '金炳弼^(예명 영일·아동문학가)'로 표기하고 있어 석촌의 공식적인 본명은 김병필_{金炳弼}임을 확인할 수 있다.

어릴 때 교회에 다니며 당시 서울에서 발간하던 『아이생활』이란 어린이 잡지를 구독하면서 글을 써 보겠다는 욕망이 싹텄고, 다른 사람이 쓴 동요를 열심히 읽고 습작하는 가운데 1934년 每日新報 신춘문예에 응모하여 동요 〈반딧불〉이 당선되었고, 1935년 『아이생활』에 김옥분이라는 이름으로 응모한 동요 〈방울새〉가 당선되어 선물로 저자의 사인이 들어 있는 정지용 시집을 받았다고 한다. 그 속에 동시童詩가 10편쯤 들어 있었는데, 석촌은 그때부터 동시 공부를 하고 자유시自由詩 운동을 전개[5]했다고 증언한 바 있다. 이는 정지용이 김영일의 시세계에 어떤 영향을 끼쳤는지 두 사람의 영향 관계를 조명하는데 중요한 단서가 된다. 이전의 작가와 작품 또는 동시대의 작가와 작품을 비교하며, 그 작품에 변화를 끼쳤을 영향 관계에 관심을 두는 일은 한 작가의 문학을 연구하는데 대단히 중요한 부분이 되기 때문이다. 가령 김소월이 김억金億과 직접적인 사제관계를 맺으면서 민요조의 시가 빚어졌다는 사실을 간과하면 안 된다. 석촌은 일본대학 예술과에서 체계적으로 문학 이론을 공부하면서 자기만의 독특한 문학세계를 구축한 사람이다. 대학을 졸업하기 1년 전인 1937년에 동경에서 학생 신분으로 자비自費를 들여 한글판 초호화 아동지 『고향집』을 발간하였는데, 여름방학에 고국

---

5) Ibid, p.70.

6) 이구조(李龜祚)는 신촌상과학원 강사로 있으면서 동료인 김영일(金英一)과 가깝게 지냈다. 시·동요 창작에 손을 대면서 동화와 소년소설의 창작도 병행하였고, 아동문학평론가로서도 활동하였다.

으로 돌아와 전국 일주 여행을 하면서 문인들을 두루 만나 문학에 관한 의견을 나누는가 하면, 대학 졸업 후에는 만주 일대로 건너가 유랑 생활을 하다가 서울로 돌아와 1940년을 전후하여 『아이생활』, 『가톨릭소년』, 『소년』 등 월간 아동잡지 및 신문 등의 아동 코너에 왕성한 작품 활동을 벌였다. 그러나 1937년 일본의 군국주의가 중국과 정면으로 전쟁상태에 돌입하고, 잇따른 태평양전쟁, 제2차 세계대전 등 전시체제 아래에서 일제의 탄압이 극심해지자 한국어 말살 정책이 시작되었다. 일본은 1941년에 당시 한국어로 발행하던 東亞日報, 朝鮮日報 등 양대 일간지와 『文章』, 『人文評論』 등의 잡지 발간을 금지함으로써 우리 문학사에 커다란 공백이 생기게 되고, 마침내 석촌을 비롯한 대부분의 문인이 절필하면서 작품 활동은 침체기에 들어간다. 1941년에 석촌은 이구조[6](1911~1942)와 함께 서울 신촌상과학원에서 일하였고, 광복 후에는 최병화·연성흠 등과 함께 아동극단 '호동好童'을 조직하여 아동극에도 관심을 보였다. 1945년 3월 2일에 원순복元順福과 결혼[7]하였으며, 1949년 『아이구락부』에 동화를 발표[8]하면서부터 동화·소년소설에 더 주력하게 되는 전환점을 이룬다.

특히, 석촌은 1950년 6·25전쟁 발발 직전인 2월 20일자로 아동자유시집 「다람쥐」를 발행하는데, 그가 서문에서 밝힌 것처럼 이 시집은 자기만의 '진실한 시세계를 발견하기 위한 노력'의 결과물로서, 그의 시를 연구하는데 결정적인 자료가 될 것이다. 이 시집은 모두 3부로 편집되어 있는데 '제1부 自由詩現在', '제2부 自由詩

---

7) 아동문학가로 활동하고 있는 석촌의 둘째 아들 김철민의 증언에 의하면 모친 원순복은 그 후 1975년 2월 7일에 사망했다고 한다.
7) 박화목, 김영일 作家論, 아동문학(통권 227호), 2013, p.70.
8) 色盲居士, 참신한 感覺的 색채, 대한일보, 1972년 10월 1일자.

初期', '제3부 自由詩以前'으로 나누었고 후미에 작품의 발표 연대와 발표 지면을 수록하여, 석촌 시의 변천 과정을 한눈에 볼 수 있게 했으며, 후반부에 수록한 6면 분량의 〈私詩狂論〉은 석촌의 시정신을 파악하는데 가장 핵심적인 이론으로, 그의 개인적인 시론詩論을 자유롭게 서술한 것이다. 이 시집 발간을 계기로 '짧은 것이 특징이며 거의가 감각적感覺的인 색채가 짙어 참신한 맛을 풍기지만 호흡이 짧다.'[9]는 지적을 비롯하여 여러 평자들의 관심이 주어지면서 비로소 그의 시가 관심을 끌기 시작하였다.

부산 피난 시절 즉, 1951년 10월에 동요집 '전시 국민학교 노래책' 「소년기마대」와 1952년 4월에 국민학교(현재 초등학교) 음악 교과서 「새음악」 학년별 6권을 발행하였는데, 석촌의 동요에 윤이상이 곡을 붙여 음악 교과서가 부재하던 시대에 어린이들에게 문학과 음악을 통한 정서함양은 물론, 애국심과 반공사상을 북돋아 주는 데 이바지하기도 했다. 권석순은 김영일 동요 중 「소년기마대」에 수록된 동요 30편과 「새음악」 학년별 6권에 수록된 97편의 동요를 중복 수록된 것을 제외하고 101편을 분석한 결과, 형식적인 면에서 7·5조의 음수율에 3음보가 주류를 이루고 있으며, 내용 면에서 애국심의 표출(45%), 평화인식의 지향(23%), 상실감과 고향의식(18%), 놀이의 정서(9%), 기타(5%)로 애국심의 표출이 가장 많이 나타나는 까닭을 한국전쟁이라는 시대적 문제에 민감하게 반응하면서 반공 이념을 내세워 동요를 창작했기 때문[10]이라고 분석한 바 있다.

이렇게 볼 때, 석촌의 동요는 외형적인 면에서 당시 일본의 신체시 영향을 받아 유행처럼 번지던 7·5조의 음수율과 우리의 전통

---

9) 色盲居士, 참신한 感覺的 색채, 대한일보, 1972년 10월 1일자.
10) 권석순, 김영일 아동문학 연구, 박사학위논문, 강릉대학교, 2009, pp.69~93.

적 기본 음수율인 4·4조를 크게 벗어나지 못하고 있으며, 내용 면에서도 전시동요戰時童謠라는 목적성이나 교육성에 바탕을 두고 창작된 것들이 대부분이라 특별한 가치를 부여하기에는 더 깊이 있고 다양한 시각으로 조명해 봐야 할 과제다. 1951년에 학생잡지 『중학시대』 주간, 1952년에 『태양신문』 소년부장, 주간 『소년태양』 편집국장, 1953년 환도 후에는 주간지 『健兒時報』의 주간을 맡아 한동안 주춤했던 그의 작품 활동에 다시 불을 지피기 시작한다. 그는 1954년 한국아동문학회를 창설하고 그 뒤 1971년부터 회장직을 맡아 타계하기까지 정기적인 학술세미나 개최, 동인지 발간, 신인 발굴 등 한국아동문학 발전을 위해 혼신의 노력을 기울여 왔으며, 1955년에는 전국문화단체총연합회와 한국자유문학가협회 사무차장, 1961년 한국문인협회 초대 아동문학분과회장, 1962년 문교부 우량아동도서 선정위원으로 활동하였고, 1963년에 동화집 「방울새」와 「푸른 동산의 아이들」 등 두 권의 동화집을 내놓게 되는데, 이는 석촌의 문학사에서 획기적인 전환점이 될 것이다.

1967년 한국동요동인회 창립 초대회장, 1969년 한국소년지도자협회 부회장으로 문단을 비롯한 사회단체 활동에도 열정을 보였다. 1975년은 석촌의 생애에 큰 변화를 맞게 되는데, 30년을 같이 살아온 아내가 2월 27일에 세상을 떠난 것이다. 그해 7월 20일에는 회갑기념으로 경기도 파주 파평교에 한국 최초로 아동문학도서관을 설립하였는데 이곳은 휴전선에 인접한 조그만 산골학교로 김영일 선생의 고향인 황해도 신천에서 가장 가까운 북쪽 지역에 위치11)했다는 점에서 의미가 있으며, 향수를 달래기 위한 간절한 마음

11) 소년동아일보, 1975년 7월 22일자 기사.

에 아동문학도서관을 그곳에 설립했다고 한다.

그 밖에 신춘문예 심사를 비롯한 각종 문학상 및 대회 심사, 수많은 창작집 출간을 비롯한 저작 활동 등 그가 아동문학 발전에 기여한 공은 일일이 열거하기 어려울 정도다. 그러한 공을 인정받아 생존 시에는 1979년에 동화집 「골목에 피는 꽃」으로 제1회 대한민국 아동문학상, 1982년에 동화집 「꿈을 낚는 아이들」로 제2회 이주홍 아동문학상을 수상했다. 그는 평소 지인들을 만나면 "참 살기 좋은 곳이었지요. 어서 통일돼야 할 텐데, 고향 산천을 보고 죽어야 할 텐데."라는 말을 자주 하며 고향을 몹시 그리워했다고 한다. 그러나 그 꿈을 이루지 못하고 1984년 10월 26일 0시 5분에 숙환으로 영면하였다. 그 후 1989년 10월 정부에서 대한민국 옥관문화훈장을 추서했고, 1992년에는 한국아동문학회에서 과천 서울대공원에 〈다람쥐〉 시비詩碑를 세웠으며, 2005년에는 장성 관광예술공원에 김영일 〈다람쥐〉 시비를 세워 그의 업적을 기리고 있다.

2) 문학사적 위치

석촌의 시에 대한 평가는 그동안 몇몇 사람들에 의해 논의됐지만, 대부분 인상적인 단평을 해 온 것에 불과했다. 특히 이재철은, 1930년대 전반기의 동시단은 1933년에 발간된 윤석중의 동시집 「잃어버린 댕기」에 의해 시적인 동요가 시도되고 박영종의 정형 동시가 그런대로 시적동요詩的童謠에 예술성을 부여하는 데 머문 것이 고작이었는데, 여기에 강한 반발을 표명하고 그러한 가사적 동요의 풍토를 쇄신하려는 의지를 공식적으로 표면화시킨 것이 석촌의 자유시론이며, 이 나라 아동문학계에 최초로 자유시의 이론을 부식扶植했다는 점에서 간과할 수 없는 큰 의의가 있다고 분석했다. 아울러 석촌 동시의 특징으로 ① 단시적短詩的 간결성과 감각적 참신성을 언급하면서 부사어, 의성어나 의태어의 효과적 사용이 그의 시를 생동감 있게 했으며, ② 집중조명에 의한 결구結句의 묘를 살려 처음에 제시 부분을 내놓은 뒤 결구에 가서는 그 제시부의 내용이나 분위기·성격과는 상당히 거리가 먼 것을 결말부에 집중조명시킴으로써 하나의 독특한 분위기를 형성하거나 내용을 보다 선명하게 해 주고, 우리 동시·동요의 약점 가운데 하나인 함축성의 결여 문제를 재빠르게 자각하고 뛰어넘었다.[12]고 비교적 상세하고 객관적인 시각으로 석촌의 시를 논한 바 있다. 여기서 이재철이 '제시부의 내용이나 분위기·성격과는 상당히 거리가 먼 것을 결말부에 집중조명시킨다.'는 말은 이른바 '낯설게 하기'의 장치로 본 논문의 주제가 되며 다음 장에서 상세히 논의할 것이다.

한편 신현득은 1984년 그가 소년한국일보 기자로 있을 때, 석촌의 서거와 관련하여 특집기사를 쓴 일이 있는데, 석촌이 주창하던 자유 시론을 인용하면서 그의 문학사적 위치를 간명하게 요약하고 있다.

처음에 동요 작가로 문단에 나와 활동했지만 그는 곧 동시를 개발하는 데에 힘을 기울였다. '문학이 정형시에서 자유시의 방향으로 흐르고 있다. 그러므로 어린이에게 주는 시도 자유시로 씌어져야 한다.' 이것이 1930년대에 폈던 김영일 선생의 '아동자유시론'이다. 이 아동자유시란 오늘의 동시를 말한다. 그래서 김영일 선생이 '동시의 개척자'로 높이 평가되어 왔던 것이다. 아동자유시론에 바탕

---

12) 李在徹, op.cit., pp.256~261.

을 둔 선생의 동시는 간결한 문장과 재미로 연결된 문학이었다. [13]

　권석순 또한, 김영일의 동시는 짧게 압축된 형태의 동시로 새로운 현대적 동시를 개발했고, 내용 면에서도 일제강점기의 가난 및 절망과 관련된 감상주의를 극복하고자 했다[14]는 점을 구체적인 자료와 세밀한 분석을 통해 제시하고 있다.

　앞에서도 언급한 바, 『아이생활』에 동요 당선 선물로 받은 「鄭芝溶 詩集」이 그에게 시의 불을 지폈다는 자신의 증언에서 어렵지 않게 석촌의 시가 정지용의 영향을 받았을 가능성을 발견할 수 있으며, 그의 자유시 또한 일본대학 예술과 재학 시절에 서구문예사조에 관한 이론을 공부하면서 영향을 받은 결과라고 본다. 아울러 석촌의 시는, 당시 우리나라 시단에 팽배해 있던 감상주의를 자제하고, 다양한 감각을 선명한 이미지와 절제된 언어로 한국 현대시의 새로운 경지를 개척해 나간 정지용과 상당 부분 맥락을 같이하고 있으며, 더구나 정지용은 일본 동지사대학 영문과 출신으로 일찍이 서구 문예사조를 깊이 있게 접해 왔다고 볼 때, 두 사람의 영향 관계에 대해서는 앞으로 좀 더 심도 있게 연구되어야 할 부분이다.

　아울러 석촌의 시를 대상 독자에 따라 크게 두 부류로 나눌 수 있는데, 하나는 어린이만을 대상으로 쓴 순수 동시이고, 다른 하나는 어린이를 비롯한 어른들까지 대상에 넣은 시적 동시로 이른바 동시와 성인시의 경계를 허문 작품들이다. 여기서 시적 동시란, 어린이가 읽는데 어렵지 않고, 어른들이 읽기에 어색하지 않은 성숙한 시, 어린이와 어른이 공유하는 시라고 할 수 있다. 이러한 시도는

---

13) 신현득, 소년한국일보, 1984년 10월 28일자.
14) 권석순, op.cit., p.136.

석촌이 어른과 어린이가 공유하는 이른바 '시적 동시'의 세계를 개척했다는 점에서 중요한 가치를 부여할 만하다.

III. 자동화 지각知覺의 일탈逸脫

시는 여러 색깔을 지닌 무대예술이다. 그래서 같은 사물을 가지고도 누가 연출하느냐에 따라서 백인백색의 결과물이 나온다. 만약 예술이 한순간에 모두가 천편일률적으로 똑같은 것들을 빚어낸다면 그 순간 예술은 죽는다. 개성이 없는 시도 죽은 시가 되는 것이다.

영화 〈죽은 시인의 사회〉가 인기리에 방영된 일이 있다. 명문대학 진학을 목표로 철저히 학업에만 전념해 온 웰튼 고등학교에 어느 날 키팅이라는 이 학교 출신 국어교사가 부임하면서 기존의 주입식 교육을 깨고 파격적 수업이 진행된다. 키팅 선생은 학생들에게 '현재 이 순간에 충실하라!'는 뜻의 라틴어 '카르페 디엠!*carpe diem*'을 외치며 학생들에게 자신이 진정으로 원하는 것을 하라고 가르친다. 그래서 운동장에 나가 마음껏 공도 차고, 소리도 지르고, 교재로 쓰고 있는 「시의 이해」를 꺼내 전형적 시의 이론이 기록된 서문序文을 찢어 버리도록 한다. 색다른 교육방식이 학교의 방침에 어긋난다고 생각한 교장은 결국 그를 쫓아낸다. 마지막 장면에서 학생들과 키팅이 나눈 이별 인사 "*Captain! Oh my captain!*", "*Thank you Boys, Thank you.*"가 인상적이다. 우수한 성적과 명문대 진학과 명예와 출세를 위하여 현재의 소중함을 잊어버리고 사는 사회의 한 단면이 바로 〈죽은 시인의 사회〉다. 키팅 선생은 학생들에게 개성 있게, 자유롭게, 꿈을 가지고, 새로운 관점에서, 지금 살고 있는 이 순간에 충실하라고 가르친다.

〈죽은 시인의 사회〉에서 기존의 낯익은 사고나 개념으로부터 탈출하여 새로운 세계, 낯선 세계로 돌입하라고 부르짖는 소리가 바로 우리 문인들을 향해 고정관념에서 깨어나라는 강렬한 몸짓으로 읽어야 한다.

석촌의 자유시는 이와 같은 신선한 충격으로부터 출발한 것으로 해석할 수 있다. 그가 주창해 온 자유시 운동은 당시 아동 문단으로서는 〈죽은 시인의 사회〉에서 키팅 선생의 교육방법처럼 획기적이고 생소한 사건이었다. 석촌에 의하면, 이 같은 파격적 자유시 운동에 동조자가 적잖게 나왔으며 그들과 더불어 오히려 많은 성과를 거두어 동시童詩의 품격을 높였다고 술회한 바 있다. 이런 현상은 1930년대의 식상하고 퇴폐한 동시·동요에 대해 반기를 든 것으로, 새로운 것에 대한 흥미 내지 기대 때문이다.

석촌 자신도 그의 시를 모르겠다고 하는 사람이 많다고 밝힌 바 있는데, 그의 시론詩論 〈私詩狂論〉에서 '잘 되었다는 것은 아무것도 안 된다. 잘 안 되었다 하드래도 그 사람이 아니고는 생각지 못할, 또 쓸 수 없는 그러한 것이 보고 싶다. 누구든지 생각할 수 있고 쓸 수 있는 것이라면 차라리 쓰지 않는 것이 낫다. 나의 詩를 모르겠다고 하는 사람이 많다. 假令 〈달밤〉이란 題로 〈달밤〉다운 것을 안 쓰고 뚱딴지같은 것을 썼다는 理由에서다. 참 그러한 觀察로는 나의 詩를 모를 것이 當然하다.'[15]며, '뚱딴지같다'는 표현을 쓰고 있다. 이는 바로 낯설게 하기의 또 다른 말로, 석촌의 시가 당시의 독

---

15) 金英一, 兒童自由詩集 다람쥐, 高麗書籍株式會社, 4283(1950), p.95. 인용한 글은 원본대로 표기하였다. 따라서 본문 중의 한자 역시 있는 그대로 옮겨 놓았다.

자나 평자에게 낯설게 인식되었다는 간접적 표현이다.

본래 낯설게 하기란, 러시아 형식주의 대표적 이론가인 시클롭스키에 의해 주창된 이론이다. 그는 인간의 행동, 감각, 사고, 표현이 되풀이되면 자동화되어 새롭거나 기이한 느낌이 소멸한다고 말하고 있다. 바닷가에 오래 살고 있는 사람들은 파도 소리에 신선한 맛을 느끼지 못하는 것과 같다. 예술이나 시적 언어도 이와 같아서 일상화된 언어는 친숙하거나 반복되어 아무런 참신성도 느낄 수 없다. 따라서 언어를 특수화하여 언어의 음향적 효과를 의도하거나, 일상적 통사 규칙을 일탈하는 메타포 등을 사용하여 낯설게 표현하는 것을 의미한다. 시클롭스키는 '오늘날 낡은 예술은 이미 죽어 있으나 새로운 예술은 태어나지 않고 있다. 우리는 세계에 대해 무감각해 왔고, 모든 것은 죽어 있다. 새로운 예술형식의 창조만이 세계에 대한 인간의 인식을 치유할 수 있고 사물을 되살릴 수 있으며 비극론을 물리칠 수 있다.'[16]고 강조한 바 있다.

1) 정형으로부터의 일탈逸脫

시를 평가하는 기준의 하나로, 일정한 리듬 규칙에 충실하면 좋은 시라고 평가하던 시대가 있었다. 당시에는 리듬 규칙을 정했다는 사실 하나만으로 대단히 신선한 충격을 주었지만, 시대가 바뀌면서 규칙적인 리듬은 점차 신선감이 떨어지고 흥미도 잃게 되어 마침내 과거의 관습적인 리듬 규칙을 깨고 새로운 리듬을 모색하기에 이른다. 이것이 곧 현대 자유시의 리듬 정신이라고 할 수 있는데, 자유시의 리듬은 언제나 구속적이고 고정적인 것을 거부한다.

---

16) 유창근, op.cit., p.158.

의도적으로 정형시에 대항하여 서정시의 자유로운 표현을 담아 자유시로 쓴 것은, 19세기 중엽 미국 시인 월트 휘트먼인데, 그는 주제와 소재를 관습에서 탈피하여 자유롭게 택했을 뿐 아니라 영어 성경의 리듬을 방불케 하는 리듬을 가진 자유시를 써서 그 아름다움과 힘을 과시하였는데, 그것이 세계적 파급효과를 가져온 것[17]이다.

> 그 시대는 애상적인 동요들이 대부분이어서 아동들에게 희망과 꿈을 안겨 줄 글이 필요해 1930년 중반에 흥행하던 창가나 가사조의 동요로부터 벗어나 자유시로 옮기는 작업을 했으며, 아동자유시집 「다람쥐」가 그중의 하나다.[18]

석촌이 자유시를 주창하게 된 동기는, 내용 면에서는 애상적哀傷的 동요로부터의 탈출이고, 형식 면에서는 창가唱歌나 가사조의 동요로부터의 탈출에 있다는 것을 극명히 밝히고 있다. 그런 이유에서 자유시 운동을 주창主唱했고, 그 결과물의 하나로 1950년에 아동자유시집 「다람쥐」를 발행했다고 한다.

과거 우리나라의 시가詩歌는 외형적으로 일정한 글자 수를 가지고 있었다.

시조에는 3·4·3·4 / 3·4·3·4 / 3·5·4·3이라는 엄격한 규칙이 있었고, 가사에는 3·4조나 4·4조의 연속적인 반복이 있었으며, 개화기에는 7·5조의 형태도 있었다. 동요의 경우도 4·4조를 바탕으로 하다가, 일본의 신체시 영향을 받아 7·5조의 창작동요

---

17) 李商燮, 文學批評用語事典, 民音社, 1981, p.245.
18) 김영일, 자유시 운동의 첫걸음, 어린이 문예 5월호, 1979, p.39.

가 새로 등장하고, 1930년대에 들어서면서 김영일·박목월에 의해
비로소 자유 동시가 처음으로 시도되었다. 이원수의 〈고향의 봄〉,
방정환의 〈형제별〉, 윤극영의 〈반달〉 등이 7·5조 동시의 대표적
인 경우다. 이렇게 과거에는 일정한 운율의 규칙을 정하고 그 규칙
에 맞추어 시를 지었으나, 현대에는 외형적인 형식에 맞추는 것이
아니라, 시인 자신의 주관적인 리듬을 사용하고 있다. 주관적인 리
듬을 만드는 방법 가운데 특히, 행 가르기나 연 가르기는 매우 중
요한 역할을 하는데, 석촌의 〈매미〉의 경우, '맴/맴/맴//맴/맴/맴/
맴//쓰/으/으/으//머언 산에 바람 온다'처럼 행 가르기와 연 가르
기를 하여 12행으로 만든 것과, 산문처럼 '맴맴맴 맴매맴맴 쓰으
으으 머언 산에 바람 온다'라고 연결하여 한 줄로 표기했을 때는
완전히 느낌이 다르다. 김영일의 〈매미〉는 당시로서 파격적인 행
과 연 가르기를 시도한 낯설게 하기다.

　석촌은 첫 번째 아동자유시집 『다람쥐』(1950)에 77편을 수록하였는
데, 행의 구성은 〈호랑나비〉를 비롯하여 몇 편을 제외하면 10행 이
내이고, 연은 2연이 반수 이상을 차지하는데 3연 또는 4연 순으로
비교적 길이가 짧은 시들이 주류를 이룬다. 증보판 『다람쥐』(1963)에
서는 동시가 60편이 추가되는데, 새로 추가된 시들은 1950년에 발
행된 『다람쥐』에 비해 행이나 연의 수가 늘어나는 추세로, 11행 이
상 18행까지의 시가 고루 발견되고, 8연의 시도 2편이나 보인다.
세 번째 시집 『봄동산에 오르면』(1979)에 가면, 새로 수록된 작품 30
편 가운데 행의 수가 6행까지는 한 편도 보이지 않지만, 9연 20행
의 장시長詩 〈산꿩〉이 발견되는 등 단시短詩로 출발한 김영일의 자유
시 형태가 점차 길어지면서 새로운 변화를 보이는데, 그의 동시가

짧은 것에서 차차로 길어지는 경향도 자연에서 점차 휴머니즘의 바탕으로 이식되어 가고 있음을 예시하는 것[19]이라고 밝힌 바 있다. 이 또한 리듬의 변화를 통해 낯설게 하기를 시도한 경우다.

2) 언어의 특수화

언어의 기능을 두 가지로 나누어 표시*denotation*와 함축*connotation*으로 설명할 수 있는데, 표시는 언어가 지닌 사전적 의미를 말하고, 함축은 그 의미가 풍기는 분위기, 다양성, 암시성, 연상과 상징적인 의미까지를 포함한다. 이 표시와 함축이라는 언어의 두 기능은 다른 말로 말해서 외연과 내포다. 외연은 과학용어에 해당하고 내포는 문학 용어에 해당되는 것으로 개인적이고 창조적인 다의성을 지니고 있다. 그뿐만 아니라 내포적 언어는 감정과 태도를 환기하는 언어다. '달'이라는 말의 함축적 의미는 복잡하다. 그 소리는 물론 그 글자 모양까지 그 말의 함축성에 한몫한다. '달'은 '月', '*moon*', '*lunar*'라 불러도 그 전하고자 하는 메시지는 조금도 변함없이 전달된다. 그러나 문학에서는 '달'과 '*moon*'과 '*lunar*'는 매우 다르다. 〈정읍사〉의 '달'과 〈오우가〉의 '달'과 〈예전엔 미처 몰랐어요〉의 '달'은 각각 의미의 농도, 즉 함축의 정도가 다르다. 말의 함축적 사용을 위하여 시인은 특수한 어휘를 사용하기 때문에 작품 속에 고어, 방언, 조어, 희귀어, 은어, 속어 등을 사용한다. 시를 읽으면서 독자는 예기치 않은 낯선 시어의 출현에 시선을 집중하기 때문에 시인들은 시를 쓸 때, 특별한 언어의 선택에 심혈을 기울인다.

인간은 대체로 습관화된 지각의 자동화에 의해 인식된 언어를 거

---

19) 박화목, op.cit., p.77.

의 무의식적으로 사용하고, 그것에 의해 개념을 파악하며 산다. 이른바 일상적인 사물에 대하여 제 본래의 신선함을 상실하고 자동화된 인식 속에서 살아가고 있다. 시클롭스키에 의하면, 예술의 목적은 이렇게 자동화되어 버린 낡고 일상적인 인식을 낯설게 함으로써 제 본래의 모습을 회복시켜 주는 데 있으며, 예술은 낯설게 하기를 통하여 사람들에게 삶의 감각을 되찾게 해 주어야 한다는 것이다. 석촌이 우리의 의식이나 문학 속에 깊숙이 뿌리내리고 있던 전통적 동요·동시의 자리를 밀어내고 자유시라는 낯선 시의 세계를 싹틔운 근본적 뿌리는 아무래도 시어의 선택에서 찾아보아야 할 것 같다. 그는 시각이나 청각적 감각을 자극시키는 동일한 음운의 반복을 통해 시를 생동감 있게 만들 뿐 아니라, 독자들의 구미를 신선하게 자극하는 방법을 소리의 예술적 배열에서 찾고 있다. 르네웰렉과 와른은 소리의 예술적 배열을 두 가지로 제시하고 있는데, 첫째는 소리의 반복으로 생기는 일정한 패턴이고, 다음으로 소리에 의한 모방이라는 것이다. 반복적 패턴의 가장 평범한 양식은 단순한 연속으로 우리말에는 의성어, 의태어가 풍부하여 작품을 쓸 때 언어의 효과를 극대화하는데 자주 쓰이고 있다. 현대시에서는 부사보다 동사와 형용사에 의한 흉내가 많이 쓰이는 경향이 있는데, 이 점 또한 주목해 볼 일이다.

또한, 석촌의 자유시를 분석하다 보면, 유난히 언어를 특수화하는 방법으로 낯설게 하기를 시도하는 것을 발견할 수 있다. 동요·동시에 즐겨 쓰고 있는 의성어·의태어를 비롯하여 숫자의 형상화라든가, 방언이나 고어 사용, 유아어나 한자어 사용, 작은 말, 유포니, 생소한 언어 사용 등 언어의 새로운 질서를 만들어 가면서 낯설게 하기를 시도하고 있다.

의성어·의태어는 우리나라 전래동요나 동시에서 빈번히 사용됐고, 현대 동요나 동시에서도 즐겨 쓰고 있으며, 석촌의 시에서도 예외는 아니다. 권석순은 석촌 시에 활용된 의성·의태어의 사용 빈도를 분석한 결과, 아동자유시집 「다람쥐」(1950)에 수록된 77편 중 52편(68%)에서 의성어와 의태어를 거의 비슷한 비율로 활용하였으며, 증보판 「다람쥐」(1963)에 새로 수록된 60편 가운데 42편(70%), 세 번째 동시집 「봄동산에 오르면」(1979)에 추가로 수록된 작품 30편 가운데 22편(70%)에서 의성어·의태어를 사용했다는 분석이 나왔는데, 뒤의 두 동시집에서는 의성어보다 의태어 활용 빈도가 점차 높아지고 있다[20]는 사실에 주목할 필요가 있다. 이는 석촌의 시적 감각이 청각적 이미지에서 점차 시각적 이미지로 서서히 전환되어 가는 과정으로 판단되며, 낯설게 하기에 조금씩 관심을 기울이고 있는 증거다.

석촌은 또, 동요나 동시를 창작할 때, 유치하게 사용하기 쉬운 의태어나 의성어를 작품 〈시골길〉의 적재적소에 균형 있게 배열하였을 뿐 아니라, 시어나 이미지의 다양한 변화를 통해 낯설게 하기에 성공을 거두고 있다.

학교 가는	시골길은	동무 동무
시골길	꽃길	얘기길
이슬방울	노고지리	웃음꽃이
반짝반짝	노골노골	방글방글.

─〈시골길〉 전문[21]

20) 권석순, op.cit., pp.43~44.
21) 金英一, 다람쥐, 人文閣, 1963, p.116.

위의 작품은 우선 의태어 '반짝반짝'과 '방글방글', 의성어 '노골노골' 등이 각 연에 안배되어 있어 전체적으로 안정감을 준다. 아울러 1연의 시각적인 이미지가 2연에서는 청각적 이미지로 3연에서 다시 시각적 이미지로 변화를 주고 있는 현상도 낯설게 하기의 기본적 패턴에서 출발한 것으로 보인다.

　또한, 석촌은 이 시에서 시골길에 대한 자동화된 지각을 거부하고 반짝이는 이슬방울, 노래하는 노고지리, 웃음꽃을 피우는 동무들을 시적 대상으로 선택한다. 특히 이 시의 2연에서 석촌이 일상적이고 보편적인 어휘 '종달새'를 사용하지 않고 예스러운 말 '노고지리'를 쓰고 있는 점에 주목해야 할 것이다. 왜냐하면 '노고지리'라는 어휘 선택 자체가 낯설게 하기 위한 수단에서 비롯된 행위이기 때문이다. 그리고 '노고지리' 다음에 오는 의성어 '노골노골'과의 음성학적인 면을 고려할 때, 의성어 '노골노골' 앞에는 '노고지리'가 와야 가장 잘 어울린다. '노고지리 노골노골'이라고 해야 어울리지, '종달새 노골노골'은 어울리지 않는 결합이기 때문이다.

　앞에서도 지적한 〈시골길〉에서 연의 구성이 안정감을 주는 동시에 감각적 변화를 통해 낯설게 하기를 성공시킨 데는 이유가 있다. 현재 '시각→청각→시각'으로 구성된 것을, 만약 '시각→시각→청각'으로 배열했을 경우, 시의 균형이 앞쪽으로 기울게 되고, '청각→시각→시각'으로 배열했을 경우, 시의 균형은 자연히 뒷부분으로 기울어 안정감을 잃을 뿐 아니라, 동일한 이미지가 연이어 반복되면서 낯설음도 없어지고 호기심도 잃게 된다. 그리고 〈시골길〉에서 놀라운 사실은 이 시의 각 연에서 주제가 되는 역할을 둘째 행이 맡고 있는데 '시골길→꽃길→얘기길'의 시어 배열이 예사롭지 않다. 구체적으로 설명하면 1연에서 '시골길'이라는 자연 그대로의 원형을 2연에서 인간의 손때가 묻어 있는 '꽃길'로 변화시키고, 3연에 가서 인간이 주체가 되는 '애기길'로 변화시켜 마침내 휴머니즘에 도달시키는 낯설음의 극치를 보여 주었다고 하겠다.

석촌의 시에서 낯설게 하기는 서술어의 변형방식을 시적인 언어로 변형시키는 부분에서도 찾아볼 수 있다. 이와 같은 사례는 과거의 문장이 일상어가 아닌 문어체를 고집한 것과도 관계가 있지만, 시어를 어휘 자체의 아름다움에서 찾으려는, 이른바 시적인 언어poetic diction에 대한 집념에서 기인한 것이기도 하다. 〈호랑나비〉를 보면 '네 고향이/어디메냐?/너의 집이/어디메냐?'라는 구절이 나오는데, 여기서 '어디메냐?'는 바로 '어디냐?'라는 일상어를 시적이고 낯선 언어로 변형하여 정서적 효과를 시도한 경우다. 또 석촌은 시에서 유난히 늘임표를 즐겨 쓰고 있는데, 〈잠자리〉의 '잠을 자-구', 〈엄마 달〉의 '빵-긋 웃네', 〈애기 기차〉의 '퐁-퐁', '돌-고' 등 당시 다른 시인들의 작품에서 보기 어려운 방법을 빈번히 사용하고 있다.

그리고 작품 〈꿩〉에서 '꿩은 머언 데서 울고 있다'의 '머언'이라든가, 〈별〉에서 '파아란 별이/빛나고 있었다'의 '파아란' 등은 일상적인 언어를 변형시켜 시적 효과를 노린 언어, 즉 낯설게 하기의 도구로 시적인 언어를 만든 경우다. 이처럼 부드러운 음운을 첨가하여 듣기 좋게 하는 어법을 유포니euphony라고 하는데, 시인 중에도 이따금 서술형의 변형이나 시작 조어 등 낯설게 하기를 통해 독자의 시선을 끌려고 하는 예도 있다.

쪼로롱 쪼로롱 　　　쪼로롱 쪼로롱
방울새 아가씨 　　　방울새 아가씨
쪼로롱 고방울 　　　쪼로롱 고방울
어디서 사 왔니 　　　날 주렴

쪼로롱 고방울 　　　쪼로롱 고방울
어디서 사 왔니 　　　날 주렴.

　　　　　　　　　　　　　　　－〈방울새〉 전문

　석촌은 시어 선택에서도 상황에 맞는 최적의 언어를 찾는데 상
당히 고심하였음을 발견할 수 있다. 선택된 시어 하나는 작품 속
에서 다이아몬드처럼 빛나고, 따라서 그 값진 시어 하나로 작품
전체가 살아나는 경우를 볼 수 있다. 앞의 시 〈방울새〉는 1935년
『아이생활』 당선작이다. 이 시에서 '쪼로롱 고방울'[22]이라는 표현
이 여러 차례 보인다. 그런데 시를 읽어 가다 보면 '방울' 앞에 붙
은 관사 '고'라는 어휘 하나 때문에 시가 생동감을 주어 그 효과가
만만치 않음을 발견할 수 있다. 방울새는 약 14cm 길이로 등은
진한 갈색이며 배가 흰색인 우리나라의 텃새다. 울음소리가 매우
곱고, 다른 새소리도 흉내를 잘 내는 참새목[目] 되새과[科]의 작은 새
인데, 그 작은 새가 가지고 노는 방울의 크기는 아마도 아주 작은
녹두알 만한 것으로 상상된다. 그렇다고 볼 때 '방울' 앞에 관사
는 당연히 '그'라는 큰말 대신 작은말 '고'를 써야 맞다. 그리고 음
성 조직상으로 방울새의 귀엽고 아름다운 울음소리를 '쪼로롱 쪼
로롱'이라 표현했는데, 이 의성어는 순전히 양성모음으로만 구성

---

22) 여기서 '고' 아래 그은 밑줄은 필자가 이 부분을 돋보이게 하거나 강조하기 위해서 임의
　　로 그은 것이며, 그 외의 밑줄도 같은 의도로 필자가 임의로 그은 것이다.

되어 있으므로, '방울' 앞에도 양성모음 '고'가 오는 것이 타당하다. 일상적 언어 '그'보다, 낯설지만 방울새에게 맞는 작고 깜찍한 시어 '고'를 선택한 것이 〈방울새〉를 생동감 있게 만들었다고 하겠다.

그밖에 〈봄바람〉에서 '아양진 바람', 〈나머지 한 밤〉에서 '오랍 누이 옆에' 등 생소한 시어 사용, 〈볼우물〉에서 '울 애기 웃는 얼굴', 〈동무야 오렴〉에서 '나는 몰라 난 몰라', 〈산 너머 저쪽〉에서 '오마던 옛 동무는' 등 준말 사용, 〈장난〉에서 '물속에 자물고', 〈따저구리〉에서 '따저구리/딱 딱 딱' 등의 방언 사용, 〈물매미〉에서 '물매미가/글씨 공부한다/8888…'과 같은 숫자의 형상화 작업 등을 발견할 수 있는데, 이러한 낯설게 하기의 시도는 김영일이 주도하던 자유시 운동에 가속도가 붙게 했다는 점을 부인할 수 없다. 확실히 시는 낯선 언어들을 제시할 때 독자들이 그 미적 아름다움을 생생하게 지각할 수 있는 것이다.

그러나 자유시의 선구자로서 석촌이 시도했던 낯설게 하기가 모두 성공한 것은 아니다. 일례로, 한자어의 차용이나 배열이 어색한 경우를 들 수 있는데, 먼저 〈아침〉이라는 시가 그렇다. '옆집 아이가/화경으로/개미를 쬐고 있다//추운 아침'이라는 시에서, 밑줄 그은 '화경'이라는 낯선 시어는 분위기상 전혀 어울리지 않는다. '볼록렌즈'라고 하든지 '돋보기'로 써야 훨씬 시의 맛이 난다. 또 〈따저구리〉에서 '깊은/山 절에/따저구리/딱 딱 딱//푸른 하늘 깊다'라고 표현하고 있는데, 이 시에서 유일하게 '山'이라는 한자어 하나가 눈에 띈다. 그런데 한자어 '山'의 위치가 어딘가 모르게 어색하게 느껴진다. 현재 위치로 보아서 '山 절'은 대체로 '山에 있는 절'

을 의미하기 때문에 굳이 '절' 앞에 '山'이라는 한자어를 붙일 필요가 없다. 이런 경우, '山'은 하나의 군더더기에 지나지 않는다. 이 시에서 '山'이라는 한자어를 꼭 쓰고 싶다면 바로 위에 있는 행 끝으로 옮겨야 제값을 할 수 있다. 즉 '깊은/山 절에'가 아니라, '깊은 山/절에'로 자리를 바꾸어야 한다. 그러면 굳이 한자어를 쓰지 않아도 의미가 흐려지지 않는다. 그리고 또 다른 작품 〈길〉에서 '아무도 걷지 않은 길//참새들 모여 앉아/童話하는 길//그 길 가다 가다/나는 내 발 소리에/귀를 기우린다'라고 표현하고 있는데, 여기서 '童話하는 길'이라는 표현은 아무래도 한자와의 결합이 어색하다. '동화하는 길'이라고 한글로 표기할 경우 의미상의 혼란을 우려해서 그럴 수도 있겠으나, 증보판 「다람쥐」¹⁹⁶³에서 '童話하는 길'을 '동화하는 길'로 한자만 한글로 바꾸어 표기한 걸 보면 인식 상의 차이인 듯한데, 한자를 한글로 바꾸어 놓음으로써 오히려 의미의 혼란과 어색함을 가중시켰다는 생각이다. 우리말 가운데 '동화'라는 시어 대신 '이야기'라는 시어를 선택하여 '이야기 길'이라고 하는 것이 훨씬 동시다운 표현이라는 생각이다. 따라서 〈따저구리〉와 〈길〉은 한자어의 어색한 사용으로 낯설게 하기에 실패한 경우다.

3) 긴장과 실험정신

석촌이 자유시 운동을 주창하며 단시^{短詩}를 들고 나왔을 때, 문단은 그의 낯선 이론과 새로운 형태의 작품에 크게 긴장했다. 일반적으로 사람들은 새롭거나 낯선 상황을 만났을 때 긴장하고 두려워한다. 그리고 선뜻 다가서지 못하고 한동안 멀리서 관망한다.

자유시에 대한 반응도 예외는 아니어서 한동안 관망하다가 긍정적인 견해와 부정적인 견해가 심심치 않게 대두되기 시작하였다. 이보다 훨씬 전 일본에서 신동요운동新童謠運動이 이미 북원백추北原白秋에 의해 일어났다는 이유에서, '북원백추를 우려먹다 말려거든 하루바삐 김영일로 돌아가시오'[23]라는 부정적 질책이 있었던 반면, 이원수는 '아동자유시집「다람쥐」는 그의 작풍을 전적으로 보여 주는 것으로 동시가 전후절이나 대구가 있어야 하는 것이 아니요, 어디까지나 하나의 외침 혹은 탄사적인 표현으로 족하다는 생각이었다. 그의 동시는 말하자면 감각적인 것이요, 단장의 자유시'[24]라고 긍정적 평가를 하였고, 임인수 역시 '이때까지의 동요로서만 일관되다시피 주장되어 오던 작풍에 동심 세계에 시적詩的인 신기원新紀元을 불어넣기에 이르렀던 것이다. 물론 그것은 선진 외국에서의 새 도입에 불과하다고 잘라 말하는 축도 있었음을 나는 잘 알고 있다. 하지만 우리의 언어로서 아이의 말이거나 쉬운 말이면 자칫 동시어로서 일반에게 착오되어 오던 비평 없는 당시의 현실을 생각할 때 아무나 이런 동심과 시심과의 일치점을 시도해 보거나 발견해 내지는 못했던 것이다.'[25]라고 칭찬을 아끼지 않았다. 이에 대해서는 다소 이견異見들이 있으나, 결론적으로 '그가 이 나라 아동문학계에 최초로 자유시의 이론을 부식扶植했다는 점에서 간과할 수 없는 큰 의의가 있다.'[26]는 데는 이의가 없는 것으로 판단된다.

---

23) 漂童, 〈文壇寸評〉, 아이생활 18권 8호, 1943, p.24.
24) 이원수, 동시동화작법, 웅진출판주식회사, 1984, p.197.
25) 박화목, op.cit., p.75.
26) 李在徹, op.cit., p.257.

그러나 사람은 더 잘 表現하기 위하여 抽象的으로 構成하고 말을 無理로 쌓아 놓기만 한다. 그러나 그는 그곳에 構成한 것에 不過하다는 것에 생각이 가지 못한다. 即 說明할 수 있는 것을 說明한 것에 不過하다는 것을 아지 못한다.

×

只今까지의 藝術은 모다 그러한 矛盾을 가지고 있다. 說明하지 못할 것을 避하여 說明할 수 있는 것을 說明하고 있었다. 그러나 只今부터의 새로운 藝術은 「어리석은 努力」을 되풀이해서는 안 된다. 그들이 回避한 혹은 보지 못하고 있는 說明할 수 없는 것을 表現하고 쓰지 않으면 안 된다. 그 方法으로 나는 더 많은 말을 必要치 않은 形式과 藝術을 가젔다. 그것이 即 自由律의 「短詩」다.[27]

그는 지금까지의 예술은 모두가 더 잘 표현하기 위해 설명할 수 있는 것들만을 설명하는 어리석은 행위에 불과했지만, 지금부터의 새로운 예술은 그동안 회피해 왔고 보지도 못하고 설명할 수 없던 것들을 표현하고 써야 한다며 그 방안으로 단시를 제시한다. 그러나 짧(短)다는 것이 단순 정조의 단순한 표현이 되어서는 안 될 뿐더러, 말할 것을 말하는 것보다 먼저 말할 기교를 획득해야 한다고 강조한다. 더 잘 표현하기 위하여 더 짧게 써야 한다는 것이다. 특히 석촌의 시론 〈私詩狂論〉은 그의 시혼(詩魂)을 기록한 것으로서 창작 활동에 그대로 반영되고 있으며, 새로운 형태의 낯설게 하기를 다양하게 표출시키고 있다. 첫째, '단시(短詩)'의 경우다. 이는 석촌 시를 낯설게 만든 대표적 시형태다.

---

27) 金英一, 兒童自由詩集 다람쥐, op.cit., p.94.

① 소낙비 그쳤다//하늘에/세수하고 싶다-〈소낙비〉 전문
② 달밤에/어린애 울음소리//하늘은 새맑다-〈달밤〉 전문
③ 수양버들/봄 바람에/머리 빗는다//언니 생각난다

-〈수양버들〉 전문

   앞의 시 3편은 석촌의 아동자유시집 「自由詩現在」 편에 수록된 작품 가운데 무작위로 선택한 것이다. 우선 형태상으로 볼 때 ①과 ②는 각 2연 3행, ③은 2연 4행으로 구성되어 아주 짧은 것이 특징이다. '一律로 될 일이라면 一律로 마치는 것이 좋다. 一律로 말하지 못하는 - 단 一律로 말하면 모른다고 한다면 그 사람은 藝術의 價値를 云云할 資格이 없다.'[28]는 그의 시정신詩精神이 그대로 반영된 작품이다.

   석촌의 단시短詩는 노래 가사와 같은 동요나 정형률을 벗어나지 못하던 당시의 동요·동시류와 형태면에서 확연히 다르다. 익숙한 것들에 대한 낯설음으로 자동화된 지각의 세계를 거부한 경우다. 내용 면에서도 교시적教示的이거나 감상적感傷的이던 당시의 시와 다르게 싱싱하고 암시적暗示的이어서 낯설음이 한층 가중되고 있다. 시 ①, ②, ③을 보면 모두 자연물을 시적 대상으로 하고 있다. 그런데 시인은 시의 도입부에 먼저 자연물을 스케치해 놓고, 뒷부분에 가서 단 한 줄 속에 자신의 감정을 동심과 함께 이입시키는 방법을 쓰고 있다. 그리고 마지막 한 줄 안에 무궁무진한 이야기가 깔끔하게 압축되어 있어서 지나친 함축과 암시라는 지적을 배제하기 어려우나 낯설음을 통해 독자들에게 안겨 준 신선함은 가히 충격적이다. 예를 들어 시 ①에서 '하늘에 세수하고 싶다'는 상상이야

---

28) Ibid.

말로 우리의 자동화된 일상 세계에서는 도저히 불가능한 발상이지만 이런 낯선 발상이 이 시를 신선하게 하며 생명력을 준 것이다. 그가 시론에서 '짧(短)은 말로 表現한다고 事物 그 自體가 單純한 까닭은 決코 아니다. 事物 그 自體가 너무나 크고 複雜하고 微妙한 까닭'이라고 밝힌 것처럼 그는 함축을 통해서 자동화된 일상 세계를 낯설게 만들어 시의 묘를 살렸다고 본다. 둘째, '시적 동시詩的 童詩'의 경우다. 어린이와 어른이 공유할 수 있는 새로운 시세계가 탄생한 것은 대단히 파격적인 일이다. 이전에는 어른이 읽는 시와 어린이가 읽는 시가 별도로 존재했지만 석촌에 의해 어린이도 읽고 어른도 읽을 수 있는 새로운 시가 개척된 것은 놀라운 일이다. 그는 일상적인 세계를 지배해 오던 기존의 아동만을 위한 동시와, 어른들만을 대상으로 한 시와의 경계를 과감하게 허물어서 그의 시 세계에 또 다른 낯설게 하기를 시도하고 있다.

① 초생달/살짝 빚어 논/송편//아직도 추석 노래 들려온다.
                                                           ─〈초생달〉 전문

② 뻐꾸기 우는 산골 집에/해바라기 폈다/노오란 해바라기/담 너머 폈다//
산골집 사람들은/밭에 나가고/해바라기 혼자/심심히 섰다//
나비가 한나절/동무해 주고/풍덩이가 이따금/놀다가 가고 //
산골집 여름날은/길고 긴데/해바라기 혼자/해 보며 돈다.
                                                           ─〈해바라기〉 전문

 어린이와 어른이 공유할 수 있는 시가 되려면, 시로서의 손색이 없어야 한다. 다만 어린이들에게 어려운 시어나, 고차원적인 사상이나, 복잡한 구조를 피해야 하고, 어른들에게 유치하지 않은 시라야 한다. 시 ①의 경우, 화자가 송편처럼 구부러진 초승달의 모습을 보면서 추석을 생각한다는 시다. 형태나 내용이나 시적 요소를 제대로 갖춘 시로서 어린이가 읽어도 충분히 이해할 수 있는 동시이고, 어른들이 읽기에도 전혀 유치하지 않은 시다. 초승달의 모양을 보며 송편을 생각하고, 그 속에서 추석 노래가 들려온다는 상상想像은 고도의 비약飛躍이다. 어떤 개념이나 사물을 직접 관념어로 서술하지 않고 그와 유사하거나 동일성을 지닌 다른 사물로 바꾸어서 본래의 의미와 성격을 구체화하거나 새롭게 하는 것을 상상이라고 하는데, 석촌은 〈초생달〉에서 송편이라는 구체적 사물어事物語로 초승달의 존재성을 대신하여 화자가 먼저 흥분하는 것이 아니라 독자가 새롭게 발견하고 느끼면서 감동하게 하고 있다. 이는 감정의 강요가 아니라 유발이며 정서의 자기 표출만이 아니라 정서의 새로운 창조다. 시 ② 〈해바라기〉 역시 어린이와 어른이 공유할 수 있는 시이다. 석촌의 세 번째 시집 「봄동산에 오르면」[29]에 수록된 작품인데, 4연 16행으로 석촌이 주장했던 단시短詩와 비교하면 행의 수가 많고 제법 긴 시에 속한다. 해바라기를 의인화하고 다정한 친구의 관점에서 해바라기에 감정을 이입하고, 나와 사물 간의 동일시를 통한 친화를 시도하고 있다. 이 시에서 시인은 해바라기라는 꽃에 대하여 객관적 진술을 하지 않고, 고의적으로 문자상의 용법을 해체한다. 일상적인 언어의 의미를 벗어나 의미가 전이되고 은유화되었을 때 이러한 언어는 일상의 언어가 아니라 특수한 언어가 되는 것이다. 객관적 시각으로 볼 때 해바라기는 심심하고 쓸쓸하고 슬픈 감정을 지닐 수 없는 존재다. 그러나 시인은 혼자 심심히 서

---

29) 김영일, 봄동산에 오르면, 서문당, 1979, p.71.

있는 해바라기의 정서적 감정을 '산골집 사람', '나비', '풍뎅이'를 인
격화하고 동일시하여 정서를 새롭게 만들고 있다. 석촌은 어린이와
어른들이 공유할 수 있는 '시적 동시'를 개척함으로써 그동안 동시
와 시로 엄격히 양분되어 왔던 시적 경계를 허물고 있다. 낯설게 인
식한다는 말은 과거를 통해 현재를 새롭게 바라보는 일이다. 셋째,
'언어의 전경화'*foregrounding* 경우다. 이 기법은 그가 즐겨 사용하고 있
는 기법 가운데 하나로 독자들의 주의를 환기하는데, 아주 효과적
으로 사용된다. 체코의 구조주의 언어학자 무카롭스키는 언어의
인식적인 기능과 표현적인 기능을 구별하면서, 어떤 것을 가장 뚜
렷하게 보이는 위치에 내놓는 것, 즉 표현행위 자체를 전면에 내세
우는 수법에 따라 언어가 일반적 사용법에서 최대로 일탈할 때, 그
단어는 시적으로 혹은 미적으로 사용된다고 했다. 언어의 전경화前
景化는 김영일의 시에서 자주 발견되는 기법이다.

구름이
하늘에
연못 만들었다 기러기가 헤엄치며 지나간다.

-〈구름〉 전문

'구름이/하늘에/연못을 만들었다'는 시행이나 '기러기가 헤엄쳐
지나간다'라는 시행은 일상적인 지각을 완전히 바꾸어 놓은 것으
로 충격적이다. 특히 '구름이/하늘에/연못을 만들었다'는 표현은
새롭게 창조된 전경화前景化로 경이로움까지 느낄 수 있다. 연못은
인간들에 의해 땅 위에 만들어지는 게 당연하기 때문에, 자동화

되고 관습화된 표현으로는 '연못에 하늘의 구름이 비쳤다'라고 해야 한다. 그러나 이 경우에는 '구름'이라는 언어가 전혀 신선감이나 충격을 줄 수가 없다. 아울러 2연에서 '기러기가 헤엄치며 지나간다'라고 한 표현도 자동화된 시각으로는 도저히 이해될 수 없는 표현이다. 기타, 시의 서두에서 호격呼格을 사용하여 낯설게 하기를 시도한 경우다. 예를 들어, '바위야/강가에/말없이 앉았는/바위야'〈바위야〉1연, '소야/큼직한 소야'〈소야〉1연, '반디야/이리 온/꿀물 주우께'〈반디야〉1연, '동무야 오렴/동무야 오렴'〈동무야 오렴〉1연, '메뚜기야/메뚜기야/방아 방아 찧어라'〈메뚜기야〉1연 등 여러 작품 속에서 대상물을 바라보며 독백獨白하는 형태를 취하고 있다. 그리고 하나같이 시의 첫 연 첫 행을 작품의 제목으로 정하고 있는데, 이는 제목 붙이기의 고정적 사고로부터 일탈을 시도한 예다. 그런데 호격을 사용한 시의 경우 길이를 보면, 〈달아〉는 4연 8행, 〈반디야〉3연 9행, 〈바위야〉5연 13행, 〈소야〉7연 15행, 〈동무야 오렴〉6연 15행, 〈메뚜기야〉3연 8행, 〈달팽이〉4연 8행으로 석촌의 다른 단시短詩에 비해 다소 길어지는 경향이 있음을 볼 수 있다. 이런 기법들은 친근감을 주거나 주의를 환기한다는 점에서 다소 효과를 가져왔지만, 화자가 작품의 서두에서 먼저 시적 대상물을 불러 놓고 일방적으로 대상물에게 말하는 형식은 '거북아/거북아'라든가, '새야/새야/파랑새야' 등 전래 동화傳來童謠에서 이미 익숙해진 기법이기 때문에 흥미가 감소한다는 지적을 면할 수 없다. 아무리 좋은 기법이라 해도 이미 우리에게 익숙하게 자동화된 것들은 신선감이 없다는 사실을 일깨워 주고 있다. 결국, 석촌 시에 나타난 여러 가지 시적 테크닉은 쉬클롭스키가 낯설게 하기와 무관하지 않은 것으로, 사물을 낯설게 하고, 형태를 어렵게 하고, 지각을 어렵게 하여 사물을 지각하는데 걸리는 시간을 증대시킴으로써 시의 효과를 극대화하는 동시에, 자유시라는 새로운 영역을 개척하고 성공시키는데 중요한 장치가 되었다고 볼 수 있다.

Ⅳ. 에필로그

〈죽은 시인의 사회〉에서 키팅 선생이 갑자기 책상 위로 올라가 "나는 끊임없이 사물을 다른 각도에서 보아야 한다는 걸 잊지 않으려고 책상 위에 서 있는 거야!"라고 외치던 모습이 떠오른다. 그리고 석촌이 〈私詩狂論〉에서 "나는 산다. 나는 어디까지나 自由를 願한다. 나는 無限의 世界에 飛躍하려 한다. 나는 나의 飛躍을 拘束하는 모든 것을 破碎한다. 卽 나는 主義 主張의 拘束까지도 破碎한다."는 말이 새삼스럽게 떠오른다.

문인으로서 시대에 뒤떨어지지 않으려면, 스스로 문학을 보는 눈, 사물을 보는 시각을 달리해야 한다. 지금 내가 서 있는 자리보다 더 높은 곳에 올라가 다각적인 관점으로 시詩를 보고, 세상을 보아야 새로운 것들을 찾을 수 있다. 나 자신을 묶어 버리고 있는 고정관념이나 사고에서 과감히 탈출하여 낯선 세계로 나아갈 때 문학도 살고 문인도 산다.

석촌은, 1930년대 우리나라 동시단童詩壇이 정형률과 감각적 매너리즘에서 벗어나지 못하고 안이한 창작 태도에 빠져 있을 때, 기차는 언제나 레-루(레일)를 달리는 것이라고 볼 수 없다며, '나는 더 잘 表現하기 위하여 더 짧게 쓴다.'고 단시短詩라는 새로운 형태의 시를 들고 나와 시단을 깜짝 놀라게 했다. 이른바 그 당시 시의 세계를 구속하던 것들을 파쇄하고 무한한 자유시 세계로 비약한 실험정신으로 돌입한 것이다.

이 같은 석촌의 실험정신은 시클롭스키의 '낯설게 하기' 이론에서 근원을 찾아볼 수 있다. 일상 속에서 자동화된 관습적 지각들은 새롭거나 기이한 느낌이 소멸하므로, 시를 참신성 있게 하려면 언어를 특수화하거나 통사규칙을 일탈시켜 낯설게 해야 한다는 생각은, 석촌의 자유시, 특히 단시를 성공시킨 핵심장치로, 그의 시에서 여러 가지 양상으로 시도되고 있다. 이른바 석촌 자신의 시론 〈私詩狂論〉을 중심으로 첫째, 정형으로부터의 일탈인데, 연 가르기나 행 가르기의 과감한 변화, 애상적哀傷的 가사조의 동요로부터 탈출한 사건은 획기적이었다. 둘째, 언어의 특수화를 시도한 경우인데, 의성·의태어, 방언, 고어, 유아어, 한자어, 희귀어稀貴語, 유포니euphony, 늘임표 사용이나 숫자의 형상화 등을 적재적소에 효과적으로 활용한 점은 신선한 충격이었다. 마지막으로, 기교의 실험정신을 시도한 경우인데, 이는 앞에서 언급한 바 단시短詩 형태의 개발, 어린이와 어른이 공유할 수 있는 '시적 동시詩的 童詩'의 개척, 언어의 전경화 등의 기법을 동원하여 생동감 있는 시의 세계를 열어 갔다는 측면에서 석촌의 시는 높이 평가할 만하다.

📖 참고 자료

〈텍스트〉

金英一, 兒童自由詩集 「다람쥐」, 高麗書籍株式會社, 4283.

    , 「다람쥐」, 人文閣, 1963.

    , 「봄동산에 오르면」, 서문당, 1979.

    , 이준관 엮음, 「김영일 동시선집」, 지식을 만드는 지식, 2015.

    , 「소년기마대」, 建國社, 4284.

尹伊桑 · 金英一, 「새음악」 1~6학년, 大韓軍警援護會 慶南支部, 4285.

〈단행본〉

金埈五, 「詩論」, 三知院, 1991.

신동욱, 「우리 詩의 歷史的 硏究」, 새문사, 1981.

유창근, 「문학비평연구」, 태영출판사, 2008.

    , 「차세대 문학의 이해」, 태영출판사, 2006.

    , 「한국현대시의 위상」, 동문사, 1996.

    , 「현대아동문학론」, 동문사, 1989.

    , 「동시 창작 12강」, 학지사, 1999.

李符永, 「分析心理學」, 一潮閣, 1986.

李商燮, 「文學批評用語事典」, 民音社, 1981.

    , 「언어와 상상」, 문학과 지성사, 1980.

이원수, 「아동문학입문」, 웅진출판주식회사, 1984.

    , 「동시동화작법」, 웅진출판주식회사, 1984.

李在徹, 「韓國現代兒童文學史」, 一志社, 1978.

    , 「兒童文學槪論」, 瑞文堂, 1996.

    , 「韓國兒童文學作家作品論」 〈前篇〉, 瑞文堂, 1991.

    , 「世界兒童文學事典」, 계몽사, 1989.

조동일, 「한국문학통사」 5, 지식산업사, 1988.

홍문표, 「시어론」, 양문각, 1994.

〈번역서〉

다니엘 들라스 · 쟈크 필레올레, 柳濟寔 · 柳濟浩 역, 「언어학과 시학」, 인동, 1985.

미르치아 엘리아데, 이재실 역, 「이미지와 상징」, 까치, 1977.

아지자 · 올리비에라 · 스크트릭 공저, 장영수 옮김, 「문학의 상징 · 주제사전」, 청하, 1989.

오톤 M. 리치오, 장석주 편역, 「시창작입문」, 청하, 1980.

칼 구스타프 융, 정영목 역, 「사람과 상징」, 까치, 1995.

폴 아자르, 석용원 역, 「책 · 어린이 · 어른」, 새문사, 1980.

〈논문 · 기타〉

권석순, "김영일의 동시 연구", 강릉대학교 석사학위논문, 2005.

　　　　, "김영일 아동문학 연구" 강릉대학교 박사학위논문, 2009.

김영일, "책속의 주인공이 되어", 「아동문학」, 통권 227호, 2013.

　　　　, "자유시 운동의 첫걸음", 「어린이 문예」 5월호, 1979.

김철민, "김영일의 문학세계", 「아동문학세상」 제86호, 2014.

박화목, "김영일 作家論", 「아동문학」, 통권 227호, 2013.

色盲居士, "참신한 感覺的 색채", 대한일보, 1972. 10. 1.

신현득, 소년한국일보, 1984. 10. 28.

漂童, "文壇寸評", 「아이생활」 18권 8호, 1943.

김영일(金英一: 1914~1984)

    1914년 황해도 신천信川에서 태어났다. 호는 석촌石村이다. 1934년 매일신보 신춘문예에 동요 〈반딧불〉이 당선되었다. 1937년 일본대학 예술과를 졸업했으며, 재학 중에 아동문학지 『고향집』을 3호까지 자비로 발행하였다. 그 후 1954년 한국아동문학회를 창립하여 총무 및 제2대 회장, 1962년 한국문인협회 초대 아동문학분과 회장, 1967년 한국동요동인회를 창립하여 초대회장을 맡아 우리나라 아동문학 발전에 지대한 공을 세웠다. 동시집 「다람쥐」, 동요 동시집 「봄동산에 오르면」, 장편동화집 「꿈을 낚는 아이들」 등 많은 창작집이 있다. 대한민국 옥관문화훈장을 받았다.

한정동韓晶東의 시詩와 아니마Anima

'모든 남자는 자기 안에 자기 자신의 이브를 가지고 있다.'는 독일 속담이 있다. 비록 우리 각자가 지닌 이성의 심리적 특징은 일반적으로 무의식이어서, 꿈속이나 우리 주위의 어떤 사람의 투사投射 속에서만 그 모습을 드러내게 된다는 것이다. 아울러 사랑의 현상, 특히 첫눈에 반하게 되는 까닭을 융Jung의 아니마Anima 이론으로 설명한다면 우리는 자기 자신의 내적 특징을 비추는 이성에게 매력을 느낀다고 할 수 있다. 아니마는 융의 원형 중에서 가장 복잡한 것으로 흔히 영혼의 이미지, 인간의 생기, 인간의 생명력, 또는 생명의 에너지를 가리킨다. 그것은 영혼이란 의미에서 인간 속에 살아 있으며 생명을 일으키는 것으로, 만일 영혼의 도약과 반짝임이 없다면 인간은 강렬한 격정과 나태 속에 쇠퇴하고 만다는 것이다.

가령 진취적이고 정력적인 사회에서는 누가 보아도 남자답다고 하는 남성이 집에 돌아오면 유약하고 잔소리가 많고 짜증을 부리며 소심하고 때로는 감상적인 기분에 사로잡히는 경우가 있다. 그런가 하면 자타가 공인하는 여자다운 여자가 아이들에게 야단치거나 느닷없이 흥분하여 남자 못지않게 입에 담지 못할 욕설을 퍼붓는 수가 있다.

의식의 태도와는 다른 또 하나의 무의식적인 태도가 남녀에 따라 각각 달리 나타나고 있는 경우를 예로 든 것이다. 아니마*Anima*와 아니무스*Animus*란 이러한 무의식에 있는 내적 인격의 특성을 말한다.[30]

우리가 시를 읽을 때도 무의식 세계에 대한 지식을 가지고 접근하지 않으면 시의 깊이를 제대로 파악하기 어렵다. 왜냐하면, 시어는 의식에 의해서 시인이 선택한 무의식의 말이기 때문이다. 시인에 의해서 선택된 언어의 상징 내용은 시인의 무의식 세계를 표출한다고 할 수 있으며, 상징은 흔히 '다른 것을 표현하는 어떤 것'[31]으로 설명할 수 있다.

시가 사물에 대한 객관적인 설명이 아니라 시인 자신의 사물에 대한 감정과 태도의 표현이라고 할 때, 그 표현 방법은 여러 가지가 된다. 각자의 개성이 다르고 시대와 환경이 다르고 표현 매체인 언어에서도 역사성, 지역성, 사회성을 달리하기 때문이다. 예를 들어 개화기 시가를 보면 계몽적인 시어가 형식적인 리듬에 맞춰 배열된 것들이 많고, 1920년대의 경우를 보면 낭만주의와 상징주의 영향을 받은 작품의 경우 퇴폐적이거나 몽상적인 시어들이 많으며, 계급적인 경향의 시들은 그러한 목적성에 어울리게 선전 문구와 같은 시어들이 선택되었다. 대체로 한 문장에서 언어의 선택과 결합은, 그 말이 더 적절하고 어울린다는 무의식적 판단에서 나온

---

30) 李符永, 分析心理學, 一潮閣, 1986, p.72. 아니무스는 '여성 속의 남성성'을 말한다.
31) 에릭프롬, The Forgotten Language, 韓相範譯, 꿈의 精神分析, 正音社, 1977, P.23.

다. 따라서 언어의 시적 기능이란 결국 내면적인 무의식 세계가 성취하는 적절함이라고 야콥슨*Roman Jakobson*은 설명하고 있다.

한정동韓晶東의 시를 분석해 보면 유난히 '어머니'라는 시어를 많이 발견할 수 있다. 한정동 자신도 자기의 시에는 누구보다 어머니를 읊은 노래가 많다고 술회한 일이 있다.

① 자식 된 자 누가 어머니를 나쁘다 하랴만 나는 내 어머님처럼 훌륭한 분도 그리 흔치는 않으리라고 자부하느니만큼 맹모 이상으로 존경하였다. 그것은 우선 지금부터 백여 년이나 전의 여인으로 글(그때는 한문)을 많이 읽기도 하였지만 읽은 것 모두 정통하셨기에 우리 네 형제를 한결같이 가르쳐 주는 동시에 가끔 소학, 명심보감, 주자가훈…… 등 서적에서 좋은 것들을 골라 쉽게 풀이하여 주신 한 가지만으로도 넉넉히 증명될 수가 있지 않을까 한다.[32]

② 그런데 사람의 두뇌며 신체가 한창 자란다는 열일곱 살인 나에게 하늘은 큰 불행을 안겨 주었다. 사랑의 원천이신 어머님께서 갑자기 세상을 뜨신 사실이야말로 나에게는 두고두고 풀길 없는 한을 남겨 주었다. 따라서 삼 년 동안이나 학업을 중단하지 않을 수 없었다. 이러한 심적 영향도 없지는 않았겠지만 어쨌든 나는 어머님을 읊은 노래가 누구보다도 많은 것이다. 그중의 하나이며 처녀작인 〈따오기〉'일명 두루미'가 내 학습장에 쓴 것인데……[33]

앞의 두 인용문은 한정동이 쓴 이야기 가운데서 발췌한 것으로, 어머니에 대한 존경심과 사랑이 진솔하게 표출되어 있다. 아울러 한정동이 동요 전성시대의 대표적 인물로 자리잡을 수 있었던 것

32) 한정동, 따오기, 장영미 엮음, 한정동선집, 현대문학사, 2009, pp.375~376.
33) 한정동, 문단 데뷔와 작품 활동, 장영미 엮음, op.cit., p.398.

은 전적으로 어머니의 영향이라는 사실을 확인할 수 있다. 특히 인용문 ②에서 '어쨌든 나는 어머님을 읊은 노래가 누구보다도 많은 것이다.'라고 술회한 사실 하나만 보더라도 그의 문학 속에서 어머니가 차지하고 있는 비중이 얼마나 큰지 쉽게 짐작할 수 있다.

따라서 한정동의 작품을 읽으며 그의 '무의식 속에 잠재하고 있는 여성상', 즉 아니마의 원형과 투사 대상을 찾아서 분석하는 일은 매우 중요하다고 본다. 융은 아니마를 남성의 정신 속에 있는 여성적 요소라고 말하면서 아니마의 이미지는 흔히 여자에게 투사된다고 설명하고 있다. 다시 말해서 아니마는 인간의 정신 속에 있는 이성異性의 부분, 즉 인간이 개인무의식과 집단무의식에 가지고 있는 이성의 이미지를 말한다. 이 글에서는 한정동의 아니마의 투사 대상 가운데 가장 큰 비중을 차지하고 있는 어머니를 중심으로 논지를 펼쳐 나갈 것이다.

한정동 시의 중심에는 언제나 어머니가 있다. 따라서 어머니는 그의 시에 가장 많이 등장하는 핵심어이며, 시정신詩精神을 지배하는 중심사상이며, 더 나아가 일제강점기에 처해 있던 우리 민족의 얼을 상징적으로 암시한 것으로 해석할 수 있다.

보일 듯이 보일 듯이
보이지 않는
당옥 당옥 당옥 소리
처량한 소리
떠나가면 가는 곳이
어디이드뇨?
내 어머님 가신 나라

해 돋는 나라

잡힐 듯이 잡힐 듯이
잡히지 않는
당옥 당옥 당옥 소리
구슬픈 소리
날아가면 가는 곳이
어디이드뇨?
내 어머님 가신 나라
달 돋는 나라

약한 듯이 강한 듯이
또 연약한 듯이
당옥 당옥 당옥 소리
적막한 소리
흘러가면 가는 곳이
어디이드뇨?
내 어머님 가신 나라
별 뜨는 나라

나도 나도 소리 소리
너 같을진데
해나라로 달나라로
또 별나라로
훨훨 활활 날아가서
꿈에만 보고
말 못하는 어머님의
귀나 울릴 걸.

−〈따오기〉 전문

〈따오기〉는 우리 민족의 애달픈 감정이 깃들어 있다고 해서 일제日帝가 노래 부르는 것을 금지했다가 광복 후에 다시 부르게 된 한정동의 대표작이다. 특히 이 시의 각 연에서 등장하는 '어머니'는 한정동에게 실존하는 인물이기도 하지만, 하늘나라에 계신 어머니, 즉 무의식 속에 잠재한 아니마Anima다. 현실 속에서 존재하지 않는 무의식 속의 어머니가 따오기 우는 소리와 함께 의식으로 떠오르는 상황이다.

형식상으로 볼 때, 〈따오기〉는 정확하게 8·5조의 율격에 맞춰 쓴 4연 32행의 노래다. 각 연이 8행으로 구성되어 있는데, 각 연의 결론 부분에 '어머니'라는 시어가 위치하면서 따오기와 짝을 이룬다. 따오기 소리가 들릴 때마다 한정동의 무의식 속에서 세상 떠난 어머니가 자동으로 떠오르도록 연상聯想 장치를 만들어 놓은 것이다. 우리 동요가 아직은 정형의 틀에서 벗어나지 못하고 있을 때 단순히 짜맞추기 식의 동요가 아니라, 상당 부분에서 현대시적인 요소를 갖추고 있음을 간과해서는 안 된다. 시어의 배열을 보더라도, 1연의 '해'→2연의 '달'→3연의 '별'→4연의 '해와 달과 별'을 우주의 질서에 따라 순차적으로 배열한 것은 매우 과학적이고 치밀한 현대시의 감각을 살려 쓴 것으로 분석할 수 있다. 또한 〈따오기〉의 각 연에 등장하는 어머니는 앞에서 언급한 것처럼 한정동에게 가장 이상적이고 존경스런 아니마의 투사 대상이다. 그런 어머니가 한정동의 내면 깊이 긍정적 아니마로 자리잡고 있는데, 뜻하지 않게 어머니를 상실한 슬픔은 어느 것으로도 채울 수 없는 공허로움 그 자체일 수밖에 없다. 이와 같은 빈자리의 영향으로 어머니가 등장하는 한정동의 시들은 감상적感傷的인 정서에 편승할 수밖에 없다는 분석도 나온다. 그러나 〈따오기〉에 드러난 일부 정서만을 가지고 마치 한정동의 모든 시가 감상적이고 애상적哀傷的인 것처럼 평가하거나 그와 유사한 해석을 내리는 것은 바람직하지 않다. 왜냐하면 한정동이 〈따오기〉에서 표면적으로는 슬프고 우울한 정서를 보이지만, 각 연의 끝 행에 해·달·별 등 빛과 관련된 시어들을 배열하여 상징적으로 밝고 희망적인 분위기로 이끌어 가고 있기 때문이다. 해와 달과 별은 모두 빛을 가지고 있는 것들로, 정신적이며 영적靈的 성격을 상징한다. 또한, 빛은 유추적으로 세 가지 특성을 제시한다. 첫째는 가시성可視性으로 어둠을 추방하여 사물을 명료하게 하며, 이러한 특성은 은유적 단계에서 지적知的 공간화空間化를 상징한다. 둘째로 빛은 신화적 단계에서 지적知的 명료성明瞭性의 상징이면서 동시에 불의 은유적 내포가 된다. 마지막으로 빛은 우리의 상상력을 자극하는 물질로서 고대로부터 상승의 개념과 연결되어 왔다34)는 사실에 비추어 볼 때, 〈따오기〉는 애상적 이미지보다 희망적 이미지로 읽어야 한다.

그리고 〈따오기〉에서 정서의 흐름을 '처량함'→'구슬픔'→'적막함'으로 점차 확대시키고 있을 뿐 아니라, 공간적 이동형태도 새의 속성인 유동성을 극대화하여 '떠나가면'→'날아가면'→'흘러가면' 같이 논리적으로 전개하고 있는 점에 주목할 필요가 있다. 즉 1연에서 먼저 '떠나간다'는 사실을 전제해 놓고, 2연과 3연에서 '날아가면'과 '흘러가면'을 제시하여 따오기가 어떤 방법으로 떠나갔는지 구체적으로 명시한 점도 주목할 필요가 있다. 특히 이 시의 마지막 4연은 앞에서 노래한 1·2·3연의 이미지를 하나로 묶어서 '꿈에만 보고/

---

34) 유창근, 문학비평연구, 태영출판사, 2008, pp.339~340.

말 못하던 어머님의/귀나 울릴 걸'이라고 어머니에 대한 간절한 그리움을 열여덟 글자 속에 압축한 점, 각 연에 의성어 '당옥 당옥' 따오기 소리를 반복함으로써 생동감을 주는 점도 예사롭지 않다.

융에 따르면 영혼-심상을 맨 처음 가지고 있는 사람은 항상 어머니mother다. 그 후에 그것은 긍정적인 의미에서든지 부정적인 의미에서든지 남자의 환상을 불러일으켰던 여러 여자에 의해서 탄생된다.[35] 어머니에게서 분리는 특히 남성들의 성격 발전에 있어서 가장 중요하고 가장 미묘한 문제다. 어머니가 아니마의 형성에 큰 영향을 주기 때문이다. 따라서 한정동이 열일곱 살 되던 여름에 갑자기 어머니가 세상을 떠난 사건은 일생일대에 가장 큰 충격이었다.

> 나의 생애에 있어서 거의 백 퍼센트가 어머님 사랑의 가르침의 혜택이었으니, 그 어머님이 세상을 떠나셨다면 따라 죽지는 못할 망정 호천망극하는 몸부림을 친 데도 오히려 부족하겠는데, 그때 나는 장례를 치르는 닷새 동안에 단 한 방울의 눈물도 보이지를 않았던 것입니다. (중략) '너무 기쁠 때 웃음보다 눈물이 나고, 너무 슬플 때 도리어 웃음이 난다'는 옛말 그대로……[36]

한정동의 생애에 어머니의 영향력은 거의 100%이었으며, 그의 말대로 어머니는 삶의 기둥이었다. 어머니가 세상을 뜨자 그 충격으로 한정동은 졸지에 학업을 중단하고 2년 동안 농사일을 도와야 했다. 그러나 농사는 아무리 힘써 해 봤자 별다른 보람을 느끼지 못한다는 것을 깨닫고 공부를 다시 시작하기로 결심하고 평양고등보통학교 2학년 보결시험에 합격하여 새로운 도전을 한다. 한

---

35) 욜란디 야코비, 李泰東譯, 칼 융의 心理學, 成文閣, 1982, p.187.
36) 한정동, 어머니와 따오기, 장영미 엮음, op.cit., p.420.

정동이 다시 학업에 도전한 일이나, 타락의 길을 걷지 않고 이후에 문학에 심취하게 된 것은 아니마의 긍정적 기능에서 온 것이다. 인도자로서 아니마의 긍정적 기능은 남성이 자신의 감정, 기분, 무의식적 기대와 환상을 진지하게 받아들이고 조각, 그림, 음악, 춤 등 어떤 형태로든 확고하게 붙잡을 때 발전하는 것과 무관하지 않기 때문이다.

그가 평양고등보통학교 2학년에 편입하여 그해 늦가을 어느 토요일 학비를 얻으려고 집에 왔다가 평양 칠십 리 길을 걸어가는 도중 강 언덕의 잔디밭에 앉아 잠깐 쉬고 있을 때 난데없는 따오기 소리가 들려왔고, 그 소리는 바로 어린 시절 어머니와 함께 친척집에 가다가 처음 들었던 따오기 소리라서 듣는 순간 문득 어머니 생각이 떠올라 노트에 적어 놓은 것이 바로 〈따오기〉라고 한다.

> 어려서 어머니와 같이 들어 본 처량하고 구슬픈 곡조이기에 그 소리는 문득 어머니 생각으로 내 가슴을 꽉 채워 놓고 말았다. 나는 그 잔디 벌판에 주저앉아 이내 목놓아 울기 시작했다. (중략) 이날 로부터 일주일 이내였다고 기억에 남아 있거니와 내 작문 노트에 는 '따오기' 노래가 씌어졌다.[37]

한정동에 따르면 〈따오기〉는 몇 해에 걸쳐 수정에 수정을 거듭하여 동아일보 신춘문예에 응모하여 당선했는데, 윤극영이 작곡함으로써 더 유명해진 작품이다. 〈따오기〉와 더불어 어머니에 대한 간절함을 노래한 대표적 작품으로 〈갈잎 피리〉가 있다.

---

37) 한정동, 따오기, 장영미 엮음, op.cit., P.377.

혼자서 놀을라니
갑갑하여서
갈잎으로 피리를
불어 보았소

보이얀 하늘가엔
종달새들이
봄날이 좋아라고
노래 불러요

내가 부는 피리는
갈잎의 피리
어디어디까지나
들리울까요

어머님 가신 나라
멀고 먼 나라
거기까지 들리우면
좋을 텐데요.

-〈갈잎 피리〉 전문

앞의 시 〈갈잎 피리〉는 1926년 5월 『어린이』에 발표된 작품이다.
혼자 놀다가 갈잎 피리를 만들어 부는 것으로 화두를 시작한다. 그
의 고향은 갈밭이 무성하여 쉽게 갈잎 피리를 만들어 마음껏 불 수
가 있었다고 한다. 종달새의 노랫소리와 화자話者의 갈잎 피리 소리
가 어머니 가신 나라에까지 들렸으면 좋겠다는 소망적 사고*wishful*

*thinking*가 분명히 드러나는 시다. 화자의 어머니에 대한 그리움이 연을 거듭하면서 점차적으로 극대화하고 있다.

〈따오기〉에서 따오기가 가야 할 곳도 '어머니 가신 나라'이고, 〈갈 잎 피리〉에서 화자가 그리워하는 곳도 결국은 '어머니 가신 나라'이다. 그리고 두 작품 속에서 어머니는 현실 속에 실제로 존재하는 어머니가 아니라, 무의식 속에 잠재한 긍정적 아니마임을 다시 한 번 확인할 수 있다. 긍정적 아니마가 지나친 남성은 여성화되거나 나약해지기 쉬우며, 지나치게 많은 것을 생각한 나머지 자발성과 외향성을 상실하게 되며, 따라서 감상주의자가 되거나 노처녀처럼 까다로운 사람이 된다고 한다. 그러나 아니마가 의식되지 않아 미분화 상태에 있으면 그것은 원시적인 감정과 통하게 되는데, 그것은 침착하고 이성적임을 자랑하는 남성으로 하여금 폭발적인 분노를 일으킨다고 한다. 순간 그는 그의 부정적 아니마에 사로잡히게 되는데, 부정적 어머니상을 가진 남성은 조급하고, 우울하고, 불안정하며, 화를 잘 내는 성격이 될 가능성이 높다고 한다. 더구나 중년 이후의 지속적인 아니마 상실은 그의 생동감을 점진적으로 희생시켜 성격상의 경직, 단조, 완고, 부질없는 원칙의 나열에 사로잡히거나 반대로 체념, 피로, 나태, 소아적인 연화, 책임감 상실에 빠지게 된다[38]는 것이다. 긍정적 아니마든 부정적 아니마든 지나칠 때 문제가 발생하지만, 잘 분화된 아니마는 창조적 감흥을 불러일으킨다는 사실을 한정동의 시에서 어렵지 않게 발견할 수 있다. 신현득은 〈갈잎 피리〉에 대해, 어머니 가신 나라의 어머니는 어머니이면서 잃어버린 조국이라면서 '민족시인

---

38) 李符永, op.cit., pp.79~80.

백민 한정동은 세상을 두고 멀리 떠난 어머니를 생각하면서 조국을 위해 울었던 것'[39]이라고 아니마 투사 대상을 조국에까지 확산하고 있다.

이상에서 고찰한 바와 같이 한정동의 시를 분석해 보면 어머니를 주제나 소재로 삼은 시가 많다. 〈어머니의 혼〉이라는 작품처럼 '어머니'를 제목에 노출하거나, 작품 속에서 하나의 시어로 사용한 때도 텍스트 131편 가운데 약 20%[40]에 해당한다. 또한, 어머니와 관련되는 작품 24편을 계절별로 분류했을 때, 아래 [표 1]에서 보는 바와 같이 봄과 여름이 각각 2편, 가을이 8편, 겨울이 3편, 기타 계절과 관계없는 작품 9편으로 가을철이 압도적으로 많다.

계절	해당 작품명	편수	계절별%	비고
봄	〈갈잎 피리〉, 〈졸업날 아침〉	2편	13.3%	
여름	〈여름〉, 〈발자국〉	2편	13.3%	
가을	〈달〉, 〈바람〉, 〈추석〉, 〈어머님의 혼〉, 〈가을이 되면〉, 〈기다림〉, 〈늦가을〉, 〈가을 저녁때〉	8편	53.3%	
겨울	〈기다림〉, 〈설님〉, 〈겨울밤〉	3편	20%	
기타	〈초사흘 달〉, 〈따오기〉, 〈물레 소리〉, 〈이상한 달나라〉, 〈고향 그리워〉, 〈구름〉 2편, 〈참새와 마차〉(동물), 〈자장노래〉	9편	계절별 통계에서 제외	
합계		24편		

[표 1] 텍스트 131편 중 어머니를 주제 또는 소재로 선택한 작품

---

39) 신현득, 일제 40년의 抗日詩에서 한정동의 목소리만한 것이 없었다, 창조문학, 통권 101호, p.27.
40) 장영미 엮음, '한정동 선집'에 실린 작품을 텍스트로 삼았다. 전체 131편 중 24편에 '어머니'라는 시어를 쓰고 있어 사용 빈도는 약 20%에 해당한다.

[표 1]에서 보는 바와 같이 어머니와 관련된 사계절 작품 가운데 가을에 해당하는 작품이 약 53%에 해당하여 절반을 넘는다. 노스럽 프라이N. Frye의 사계원형四季原型에 따르면, 가을은 석양, 죽음의 단계로 신의 사망, 영웅의 갑작스런 죽음, 희생, 영웅의 고립에 관한 신화, 부차적인 인물로 모반자와 유혹자, 비극과 엘레지의 원형[41]이다. 따라서 한정동이 작가로 등단하여 작품을 쓰기 시작한 때는 이미 어머니가 세상을 떠난 상태이기 때문에 거기서 오는 상실감으로 무의식 속에서 비극과 엘레지의 원형인 가을을 작품 속에 많이 선택했다고 분석할 수 있다.

그러나 텍스트 전체 131편을 계절별로 분석하면 상황이 달라진다. 봄이 21편으로 사계절을 나타낸 작품 가운데 가장 많은 45.6%를 차지하고, 여름 5편, 가을 16편, 겨울 4편으로 집계되어 계절상 봄이 가장 많고 그다음이 가을로 나타난다. 따라서 노스럽 프라이의 사계의 원형에 비춰 보면 한정동의 시는 전체적으로 봄의 이미지가 주류를 이루고, 가을에 관련된 작품도 상당수에 이른다는 사실을 알 수 있다.

전체 131편 가운데 직접 계절에 관련된 46편을 분석한 결과는 다음과 같다.

계절	해당 작품	편수(%)	비고
봄	〈봄은 가나요〉, 〈강촌의 봄〉, 〈갈잎 피리〉, 〈졸업날 아침〉, 〈봄비〉, 〈이른 봄〉, 〈산막의 늦봄〉, 〈이른 봄〉, 〈봄〉, 〈봄비〉, 〈봄노래〉, 〈제비〉, 〈봄〉, 〈봄날〉, 〈봄바람〉, 〈종달새〉, 〈낮달〉, 〈봄〉, 〈봄비의 자취〉, 〈봄날 저녁〉, 〈봄〉	21/46 (45.6%)	

41) 유창근, op.cit., p.338 참조.

여름	〈여름〉, 〈여름의 자취〉, 〈여름밤〉, 〈칠월의 정서〉, 〈발자국〉	5/46(10.8)	
가을	〈바람〉, 〈어머님의 혼〉, 〈기다림〉, 〈달〉, 〈꿈길〉, 〈추석〉, 〈가을 꿈〉, 〈햇살지겠네〉, 〈가을이 되면〉, 〈제비와 복남〉, 〈낙엽〉, 〈가을 나뭇잎〉, 〈가을 소풍〉, 〈늦가을〉, 〈가을 저녁때〉, 〈가을 나뭇잎〉	16/46 (34.7)	
겨울	〈기다림〉, 〈설남〉, 〈눈 온 아침〉, 〈겨울밤〉	4/46(8.7)	

[표 2] 텍스트 131편 중 계절에 관련된 46편을 계절별로 분석한 자료

[표 2]는 텍스트 131편 가운데 계절과 관련된 46편의 작품을 계절별로 분류한 것이다. 결과를 보면, '봄'이 약 46%에 해당하여 가장 많은 비중을 차지하고, 그다음이 '가을'로 약 35%에 해당한다. 프라이의 사계원형에서 봄은 새벽, 출생의 단계로 영웅의 탄생과 재생, 부활과 창조, 죽음과 겨울과 어둠의 퇴치를 상징하는 신화, 부속적인 등장인물은 아버지와 어머니다. 문학에서는 로맨스와 열광적이고 광상적인 시가의 원형이다. 여름은 정오, 결혼 승리의 단계로 인간의 신격화, 거룩한 혼인 관계, 낙원에의 입장에 관련된 신화, 부차적 인물로는 친우와 결혼한 신부, 문학에서는 희극, 전원시, 목가의 원형이다. 가을은 앞에서 언급한 것처럼 석양, 죽음의 단계로 신의 사망, 영웅의 갑작스런 죽음, 희생, 영웅의 고립에 관한 신화가 이에 해당하며 비극과 엘레지의 원형이다. 겨울은 어둠, 해체의 단계로 그러한 세력들에 관한 신화, 대홍수와 대혼돈의 신화, 영웅의 패배 신화, 소위 제신의 몰락 신화, 부차적인 인물은 식인귀, 마녀, 아이러니와 풍자문학의 원형을 상징한다.

이런 상징적 의미로 보면 한정동의 작품에 나오는 봄은 대단히 중요한 의미를 내포한다. 일제강점기와 남북 분단으로 나라와 고향을 잃고 평생 혈혈단신으로 외롭게 살아온 한정동에게 절실한 소망은 길고 긴 겨울에서 벗어나 하루속히 봄을 맞이하는 일이다. 35년의 일제강점기와 1950년 12월 그가 어린 막내딸만을 데리고 남하한 이후 1976년 세상을 뜨기까지 남북이 분단된 상황에서 고향에 가지 못하고 고독하게 보냈던 그의 일생은 한마디로 지독하게 길고 지루한 겨울이었다. 그런 상황에서 봄은 한정동의 무의식 속에서 희망적이고 긍정적인 아니마로 작품 속에 강하게 투사된 것으로 분석할 수 있다. 죽음과 겨울과 어둠을 퇴치하고 탄생과 부활과 창조의 새 봄을 맞고자 하는 강한 욕구가 그의 무의식 속에서 끊임없이 치솟아 작품으로 승화한 것이다.

그리고 어머니를 주제나 소재로 한 작품은 공통적으로 어머니에 대한 간절함과 그리움을 극대화하였다. 아울러 어머니를 그리워하는 시점에서는 항상 청각적인 이미지나 시각적인 이미지를 동반하고 있음을 발견할 수 있다. 어머니에 관련된 작품 24편을 분석해 보면, 어머니를 연상하도록 한 이미지의 빈도는 〈추석〉, 〈여름〉 등에서 볼 수 있는 시각적 이미지가 14회, 〈갈잎 피리〉, 〈자장노래〉 등에서 볼 수 있는 청각적 이미지가 4회로, 한정동은 대부분 시각적 이미지를 통해 어머니에 대한 그리움을 표출하고 있다. 아울러 그의 작품 속에서 주체의 행동 방향은 화자가 존재한 위치를 향해 접근하는 경우보다 대부분 화자에게서 멀리 떠나가는 것으로 일관하고 있음을 발견할 수 있다. 그의 대표작이라 불리는 〈따오기〉나 〈갈잎 피리〉를 비롯한 다른 작품에서 사람도 떠나고, 새도 날아가

고, 무생물인 흰 돛배까지도 떠나감으로써 화자는 마침내 혼자되
는 상황을 발견할 수 있다. 그렇다고 전적으로 의지했던 어머니가
갑자기 한정동의 곁을 떠난 사실에 대해서 부정적 의미로만 읽어
서는 안 된다. 주권과 국토까지 빼앗긴 당시의 시대적 정황으로 미
루어 볼 때, 오히려 한정동의 무의식 속에 잠재한 아니마는 어머니
(조국)를 찾고자 하는 긍정적 아니마다.

한정동의 시를 읽어 가다 보면 무의식의 중심에 항상 어머니가
존재함을 발견할 수 있는데, 어머니는 대부분 달을 동반하고 있다.
그래서 그는 '달'이라는 객관적상관물客觀的相關物을 통하여 현실 속
에 부재한 어머니를 상상하고, 그리워하고, 마침내 상상 속에서 어
머니와 상봉한다.

① 높은 달아 저 달아/기러기도 왔는데
새 가을도 왔는데/어머니는 안 오니
가을밤에 귀뚜라미/고운 노래 부를 때
기럭 함께 오시마/약속하신 어머님

밝은 달아 저 달아/우리 엄만 왜 안 와
앞집 곤네 읍하고/정성들여 묻는다.

-〈달〉 전문

② 팔월에도 열나흘 밤엔/떡을 치건만
앞 냇가에 삿갓 쓴 이/낚시합니다

푸른 갈밭 쌔한 갈품/늘어진 아래
해오라기 한발 걷고/잠을 잡니다

저 건너편 산기슭에/희미한 등불
내 어머니 계신 무덤/지키는 등불

쬘–쬘쬘 들귓드리/외마디 울음
마른 풀꽃 이슬에도/달이 찼다고

해마다 추석에는/달이 밝지만
옛 어머니 뵈올 날은/왜 안 오나요.

–〈추석〉 전문

앞의 시 두 편은 모두 가을철을 배경으로 하고 있다. 시 ① 〈달〉은 귀뚜라미가 울 때 기러기와 함께 오신다던 어머니가 새로운 가을이 오고 기러기도 왔는데 왜 안 오느냐고 높이 떠 있는 달을 향해 따지듯 묻는다. 시 ② 〈추석〉 또한 추석 전날 밤에 달을 바라보며 어머니를 그리워하는 애절한 마음이 담겨 있다. 멀리 산 너머에 어머니의 무덤을 지키는 희미한 등불이 보이고, 마른 풀꽃 이슬에 달이 찼다고 들 귀뚜라미가 울고, 날이 밝으면 바로 추석날인데 화자는 밝은 달을 바라보면서 어머니 뵈올 날은 왜 안 오느냐고 답답한 마음을 하소연하고 있다. 계절적으로 시 ①과 ②는 모두 가을이다. 다만 시 ①에서 우리나라에 기러기가 날아오는 시점이 늦가을이고, 시 ②의 추석은 가을의 한중간에 위치한다고 볼 때, 약간의 시차가 있지만, ①과 ②는 화자가 달을 보면서 어머니를 연상하는 정서가 동일하다. 작품 ①과 ②에서 한정동은 1차적으로 자신의 아니마를 달에 투사시켜 작품으로 형상화하고 있는데, 달은 주기적으로 소멸과 생성을 반복한다는 특성 때문에 재생이나 부활을 의미한다. 달은 또 선사시대로부터 모든 다산력多産力의 원천으로 간주되어 왔을 뿐 아니라[42] 여성의 주기적 생리현상과 연관되어 여성성女性性을 의미하기도 한다.

따라서 달은 시에서 외로움과 그리움, 냉정함과 처연함의 정서를 자아내는 자연물[43]로, 한정동의 시에서 달은 어머니를 동반하는 아니마의 투사 대상으로 읽어야 한다.

그밖에 아니마를 사물에 투사한 경우는, '구름'이나 '바람'처럼 유동성을 가진 것에 투사하거나 '밤'처럼 폐쇄적 공간에 투사하는 등 그 양상이 다양하다.

① 흰구름은 햇솜인 양
포근한 마음
붉은 구름 비단인 듯
어머니 생각

흰색 구름 조각조각
구슬픈 기분

눈을 뜨고 바라보면
사라져 가고

눈을 감고 생각하면
피어 만나고-

-〈구름〉 전문

---

42) 에릭 애크로이드, 김병준 역, 꿈 상징 사전, 한국심리치료연구소, 1997, p.164.
43) 金載弘 편저, 詩語辭典, 고려대학교출판부, 1997, p.267.

② 아닌 밤 문 때리는/그것 누구가
집 잃은 아이들이/집을 찾는가
엄마 없는 아이가/엄마 찾는가
동무 잃은 아이가/동무 찾는가
갈 바 몰라 헤매는/재넘이 바람

뒷동산 나무숲에/불도 안 켜고
어머니는 흑흑흑/흐느껴 울고
네 집 근처 낙엽들/모여 앉아서
어디든 같이 가자/기다리누나
갈 바 몰라 헤매는/재넘이 바람.

－〈바람〉 전문

위의 시 ①과 ②는 각각 구름과 바람을 주제로 하고 있다. 시 ①에서 구름은 일정한 공간 속에 갇혀 있는 구름이 색깔에 따라 각각 다른 정서를 드러내면서 시각적 이미지를 다양하게 표출하고 있다. 시 ②의 경우는 바람의 속성을 잘 살려 '때리고, 찾고, 헤매는' 등 동적이면서 보이지 않게 불안한 상황을 연상시킨다. 시 ①의 구름이 조용하고 여성적 정서라면 시 ②의 바람은 남성적 정서로 다소 거칠고 동선動線이 크다. 대체로 구름은 가벼움으로 인해 자유로움을 상징하거나 또는 쉽게 사라지는 모습으로 인해 허망함, 덧없음을 상징한다. 그러나 바람은 가변성과 역동적 속성으로 인해 인간의 존재성을 일깨워 주는 촉매가 되는가 하면 자유와 방종을 상징하기도 한다. 또한, 수난과 역경, 시련을 상징하기도 하지만 바람은 어떤 대상이나 이성에 마음이 이끌려 들뜬 상태를 의미하기도 한다[44]. 따라서 앞의 시 ①과 ②에서 구름과 바람이 아니마의 투사 대상이 된 것은 그들이 지닌 공통적 상징인 자유로움 때문이다. 그리고 종교적인 상징주의에서 바람은 성령을 나타내는데, 심리학적인 견지에서 이 성령은 우울한 상태로부터 기쁨으로, 또는 세속적이고 물질적인 관심들로부터 더욱 높거나 더욱 깊은 수준의 의식으로 끌어올릴 수 있는 내적인 에너지[45]가 된다. 이때 시 ②의 바람은 더욱 발전적이고 긍정적인 아니마로 투사된다. 결론적으로, 한정동의 시에서, 유동성을 나타내는 구름이나 바람에 아니마를 투사시킨 것은 어머니의 나라에 가고 싶다는 강한 욕구로 해석할 수 있다.

한정동은 1925년 우리나라 신춘문예 사상 최초의 동요 작가로 등단하여 〈따오기〉를 비롯하여 뛰어난 작품으로 동요의 황금시대를 개척했을 뿐 아니라, 우리나라 동요계의 견인차 구실을 해 왔다. 특히 그가 왕성하게 작품 활동을 하던 1920년대는 일제강점기로 어린이의 정서가 피폐하여 내일의 희망을 기약하기 어려웠던 때라 상대적으로 어린이들에게 밝고 희망적인 동요를 지어 부르게 하는 일이 시급했다. 아직 창가조唱歌調의 틀을 벗어나지 못한 채 감상적이고 애상적인 목소리로 무미건조한 작품들을 써내던 당시의 타성을 깨고 때를 맞추어 한정동이 나타나 예술성이 가미된 동요로 새로운 경지를 연 것은 획기적 사건이었다.

지금까지 살펴본 바와 같이, 한정동의 시에는 유난히 어머니를 읊은 노래가 많다. 한정동에게 어머니는 생애에 100% 영향을 미쳤다고 스스로 술회할 정도로 그에게 가장 강력한 아니마였다. 아니

---

44) Ibid, p.448.
45) 에릭 애크로이드, op.cit., p.212.

마는 남성의 마음속에 있는 모든 여성적 심리경향心理傾向을 의인화한 것이라고 했다. 확인한 바와 같이 한정동의 아니마는 전적으로 어머니에 의해서 형성되었다.

텍스트로 삼은 한정동의 시 131편을 분석한 결과, 아니마의 투사 대상은 어머니를 비롯하여 달, 구름, 바람, 밤, 고향의식, 민족정신 등 다양하게 나타난다. 투사 대상이 사물일 경우에 달은 어머니를 연상시키는 객관적 상관물로, 유동성을 가진 구름이나 바람은 어머니가 계신 곳으로 자유롭게 이동할 수 있는 매체로 사용하고 있음을 발견할 수 있다. 다시 말해서 아니마의 투사 대상은 어머니처럼 인물에 투사되는 경우, 달·구름·바람·밤처럼 사물에 투사되는 경우, 고향의식이나 민족정신 등 이념에 투사되는 경우로 분류할 수 있는데, 그중에서 가장 강력한 아니마의 투사 대상은 어머니임을 확인했다. 한마디로 한정동의 무의식 속에 잠재한 어머니는 사랑의 화신이고, 인간이 '세상에서 신의 참모습을 느끼게 하는 존재'라고 할 정도로 한정동에게 어머니는 절대적 존재였다. 이처럼 한정동의 아니마가 순전히 어머니에 의해서 형성되었다고 전제할 때, 그의 무의식 속에 존재하고 있는 아니마는 어머니와 같은 완벽한 여성상일 수 있다. 그런데 한정동이 17세 때 어머니가 세상을 뜨면서 상실감으로 잠시 학업을 중단하고 2년간 농사일을 도왔는데, 이때는 그에게 이른바 부정적 아니마가 지배하던 시기다. 반면, 다시 학업을 계속하기로 하고 평양고등보통학교에 2학년으로 편입하여 공부를 마치고, 직장 생활하는 동안 신춘문예에 등단하여 열심히 작품 활동을 한 것은 잘 분화된 아니마가 창조적 감흥을 일으킨 경우다. 아니마가 남성에게 보내는 느낌, 무드, 기대, 환상

등을 진지하게 받아들여서 그것들을 어떤 형식, 이를테면 글이나 그림이나 조각, 작곡, 무용 등의 형식에다 정착시킬 때는 아니마의 긍정적 기능이 생긴다.

한정동이 일제강점기, 민족 분단시대, 이산가족 등 혼돈의 시대를 살아오면서도 현실을 회피하거나 본질을 왜곡시키지 않고, 밝고 잘 분화된 아니마를 작품 속에 형상화한 점, 그리고 냉혹했던 현실에 굴하지 않고 고통과 슬픔과 모순의 한복판에서 참담했던 날들을 끝까지 정신력으로 버티며 이 땅에 동요의 황금시대를 열어 간 점은 높이 평가해야 한다.

한정동, 그는 우리나라 아동문학사에 창작동요의 새로운 활로를 개척한 선구자다. 평생 어린이들을 위해 밝고 아름다운 동요를 창작한 동요의 아버지로 살다가 1976년 6월 23일 83세를 일기로 어머니가 계신 나라, 꿈에 그리던 나라로 바람 따라, 구름 따라 떠났지만, 그가 남기고 간 문학적 성과는 영원히 이 땅 위에 아름다운 꽃으로 피어날 것이다.

한정동(韓晶東: 1894~1976)

　평안남도 강서군에서 출생했으며, 호는 백민白民이다. 평양고보를 졸업한 뒤 1925년 동아일보 신춘문예에 동요 〈따오기〉가 당선된 이후 많은 동요를 발표하였다. 조선일보와 동아일보 기자, 지국장을 지냈고, 진남포중학교 교사, 진남포여자고등학교 교장, 덕성여고 교사 등 신문·잡지 기자와 교사 생활을 하면서 작품 활동에도 열정적이었다. 1968년 서울 노래동산과 서울교육대학이 제정한 고마우신 선생님 상을 받았다. 1969년에 한정동 아동문학상이 제정되었으며, 동요집「따오기」, 동요 동화집「갈잎 피리」, 동화집「꿈으로 가는 길」 등 많은 작품을 발표하였다.

마해송 동화와 트라우마^{Trauma}

Ⅰ. 들어가며

마해송은 1905년 황해도 개성에서 태어나 1966년 11월 뇌일혈로 세상을 뜨기까지 7권의 동화집을 출간했다. 그의 작품은 가난하거나 학대받는 아동을 외면하지 않고 인정세태를 풍자하며, 강한 민족성을 담아내는 등 다양한 형태를 띠고 있는데, 일제에 저항하고 부패한 사회상을 고발하며 현실에 참여했다는 측면에서 주목을 받았다.

특히 마해송은 1923년에 순우리말로 된 동화 〈바위나리와 아기별〉을 창작하는 등 총 일곱 권의 동화집과 동요, 수필, 소설 등의 작품을 남겼다. 당시만 해도 우리나라는 이야기 구조가 단순하면서 교훈성이 그대로 드러나는 전래 동화가 주류를 이루어 왔는데, 우리나라 최초의 창작 동화라고 일컫는 〈바위나리와 아기별〉은 치밀한 동화적 구성과 1920년대 초에 창작된 동화라고 생각하기 어려울 만큼 쉬운 우리말로 창작되었다는 점에서 높은 평가를 받아 왔다.

마해송의 동화에 대해서 이재철은 '동화에서는 마해송을 구심점으로 보다 인간적인 삶의 문제를 탐구하는 것을 중심과제로 삼고 그것을 해결하기 위해 소설적 묘사의 기법을 끌어들이는 등 현대 동화로의 발전을 가능하게 한 바탕을 이룩해 놓았는데, 말하자면 전래 동화에서 현대 동화에 이르는 다리의 구실을 감당하였다.'고 평한 바 있고, 박홍근 역시 마해송의 동화는 어떤 다른 작가의 작품보다 사상의 세계가 강렬하게 담겨 있어서 얼핏 볼 때 그저 재미있는 이야기 같으나 그 웃음 속에 예리한 풍자와 또 가르침이 있으며, 해송 동화의 밑바닥을 흐르는 정신은 사랑, 그리고 불의에 대한 증오, 민족이 지녀야 할 자세 등으로 볼 수 있다고 지적하면서, 해송 선생은 문학과 생활태도가 조금도 상반되지 않는 작가였다고 회고의 글에서 기록하고 있다.

그동안 마해송에 관한 연구는 이재철, 박경용, 최지훈 등이 개괄적인 측면에서 고찰하였고, 김재규와 고일곤이 생애에 관한 전기적 연구를 한 바 있다. 박상재와 김은숙은 마해송의 작품을 통해서 한국적 환상 이미지를 분석하였고, 이영미는 공간분석을, 김도남은 마해송의 생애와 작품을 통시적으로 접근했다. 장소영은 풍자성 문제를, 김정환은 저항적 양상에 관한 고찰을, 차보금은 강소천과 마해송 동화의 대비적 연구에서 주제와 형식적 측면을 비교·분석하는 등 지금까지 대학원 석, 박사학위논문을 중심으로 다양한 연구가 진행되었다.

그러나 정신분석학적 측면에서는 아직 이렇다 할 연구가 없어, 이 분야의 연구가 더욱 활성화되기 바라는 뜻에서 마해송 동화를 트라우마와 관련하여 조명하고자 한다. 이러한 시도를 하게 된 까닭은 첫째 마해송의 전기를 살펴볼 때, 지나칠 정도로 엄격한 아버지 밑에서 철저히 억압당하며 정신적 고통을 받고 성장했고, 둘째 일제강점기 상황에서 피지배 국가의 약자로서 공포와 수치심 등 극심한 정신적 충격을 받으며 살아왔는데, 이와 같은 환경적 요인이 작품 창작에 크게 영향을 미쳤다고 판단되기 때문이다.

해송의 아들 마종기는 '그분이 어린이를 위한 동화를 쓰기 시작한 직접적인 동기는 그러니까 나라를 잃은 울분을 달래면서 내일의, 나라의 희망인 어린이들에게 내 나라의 말과 글을 잊지 않도록 하고 내 나라의 혼을 마음 깊이 간직할 수 있도록 하려고 한 것과 봉건적이고 폐쇄적인 당시의 사회에서 자유와 평등의 새로운 기운을 그리워하며 그런 기상이 나라에 널리 퍼져야 한다는 신념 때문이었던 것 같다.'라고 최근에 펴낸 「아버지 마해송」에서 밝히고 있는데, 이는 한 마디로 트라우마를 극복하기 위해 동화를 썼다는 의미로 해석할 수 있다.

II. 구속된 트라우마

트라우마*trauma*란, 일반적인 의학용어로 외상外傷을 말하는데, 심리학에서는 특히 정신적인 외상을 지칭한다. 과거에 겪은 고통이나 정신적인 충격 때문에 유사한 상황이 나타났을 때 불안해지는 증상[46]으로, 보통 선명한 시각적 이미지를 동반해 나타나는 경우가 많고 오래 기억되는 것이 특징이며, 증세는 충격 직후 또는 얼마간의 시간이 지난 후에 나타나 과민반응과 충격의 재경험, 감정회피, 심할 경우 마비 등의 증상을 일으킬 수 있다.

---

46) 박문각, 시사용어사전, 박문각, 2011.

한 예를 든다면, 프로이트의 「과학적 심리학 초고⁽¹⁸⁹⁶⁾」에서 엠마라는 부인의 이야기가 나오는데, 엠마는 특히 옷가게 등 상점에 들어가는 것을 꺼려하는 광장공포증에 시달리고 있었다. 그 이유는 성적性的 분별력이 발달되지 않았던 8세 때, 어떤 상점으로 들어갔다가 상점 주인이 웃으면서 옷 위로 그녀의 성기를 만지는 성기 추행을 당한 은폐기억이 있었는데, 12세 때 옷가게에 들어가 옷을 입어 보자 점원들이 자신의 옷을 보고 비웃었다고 생각하여 가게를 뛰쳐나갔던 일을 떠올려 어린 시절의 은폐기억을 환기함으로써 트라우마가 생기게 되었다는 것이다.

이처럼 트라우마는, 하나의 사건-그것이 여덟 살 때의 것이건 열두 살 때의 것이건-만으로는 절대 성립되지 않으며 반드시 두 개의 사건이 갖추어져야만 가능하게 된다⁴⁷⁾는 것이다.

1) 반복되는 트라우마

마해송은 1905년 1월 8일 개성시 대화동에서 태어났다. 관명인 상규라는 한문자를 싫어해서 16세 때 일본으로 도망가 김우진 등과 연극 극단을 만들어 한국 순회공연을 할 때 프로그램에 해송이라는 이름을 처음 쓰게 되었는데 일본의 한문 옥편에 해송의 뜻이 '조선소나무'로 되어 있어서 그 이후 계속하여 해송이라는 이름을 썼다고 한다. 6세 때부터 서당에서 한문 공부를 시작으로 4년제 소학교인 개성 제일 공립보통학교를 졸업하였고, 1916년에는 3년 과정의 정토정불교중학교와 1년 과정의 야간학교인 개성 공립 간이 상업학교에 입학하였다.

---

47) 서동욱, 트라우마, http://navercast.naver.com.

1917년 음력 4월 10일, 부모의 강요로 열두 살의 나이에 결혼을 하였으나 호적에 올리지 않고 불행한 결혼 생활을 하다가, 나중에 그가 폐병으로 요양을 하던(1928~29) 중 병세가 악화되자 자신의 죽음을 생각하며 불행한 색시를 그 자신으로부터 풀어줘야 한다는 생각을 하여 이혼한다. 이는 마해송의 어린 시절에 가장 큰 충격을 준 사건으로 일평생 거대한 트라우마로 자리잡게 된다.

프로이드에 의하면 외상外傷 신경증에서 자극의 강도는 자극 장벽의 강도와 함께 커다란 중요성이 있다. 다른 심리 내적心理 內的 갈등으로 인한 신경증과 마찬가지로 여기서도 타고난 요소와 과거 경험이 자아自我가 얼마나 외상적 자극들을 잘 다룰 것인지에 영향을 미친다.

외상은 발달과정에서 항상 발생하는 것인데, 어떤 외상적 경험들은 발달에 부정적 영향을 주고 외상에 대한 자아의 취약성을 증가시킨다. 자아와 초자아 발달에서 타고난 요소, 고착固着 그리고 퇴행退行은 자아의 취약성에 중요한 영향을 미친다.

유아의 욕구를 충족시켜 주는 일과 관련된 반복되는 작은 실패들은 아동의 자아를 외상에 취약하게 만드는 누적된 외상cumulative trauma을 발생시킬 수 있다. 외상적 자극과 그것이 발생하는 리비도libido 발달 단계 사이의 상관관계는 외상이 일어날 것인지 그리고 그 영향이 어떤 것인지를 결정한다. 여기에 영향을 미치는 요소들은 외상이 발생한 시기의 환경적 상황과 심리적 상황, 그 사건 자체보다는 그 사건에 대한 개인의 반응, 그것을 극복하려는 원시적이고 병리적인 시도들 그리고 자기 자신과 대상들에 의해 제공된 지지支持 등이다. 때로는 급성 형태의 뚜렷한 외상의 증상들이 나타

난 이후에 자아의 강화, 향상된 적응 능력 그리고 가속화된 발달이 뒤따라오기도 한다.[48]

1919년 9월 마해송은 경성 중앙고등보통학교에 입학하여 3·1운동 이후 잦은 동맹휴학으로 고향에 내려가는 일이 많았는데, 이때 기차 안에서 네 살 연상의 순이라는 초등학교 여선생을 만나 진정한 사랑에 눈을 뜬다. 동맹휴학으로 중앙고보를 중퇴하고, 보성고보에 전학하지만, 다시 동맹휴학으로 퇴학당하자 1921년 12월 24일 일본으로 건너가 다음해 봄에 일본대학 예술과에 입학하였다. 홍난파 등과 극단 동우회의 한 사람으로 국내 각지를 순회하며 연극을 통한 개화운동에 힘썼다. 순이와는 입학 무렵 즉 1922년 3월에 일본에서 다시 만나 열흘 정도의 동거를 하지만, 순이 남편의 등장과 철권단의 압력에 의해 순이는 중국으로 가고, 마해송은 강제로 고향에 붙들려 와 연금 생활을 하게 된다. 이 연애사건으로 호된 꾸지람을 듣고 연금되다시피 한 것에 크게 불만을 느끼게 되는데, 그 불만을 동화로 쓴 것이 〈바위나리와 아기별〉이다. 이 사건은 마해송에게 또 하나의 씻을 수 없는 충격적 트라우마로 자리잡는다.

이듬해 공진항 등과 문학 클럽 '녹파회'를 조직하고 1923년 '송도 소녀가극단'을 도와 지방을 순회하며 가극을 통한 개화운동에 힘썼다. 그리고 방정환과 색동회의 동인이 되어 많은 동화를 발표함으로써 어린이 운동의 선구자가 되었다. 일본대학 졸업 후에는 『문예춘추』사에 입사하여 편집장을 지냈고, 1930년에는 직접 『모단 니혼』을 창간하여 언론 활동을 벌이기도 하였다. 해방 후 귀국

---

48) 정신분석용어사전, 서울대상관계정신분석연구소. 2002.

하여 송도 학술위원회 위원장, 국방부 한국문학연구소 소장, 정훈국 편집실 고문 등을 역임하고 1951년 공군 종군 문인단 단장을 지냈다. 그때의 체험을 「전진戰塵과 인생」이라는 수필집으로 펴냈다. 일제강점기의 지배국이던 일본이 한국에 행한 잔인한 행위, 그리고 6·25전쟁으로 혼란해진 사회 속에서 공산당이 우리에게 저지른 온갖 비인간적인 행태는 약자의 입장에 처해 있던 우리 민족에게 눈물겨운 트라우마로 각인되는 계기가 되었다.

2) 구속자로 인한 트라우마

마해송은 어려서부터 아버지에 대한 감정이 매우 좋지 않았다. 권위주의적이고 엄격하고 융통성이 없는데다가 꾸중을 잘하는 아버지가 어른이 되어서까지도 마해송에게 분노와 증오심을 품게 했다고 술회하고 있다.

"어머님이 돌아가셨다는 전보를 받았다. 찬물벼락을 맞은 것 같은 충격을 느꼈다. (중략) 아버지는 완고하고 엄한 분으로 생각했지만 어머님은 나에게는 사랑뿐인 분이었다. 아버지가 나를 꾸중하실 때에 어머님은 으레 말씀이 없으셨다. 그것은 꾸중 듣는 나를 가엾다고 생각하시는 것으로 생각했었고 아버지가 사랑방으로 나가신 다음에 나를 쓰다듬으며 말씀하시는 어머님의 말씀은 그 말이 그 말이었지만 귀에 쏙 들어왔던 것이다. (중략) 아버지는 원망했지만 어머님을 원망한 일은 없었고 어떤 누구의 어머니보다 어질고 착한 마음을 가지신 어머님이라고 생각했고 또 많은 형제 중에서도 나를 제일 귀여워하신 것으로 생각하고 있었던 것이다."[49]

---

49) 마해송, 아름다운 새벽, 문학과 지성사, 2000, pp.75~76.

마해송이 어머니의 죽음을 통보받고 어린 시절을 회상하며 쓴 글로, 아버지는 완고하고 엄하고 꾸중을 잘하는 분인 데 반해, 어머니는 사랑뿐이었고 정이 많으며 어질고 착한 분이었다고 술회하면서 아버지는 원망했지만, 어머님을 원망한 일은 없었다고 솔직한 심정을 털어놓고 있다.

이와 같은 사례는 실제 그의 자전적 수필집 「아름다운 새벽」에서 극명하게 드러나고 있는데, 부모에 대한 호칭의 경우, 어머니의 호칭은 깍듯이 '어머님'이라는 존칭을 사용했지만, 아버지는 대부분 존칭 없이 '아버지'로 쓰고 있어 아버지에 대해 섭섭함을 은연중에 드러내고 있다. 이 역시 아버지로 인한 하나의 트라우마로 분석할 수 있다.

마해송이 아버지에 대해서 크게 분노한 것은 앞에서 언급한 바와 같이 열두 살 때인 1917년 음력 4월 10일 순전히 아버지의 강요에 의해 동갑내기 김씨라는 여자와 강제 결혼을 하게 되면서 비롯되는데 당시의 심정을 마해송은 다음과 같이 기록하고 있다.

① 그러기에 바로 그해였을 것이다. 사월 달에 장가를 들었는데 열두 살 동갑짜리 신부와 같이 자는 신방의 꿈자리가 사납기만 했다. 신부가 온통 덕물산 화상 같은 무섭고 요사스런 화상으로 보여서 깨어나서도 신부의 얼굴이 그 화상 같이만 보였던 것이다. 하루 종일 신랑 노릇 하느라고 끌려다녀 고단한데다가 쩔쩔 끓는 더운 방에서 땀을 빼며 거북스럽게 잤던 탓이었을 것이다. ……무서운 꿈이라면 거의가 그런 여인이 나타나는 꿈이었다. 첫 장가 든 여자를 무섭게 생각하고 보기 싫어하고 다른 여자를 사랑하게 되었기 때문이었는지 모른다.[50]

---

50) Ibid, p.22.

② 내가 첫날밤의 꿈으로 해서 보기 싫어하고 우리 집에 오는 것조차 싫어한 동갑짜리 색시가 혹시나 구렁이가 되어서 나오지나 않을까 겁이 나기도 했다. 나는 호젓한 뜰 아랫방에서 혼자 자기로 했을 때였기에 더욱 무서웠다. 그뿐이 아니었다. 어머님뿐 아니라 누님이랑 또 친구들도 항용 하는 말이 머리에 떠올랐던 것이다. - 너 그런 짓하면 죄로 간다![51]

인용한 ①과 ②의 글에서 보듯이 마해송이 아버지의 강요로 열두 살짜리 동갑내기와 강제 결혼을 하게 된 사건은 평생 큰 상처가 되어 마해송에게 지울 수 없는 트라우마를 형성하게 되며, 아버지의 권위에 대한 분노와 증오의 감정을 고조시켰음을 알 수 있다. 그리고 그런 심리적 변화는 마침내 마해송을 죄의식에 빠지게 한다.

프로이트는 '사회의 모든 과정은 연이어지는 세대들 사이의 대립'에 의해 좌우된다고 믿었다. 확실히 개개인에 관한 한, 누군가 자신의 숙명을 펼치고 자신의 독특한 정신세계나 자아에 들어 있는 설계도에 맞추어 살고자 한다면, 부모의 권위로부터의 독립이 필요하다는 점을 시사하고 있다.

마해송은 「아름다운 새벽」에서, 엄하고 완고한 아버지의 구속으로부터 탈출하여 동경에서의 생활은 '해방되었다는 즐거움으로 벅찼다.'고 술회하고 있다. 그리고 아버지는 이혼도 못하게 했을 뿐더러 연애를 인정해 주지 않았고 애인과의 사이를 끊었으며 밖에도 나가지 못하게 가두어 두었던 폭군이라고 적고 있다. 마해송이 앞의 글에서 아버지를 거침없이 '폭군'이라고 표현한 것에 특히

---

51) Ibid, p.30.

주목할 필요가 있는데, 아버지가 마해송과 김씨라는 동갑내기를 강제로 결혼시킨 일이나, 그 후 진정으로 사랑을 나누었던 초등학교 교사이면서 기혼녀인 순이와의 사이도 끊어 놓은 아버지는 그에게 폭군으로 강하게 인식되었다. 마해송은 순이가 아기를 잉태했다는 소식을 듣고, 무서움과 함께 책임감을 느끼게 되었다고 한다. 마해송은 순이에게 개성으로 돌아오라는 소식을 전했고 그래서 순이가 다시 개성으로 돌아오기는 했지만, 주위의 가족으로부터 경계를 당하고 경제력까지 없는 데다 마해송을 보는 불륜의 눈총이 너무나 심한 것에 놀라 순이는 다시 중국으로 돌아가 버리고, 허탈과 절망감에 빠진 마해송은 순이를 받아 주지 않고 부모가 강제로 성혼시킨 김씨하고만 살게 하려는 아버지를 원망하면서, 그 반동으로 전 해부터 관계를 이어 오던 어린이 운동에 더 적극적으로 참여하게 되었다. 이는 일종의 트라우마 극복행위로 해석할 수 있다. 이후 순이의 일기를 보면 남편 최씨와 헤어지기로 합의를 보고, 마해송을 기다리며 연락을 취했지만 그는 한번도 찾아가지 않았다고 한다. 방문하지 않은 그 첫째 이유는 철권단의 협박이었다고 한다.

그 당시 철권단은 돈 많이 쓰는 부자 유학생이나 행실이 부정하거나 소문이 안 좋은 동경 유학생들에게 자주 폭력을 쓰던 폭력배 단원 몇이 찾아와서 유부녀와의 관계를 끊으라고 협박했기 때문이라고 한다. 그래서 주먹질도 말다툼도 없이 순이와 헤어져 버렸다고 마해송은 당시의 어쩔 수 없는 상황을 솔직하게 술회한 바 있다.

바위나리는 병이 든다. 시든다. 아기별은 밤새 간호해 준다. 새벽
녘이 되자 바위나리는 아기별에게 빨리 올라가라고 한다. 차마 떨
어지지 않는 발길을 돌려 아기별은 하늘로 올라간다. 때가 늦어 하
늘 문은 이미 닫혔다. 아기별은 성을 타고 넘어 들어간다. 왕이 그
것을 안다. 아기별은 호되게 꾸중을 듣는다. [52]

마해송은 〈바위나리와 아기별〉에서 그 사랑의 이야기를 위와 같
이 형상화하고 있는데, 그는 「아름다운 새벽」에서 '왕의 폭력에 의
해서 사랑이 끊어졌고, 사랑이 끊어졌기 때문에 빛을 잃었다고.
한 번 죽은 다음 바닷속에서 사랑이 되살음에 잃었던 빛을 도로
찾고 꽃도 새로운 생명을 찾았다면서 그는 아버지의 꾸중으로 지
금 집에 박혀 있으나 사랑은 끝내는 이길 것'이라고 강하게 의지를
밝힌다.

순이에 대한 사랑의 이야기를 마해송은 자전적 수필집 「아름다
운 새벽」을 통해 자주 이야기하고 있는데, 그가 다른 여자들에게
눈을 팔지 않기로 한 것은 김씨라는 동갑내기 신부보다도 사랑하
던 사람 순을 위해서였는데 그 사람의 모습이 나쁘게 떠오르지는
않았다며, 그 역시 마해송을 원망하거나 저주하고 있으리라고 생
각지 않기 때문에 마해송도 오히려 그의 행복을 비는 마음이 간절
하고 지금 어디서 어떻게 살고 있는지 알아보아야겠다는 생각뿐이
었다고 당시의 마음을 솔직히 적고 있다.

마종기의 「아버지 마해송」 머리글에서도 마해송의 트라우마와
관련된 내용을 쉽게 찾아볼 수 있다.

---

52) 마해송, 바위나리와 아기별, 지경사, 2001.

한 소년이 있었다. 만 11세[53], 초등학생 나이에 주위 어른들의 주선으로 일찍이 조혼의 멍에를 지게 되고, 아름다워야 할 사춘기 시절을 가치판단의 혼란에 빠져 헤매다가 조소와 멸시의 세상으로부터 멀리 도망친다. 그리고 절망과 외로움의 외국에서 폐결핵에 걸려 피를 토했다. 젊은이가 된 소년은 이를 악물고 일어난다. 자신이 겪은 구습의 병폐를 쓸어 버리기 위해 어린이 운동에 헌신하고 자신과 조국의 명예를 위한다는 생각으로 각고의 노력 끝에 성공한다.[54]

조혼무婚은 일평생 마해송에게 멍에가 되어 가치판단의 혼란에 빠지게 되고, 세상으로부터 조소와 멸시를 받게 되고 마침내 절망과 외로움의 타국에서 폐결핵을 앓는, 그래서 이를 악물게 되는 처절한 인생의 역경을 겪는다. 마해송이 일본의 결핵환자 요양소에 입원했을 때, 그곳 바닷가에 떼를 지어 다니던 일곱 여자로부터 같이 놀아 주기를 요청받았으나 끝까지 청을 거절한 일이 있는데, 그 이유를 「아름다운 새벽」에서 '아버지가 끊어 놓은 사랑은 그 전에 벌써 좀 미묘한 관계에 있기는 했지만 어쨌든 그 사람 지금 어디서 어떻게 살고 있는지를 모르는데 어떻게 또 다른 여자에게 눈을 팔 수가 있겠느냐, 그것은 죄를 짓는 일이다. 절대로 안 된다.'고 말하고 있어 조혼으로 인한 아버지 원망과 자신에 대한 죄의식을 강하게 표출하고 있다.

아버지에 대한 분노는 마해송이 일본에 있을 때 부친의 사망 통보를 받고 나서 그때의 심정을 토로한 글에서 증오의 감정이 극치

---

53) 다른 자료에서는 마해송의 결혼 연령을 12세로 적고 있으나, 여기서 11세로 표기한 것은 만 나이로 따져서 적은 것으로 짐작된다.
54) 마종기, 아버지 마해송 '머리글' 일부, 정우사, 2005.

에 달하고 있음을 발견할 수 있다.

　5년이 지난 여름에, 아버지가 돌아가셨으니 귀국하라는 전보를 받았다. 못 간다고 답전을 쳤다. 생각이 없기도 했거니와 떠나기 어려운 사정도 있었다. (중략) 말하자면 아버지가 돌아가셨다는 사실을 그다지 슬픔으로 느끼지 않았고 뛰어 돌아가서 머리를 풀어야 한다는 생각이 없었던 것이다. 예순아홉 살까지 사셨으니 살 만큼 사시고 돌아가셨는데 슬퍼할 것도 없다고도 생각했다. (중략) 대청으로 나와 보니 또 절을 하라기에 절을 하고 보니 웬 여인이 절을 받는 것이었다. 서모라는 것이었다. 아차! 했다. 눈앞에 불이 번쩍 지나가는 것 같았다. 어머님이 돌아가신 것은 엄연한 사실이었고 그게 벌써 10년이 되는 일이지만 일본에서 지낸 10년 동안 어머님이 안 계시다는 일을 느껴 본 적은 없었던 것이다. 이제 어쩔 수 없는 현실에 직면한 것이었다.[55]

　아버지의 죽음이 그다지 슬픔으로 느껴지지 않았고, 예순아홉 살까지 사셨으니 살만큼 살고 돌아가셨는데 슬퍼할 것이 없다고 생각한 마해송의 말 가운데 트라우마적 요소가 강하게 드러나고 있음을 확인할 수 있다.

　그리고 마해송은 아버지의 시신 앞에서 아버지를 생각하며 '순이와 갈라서게 된 것도 아버지 탓이요, 또한 여자 색시라는 사람도 시방 어떻게 되어 있든 간에 불행하게 한 것이 아버지 탓이요, 내가 그 두 사람에게 죄를 짓고 있는 것도 아버지 탓이요, 나의 모든 불행이라는 것이 하나같이 아버지의 탓'이라고 원망한다. 그리고 이제 원망하던 대상이 없어지고 말았으니 아버지에게 지고 말았

---

55) 마해송, 아름다운 새벽, op.cit., pp.136~140.

고, 이제 원망을 해도 아무 소용이 없다며, 억울하고 억울한 일이라 적고 있어 아버지에 대한 강한 분노가 트라우마로 형성되었음을 확인할 수 있다.

III. 아웃사이더의 갈등

마해송이 살던 시대는 정치적으로나 사회적으로 가장 혼란한 시기였다. 그가 일제강점기 치하에서 겪어야 했던 숨막히는 약자의 삶, 광복되면서 좌익과 우익의 대립으로 인한 사회적 혼란, 동족상잔의 6·25 비극, 자유당 정권의 부패와 4·19혁명 등 그야말로 우리 한국사의 가장 큰 격동기를 살았다. 그러한 사회적 환경 속에서 마해송은 언제나 약한 아웃사이더로 존재할 수밖에 없었다. 부도덕한 연극에서 불의를 일삼는 주역과 타협하기보다 차라리 주체성 있는 엑스트라로 사는 길을 택한 것이다.

역사학자들이 선정한 한국사 2000년 10대 사건을 보면, 첫째가 한국전쟁이었고 다섯 번째가 광복과 분단이었는데, 모두가 마해송이 살던 시대의 사건들로 이런 시대적 환경이 마해송의 인격형성에 지대한 영향을 끼쳤고 아울러 작품 창작에 크게 작용했다고 본다.

본고에서는 마해송이 살던 당시의 시대적 상황을 트라우마와 관련하여 먼저 한국전쟁과 관련하여 논의할 것이고, 일제강점기와 광복의 순으로 조명할 것이다.

1) 이데올로기로 인한 트라우마

역사학자들이 선정한 한국사 2000년 10대 사건의 첫 번째로 한국전쟁을 손꼽았다고 했는데, 한국전쟁은 문자 그대로 한민족 최대의 비극적 사건이었다. 한국전쟁의 사회사적 충격은 그러나 단순한 인명 피해나 물질적 고통만으로 설명되는 게 아니다. 한국전쟁의 그림자는 오히려 인간의 정신과 영혼의 영역에 더욱 진하게 드리워졌다.

2차 세계대전이 끝나고 35년간 일본의 지배에서 광복을 맞아 조국에 돌아온 마해송은 고국이 남과 북, 두 쪽으로 갈라져서 서로 아귀다툼을 하는 짓에 실망과 분노를 느꼈으며, 한 나라, 한 조국의 백성이 서로 패를 갈라 싸우고 미국과 소련의 입김에 놀아나는 형편이 안타까워 〈떡배 단배〉라는 장편동화를 써서 발표했다고 한다. 식민지 통치를 비판하고 평화주의를 바탕으로 한 민족 자본의 중요성을 역설한 〈떡배 단배〉는 광복 후의 혼란한 우리나라 현실을 풍자한 작품으로 민족정신을 저버리지 않아야 나라가 지켜지고 융성할 수 있다는 교훈을 주는 작품으로 내용이 흥미진진해서 당시 독자들에게 많은 인기를 모았다고 전한다.

① 1950년 6·25전쟁 중에는 대부분의 서울시민들같이 미처 피난을 가지 못하고 서울에서 북한 치하의 3개월을 끼니를 굶어 가며 살았다. 그러나 초등학교 6학년이었던 내가 보기에 유난히 긴 총을 든 북한 군인이나 사복 입은 사람들이 집에 들어와 집안을 뒤지면서도 아버지께는 어울리지 않게 공손하였고 그들이 모두 아버지 앞에서는 쩔쩔매는 인상을 받았다. ……일제시대, 일본 문화계에서 상당히 존경을 받고, 경제적으로도 여유가 있던 아버지는 좌우익의 독립운동가들을 우리 집에 기숙을 하게도 했고, 어머니는 한국인 가정부를 전담시켜 조선에서 온 낯선 손님들의 수발을 들게

했다고 말씀하셨다.

② 그 후 아버지는 국군을 따라 압록강 근처까지 종군을 했고, 1·4 후퇴로 피난을 가서도 대구에서 공군종군문인단장이 되어 군인들의 사기를 돋군다고 종군을 많이 하셨다. 아버지는 갑자기 반공주의자가 되어 사람을 함부로 죽이는 북쪽 공산주의자들을 증오하고 비판하며 사셨다. 내가 듣기로 아버지가 일본에서 잘 살고 있을 때, 비밀리에 독립투사에게 자금을 알선했었다고 알려져 있는데, 그 중심이 여운형 씨였다는 말, 해방 후 극도로 혼란한 시기에 우리 집에서 가까운 혜화동 로터리 근처에서 여운형 씨가 암살당했을 때 아버지가 많이 우셨다는 말도 어머니를 통해 들은 적이 있다. 그러나 당신이 정치에 관여하겠다는 생각은 애당초 없었던 것 같다.[56]

전쟁 중 공산 치하에서 마해송에게 있었던 3개월 동안의 이야기를 쓴 글이다. 글 ①에서 북한 군인이 아버지 앞에서는 쩔쩔매는 이유를 경제적 여유가 있던 시절에 좌우익 독립운동가들을 도와주었기 때문이라고 밝히고 있다. 일제로부터의 독립이라는 대전제를 앞에 놓고 좌우익 따위의 내부적인 문제로 편가르기한다는 것 자체가 마해송에게는 마땅치 않다고 생각하여 좌우익 독립운동가들을 동등하게 도와준 것이다. 이는 강자를 이기기 위한 약자끼리의 결속이며, 피지배국인 약자 한국이 지배국 일본에 대해 가진 증오와 원망의 잠재 심리적 현상으로 볼 수 있다. 이른바 강국의 압박으로 인해 약소국민이 받아야 하는 일종의 트라우마로 분석할 수 있다.

---

56) 마종기, 아버지 마해송, op.,cit.,pp.67~68.

그리고 글 ②에서 마해송이 적敵의 치하 90일 동안 얼마나 많은 것을 잃었는지 짐작할 수 있다. 특히 주위에 가깝게 지내던 친구들, 아끼던 후배와 제자들, 조카들이 죽임을 당하거나 납치당하거나 행방불명이 된 사실에 몹시 괴로워하였으며, 국군을 따라 압록강 근처까지 종군하면서 전개되는 심리적 변화를 읽을 수 있다. 윗글에 혜화동 로터리 근처에서 여운형 씨가 암살당하자 마해송 씨가 많이 울었다고 적고 있는데, 한국전쟁이야말로 학살과 부역, 그리고 밀고와 보복 등으로 얼룩진 시민전쟁이자 이념전쟁이었음을 보여 준 좋은 증거다. 이데올로기 싸움은 어떤 면에서 과거 친일파에 대한 단죄보다 훨씬 가혹하고 처절했음을 알 수 있다. 글 ①이 강국 일본으로 인한 약소국의 트라우마라고 한다면, 글 ②는 침략자 북한군의 횡포로 인한 남한 사람들의 트라우마로 볼 수 있다. 더욱이 마해송이 '갑자기 반공주의자가 되어 사람을 함부로 죽이는 북쪽 공산주의자들을 증오하고 비판하며 사셨다.'는 증언에서 당시의 심리적 변화를 다시 한 번 확인할 수 있다.

2) 암흑기가 빚은 트라우마

일제강점기는 한마디로 암흑의 시대였다. 일본에 나라를 빼앗긴 우리 민족의 처지는 그야말로 캄캄한 밤이고 동굴이었다. 우리를 통째로 삼킨 일본은 마지막 있는 힘까지 송두리째 빼놓고 나서 온갖 방법으로 언어와 사상 등 우리의 얼까지 빼앗아 갔다.

민족문화와 전통을 철저히 없애 버리려는 민족말살정책을 감행하는가 하면, 1940년에 이르러는 민족적인 문화 활동을 탄압하고자 한글로 발행되는 신문이나 잡지를 폐간시켰으며, 문인들의 창작 활동도 일어에 의해서만 가능하게 만들었다. 1942년부터 징병 제도를 실시하여 한국의 청년과 학생들을 강제로 군에 끌고 갔고, 노동보국대라는 이름 아래 많은 민간인이 군수물자를 운반하는 노동자로 전선기지에 끌려갔으며, 부녀자들까지도 여자정신대로 끌어가 침략전쟁의 희생물로 삼는 등 그야말로 군국주의 일본의 최후 발악 상을 드러냈다.

국내외에서 꾸준히 민족의 독립을 위해 노력한 보람으로 1945년 8월 15일 일제는 드디어 연합국에 무조건 항복함으로써 한국은 지긋지긋한 일제의 학정으로부터 광복을 맞이하게 되었다. 그러나 광복의 기쁨을 만끽하기도 전에 좌우익의 대립이 격화되어 사회적 혼란이 거듭되는 동안에 전승국인 미국과 소련의 양군이 남북한의 진주와 군정 실시, 임시정부 수립과 좌우익 대립으로 인한 지속적인 정국혼란, 대한민국 정부수립과 이승만 대통령의 독재와 부정부패, 자유당 독재정치하의 사회적 불안과 1960년의 3·15 정부통령 부정선거로 인한 4·19혁명이 학생 데모에서부터 시작하여 전국적으로 번지게 되었다. 4월 혁명은 맨주먹의 민중이 강압적인 독재정권을 무너뜨리는 데 성공을 거둔 한국사상 최초의 시민혁명이었다.

마해송의 자전적 수필 「아름다운 새벽」을 보면 일제의 폭력적이고 비도덕적인 행위가 마해송에게 직간접적으로 안겨 준 상처를 종종 발견할 수 있는데, 강자 입장에서는 비록 사소한 행위이지만 약자에게는 아주 큰 심리적 상처로 남는다는 사실을 발견할 수 있다.

① 학교는 동맹휴학이 잦았다. 일본인 교사가 우리 학생을 경찰에 밀고해서 붙들어 가게 했다. 동맹휴학이다. 일본인 교사가 우리

학생들을 모욕했다. 동맹휴학이다. 그러면 다른 남녀 중학교가 모두 동맹휴학으로 들어가는 것이었다. 말하자면 동정휴학이요 행동 통일이었다."[57]

② 한편 중앙학교 2학년에 재학 중, 그러니까 기미독립만세사건 2년 후인 1921년 학교에서는 학생들이 존경하던 조선인 교사 7, 8명을 해고하는 사건이 있자 여기에 학생들이 동맹휴학을 하고 그 사건으로 주동자 몇 사람과 함께 아버지는 학교를 퇴학당하게 된다.[58]

③ 1930년 일본 동경 한복판에서 모던 일본사를 차리고 턱 하나로 일본 사람들을 부린 적이 있으나 그들 앞에서 굽실거리는 것을 본 사람은 없다. 그 당시 일본의 『모던 일본』 조선 판을 낸 적이 있는데 마음에도 없는 글로 꽉 찬 가운데 잡지 한구석에 깨알 같은 활자로 '한글자랑'을 몇 줄 적어 넣으시고 나서 "요 몇 줄을 위해서 이 책을 내는 거나 다름없지." 하며 좋아하시는 것을 보았다. 그 당시 입 밖에 냈다 가는 큰일날 소리였다.[59]

당시 서울 장안에 있던 모든 중학교는 일본인과의 마찰 등으로 동맹휴학이 빈번했다. 일주일도 못 가서 또 동맹휴학이라 우르르 몰려나왔고, 해결이 되었으니 등교하라면 모였고 또 사흘이 못 가서 동맹휴학을 하는 등 당시 학교에 다니던 조선학생들의 일본에 대한 감정은 순조롭지만은 않았다. 특히 조선인 교사에 대한 집단 해고는 조선 학생들의 감정을 자극하는 데 결정적인 역할을 하였다. 이른바 반일 감정이 극도에 오르게 되었고, 마침내 행동으로 맞서는 결과를 초래하고야 말았다.

57) 마해송, 아름다운 새벽, op.cit.,p.41.
58) 마종기, 아버지 마해송, op.cit., p.159.
59) Ibid, p.119.

글 ③에서 볼 수 있듯이 마해송의 나라 사랑하는 마음은 지극했다. 마해송은 젊은 나이에 일본에서 월간 잡지를 출판하고 그 잡지가 크게 성공을 하는 바람에 일본에 사는 한국인 중에서는 상당한 명예와 풍요를 누릴 수가 있었으나 항상 한국인이라는 자부심을 품고 일본식 성명 강요도 하지 않고 일본인들 앞에서 당당하게 뽐내며 살았다고 한다. 출판 사업이 성공히여 일본의 문화계에서 각광을 받으면서도 일본의 나쁜 식민지 정책과 나라 잃은 한국인의 고통을 한시도 잊을 수 없었던 마해송은 〈토끼와 원숭이〉 장편동화를 고국의 어린이 잡지에 연재하게 되었는데, 그 동화가 일본을 반대하는 불온한 사상에 물들어 있다고 해서 일본 총독부가 연재를 중단시키고 원고를 모두 압수하는 등 일대 소동이 벌어졌다.

일제로부터 35년간 받은 압박과 폭력이야말로 우리 한국인에게 씻을 수 없는 커다란 정신적 충격을 안겨 주었다. 이른바 일제라는 거대한 폭력 앞에 약소민족이 겪을 수밖에 없던 비극적 트라우마로 해석할 수 있다.

Ⅳ. 작품 속의 트라우마

정신분석학에서 지극히 격렬한 공포, 슬픔, 감동, 경악 등 평생 기억에 남아 있는 정신적 충격이나 심리적 상처를 트라우마*Trauma*라고 하는데, 충격 혹은 정신적 외상은 감정의 충격에 기인하며, 이로 말미암아 의식으로부터 정신의 일부가 떨어져 나간 현상이라고 정신분석학자 융*Jung*은 설명하고 있다. 이는 도덕적인 갈등이나 심리적 복합현상을 일으키기도 하는데, 트라우마는 작가가 작품을 창작할 때 무의식적이거나 의식적으로, 직접적이거나 상징적으로 드러난다는 것이다. 그리고 이러한 트라우마는 작가나 작품에 있어서 중요한 의미를 지니게 된다. 그러나 트라우마는 모든 사람들의 보편적 의식이나 형태가 아니라 개인적이고 특별한 의식형태이기 때문에 그러한 의식이 작품에 반영되는 현상과 반복의 패턴은 작가의 개인적인 신화가 되는 것이다. 마해송 동화에서 등장인물은 대체로 약자 대 강자의 대립적인 형태로 나타나고 있는데, 이 약자와 강자가 상징하는 바는 대개 일관성을 가지고 있다. 즉 약자는 어린아이나 약소국인 우리나라, 또는 억압받는 민중 등을 상징하며, 강자는 부도덕한 성인을 비롯한 일본 및 북한 공산당 등 외침 세력과 우리 사회의 부패한 권력층을 상징하고 있다고 볼 수 있다.

본고는 마해송의 작품 가운데 대표성 있는 작품을 택하여 트라우마와의 관련성을 조명하되, 먼저 부도덕한 성인(주로 아버지)으로 인해 어린아이에게 형성된 트라우마를, 다음으로 폭력을 동반한 강력한 집단(주로 일제와 공산당)에 대한 약소민족의 트라우마를 조명할 것이다.

1) 부도덕한 권위주의자들

마해송의 작품 〈바위나리와 아기별〉, 〈어머님의 선물〉, 〈점잖은 집안〉, 〈생각하는 아버지〉, 〈할아버지 지게〉 등을 읽다 보면 아동과 부도덕한 어른 사이에 형성되고 있는 미묘한 심리적 갈등을 발견할 수 있다. 마해송은 만 18세 되던 1923년에 우리나라 최초의 창작 동화 〈바위나리와 아기별〉을 써서 1926년에 『어린이』 잡지 신년호에 발표하였는데, 이 작품은 바위나리와 아기별의 순정과 사랑이 먼 남쪽나라의 바닷가라는 꿈같은 세계에서 이뤄지고, 다시 별나라 임금님이라는 부도덕한 어른의 존재 때문에 추방과 죽음으로 끝나는 슬픈 얘기가 감동적으로 그려져 있다. 이 작품은 〈어머님의 선물〉과 함께 가장 먼저 쓴 작품이지만, 여러 해를 두고 지은 것이라고 한다.

　마해송이 동경에서 잠시 동거했던 순이라는 여인과의 연애사건으로 아버지에게 붙잡혀 와서 호된 꾸지람을 듣고 한동안 연금 상태에 있었는데, 그때의 그 불만을 쓴 것이 〈바위나리와 아기별〉이다. 마해송은 '왕의 폭력에 의해서 사랑이 끊어졌고 사랑이 끊어졌기 때문에 빛을 잃었다고, 한 번 죽은 다음 바닷속에서 사랑이 되살음에 잃었던 빛을 도로 찾고 꽃도 새로운 생명을 찾았다는 뜻'이라면서 '아버지의 꾸중으로 지금 집에 박혀 있으나 사랑은 끝내는 이길 것이라는 속셈'이었다고 당시의 심정을 이야기한 바 있다. 앞에서도 지적한 것처럼 김씨와의 강제 결혼, 사랑하는 순이와의 강제 절교 등 아버지의 횡포에 대한 트라우마가 직접적으로 투사된 대표작품이 곧 〈바위나리와 아기별〉이다. 1923년에 발표된, 최초의 작품 〈어머님의 선물〉은 계모의 매를 맞고 설움을 당하는 상봉이의 얘기다.

　상봉이는 어머님에게 달려들며,
　"어머니하고 같이 가요. 나는 아버지가 싫어!" 하고 울었습니다.
　어머님은 참지 못하는 것 같이 얼굴만 자꾸 돌리면서 꽃상자를 집어 주셨습니다.
　"상봉아, 이 속에 있는 능금은 아버지께 드리고……." 하고는 말

을 못하시더니,

"아버지는 너를 기다리신다." 하시고 어디론지 가셨습니다.

멀리서,

"울지마라. 잘 있거라." 하시는 소리만 들렸습니다.[60]

언제나 어머니를 생각하는 상봉이와 이유 없이 상봉이를 구박하는 새엄마 사이의 갈등을 그린 동화다. 위의 인용 부분은 꿈속에서 엄마와 만나고 엄마가 준 사과를 매체로 아버지와의 사랑이 이어지는 듯하지만, 상봉이가 '어머니하고 같이 가요. 나는 아버지가 싫어!' 하고 울은 부분에서 상황이 반전되어 갈등의 화살이 아버지에게로 향하는데, 이 역시 아버지에 의해 형성된 트라우마로 읽을 수 있다. 물론 마해송은 이 동화가 절대로 자신의 이야기가 아니라고 말하지만 「아름다운 새벽」에서 '대청으로 나와 보니 또 절을 하라기에 절을 하고 보니 웬 여인이 절을 받는 것이었다. 서모라는 것이었다. 아차! 했다. 눈앞에 불이 번쩍 지나가는 것 같았다. 어머님이 돌아가신 것은 엄연한 사실이었고 그게 벌써 10년이 되는 일이지만 일본에서 지낸 10년 동안 어머님이 안 계시다는 일을 느껴본 적은 없었던 것이다. 이제 어쩔 수 없는 현실에 직면한 것이었다.'고 밝히고 있어 새어머니에 대한 심리적 충격이 트라우마로 형성되었음을 입증할 수 있다. 1960년 12월 한국일보에 게재한 〈점잖은 집안〉은 할아버지와 아들, 그리고 손자에 이르기까지 날로 다르게 변하는 과학 시대에 그 변화를 받아들이는 감각이 세대마다 차이가 있다는 아주 짧은 동화다. 한마디로 엄격하고 융통성 없는 기성세대로 인해 형성된 신세대의 트라우마라고 하겠다. 1963년 1

---

60) 마해송, 어머님의 선물, 사슴과 사냥개, 창작과 비평사, p.23.

월 서울신문에 게재되었던 〈생각하는 아버지〉는 행동하지 않고 행동의 원천에 대한 반성만을 하는 아버지의 어리석음을 풍자한 동화이다. 이 작품을 썼던 당시에 마해송은 실천적인 행동을 매우 중요시했다. '모든 행동에 있어서 감정보다 이성이 앞섰고, 또 침착했다.'고 그의 부인이 실토하고 있는 것을 보면 작품 〈생각하는 아버지〉는 바로 자신의 이야기를 형상화한 것으로 볼 수 있다. 〈생각하는 아버지〉에서 매사에 지나치게 신중한 아버지를 등장인물로 설정한 것은 완벽하고 강한 아버지상의 역설적 표현기법으로 볼 수 있다. 천장에서 빗물이 쏟아져 온 방안이 물바다가 되었는데도 가만히 웅크리고 앉아 '어째서 우리 집에 비가 새느냐.'고 원인만을 생각하는 답답하고 고집 센 아버지에게 맏딸, 맏아들, 둘째딸, 둘째아들, 셋째아들 아무도 어떻게 할 수 없는 무기력함을 볼 수 있는데, 여기서 강자 앞에 한없이 무기력해질 수밖에 없는 약자들의 트라우마가 발견된다.

2) 억눌리는 약자의 갈등

일반적으로 지배국과 피지배 국가 간에는 미묘한 심리상태가 형성된다. 즉 지배국이 권력을 쥐고 있는 주체로서 마치 강한 아버지의 존재라면, 피지배국은 강한 아버지에게 절대적으로 순종해야 하는 어린아이의 존재이기 때문에, 항상 강자에 대한 약자의 피해의식 같은 묘한 갈등심리가 작용할 수밖에 없다.

또한, 마해송의 작품에서 종종 비유나 상징을 발견하게 되는데, 대체로 억압된 사회에서 민중들의 삶을 표현하는 데 풍자기법이 성행했다. 특히 마해송은 강대국을 비롯하여 강한 것에 대한 약자의 심리적 갈등상황을 동물이나 식물 등 비인격체에 의해 표출하는 비유형식을 취하는 경우가 많다.

마해송의 작품 가운데 나라를 잃고 식민지 시대를 살았던 약소민족의 뼈아픈 이야기를 비롯하여 한국전쟁과 자유당 정권의 독재와 부정부패로 인한 가난하고 힘없는 자들의 아픔은 〈토끼와 원숭이〉, 〈사슴과 사냥개〉, 〈꽃씨와 눈사람〉 등 동식물이나 무생물을 통해 상징적으로 표현하는가 하면, 〈떡배 단배〉에서와 같이 갑동이, 돌쇠, 카라카라 등 직접 사람을 등장인물로 내세워 외세의 침략으로 인한 우리 민족의 비극을 형상화한 때도 발견할 수 있다. 이재철은 '마해송 씨의 민족주의는 일제강점기에는 외국의 침략에 항거하는 〈토끼와 원숭이〉 같은 작품으로 나타나고, 8·15 이후에는 강대국의 경제적 침략을 그린 동화 〈떡배 단배〉로 되기도 했다. 그러다가 자유당 집권 때에는 장편동화 〈모래알 고금〉에서 볼 수 있는 사회의 부조리를 드러내는 것으로 되고 〈꽃씨와 눈사람〉 같은 작품으로 부패 부정이 극도에 이른 정권이 무너질 것을 은근히 보여 주기까지 했다.'고 지적한 바 있다.

〈토끼와 원숭이〉는 1931년과 1933년 소파 방정환이 발간하던 『어린이』에 연재되다가 3회치의 원고를 압수당해 더 이상 발표하지 못하고 있다가 광복 후 1946년과 1947년에 자유신문에 전·후편이 발표되었다. 완결된 이 작품에서는 왜적의 침략뿐 아니라 해방 후의 우리나라를 둘러싼 국제 정세와 앞날의 3차 대전까지를 얘기하고 있다. 물론 원숭이는 일본 사람, 토끼는 우리 한국 민족을 상징하는 것으로 일본의 침략행위를 규탄하는 작품이다. 그리고 작품의 첫 부분에서 개울 동쪽과 개울 서쪽을 몇 번씩 되풀이한 까닭은 개울 동쪽은 일본, 개울 서쪽은 한국이라는 사실을 강조하기 위한 것으로 해석할 수 있다. 후편의 이야기는 토끼 나라를 원숭이 나라로부터 구해 준 센 이리 나라와 뚱쇠 나라가 토끼 나라를 두 개로 쪼개어 자기들 앞잡이 노릇을 하게 하고, 자기들의 생활풍습을 따르게 하는 또 다른 외세의 힘에 토끼 나라의 의견이 갈리고 나중에 그 큰 두 나라가 싸우다가 다 죽어 망한 후, 달나라에서 절구질하던 토끼가 땅에 내려와 평화를 사랑하는 토끼들을 하나 둘 다시 살린다는 이야기로 끝을 맺는다. '이 작품이 쓰인 시기는 일제 식민통치 3기(1931~1945)가 시작되던 시기로 일본은 전시체제로 들어가 만주사변, 중일전쟁, 태평양전쟁으로 침략전쟁을 확대하고 있었기 때문에 식민지 조선에 대한 압박이 심해졌다. 그들은 우리에게 전쟁 협조를 강요하고, 창씨개명, 국어말살정책, 징병, 징용을 종용했던 암흑의 시기였다.'고 이재복은 〈우리 동화 이야기〉에서 밝히고 있다.

특히 이 작품에서 토끼는 순하고 깨끗하며 자유를 좋아하는 조선인을, 원숭이는 잔인하고 싸움을 좋아하는 일본인을 상징하는 것으로 권력자에 대한 약자의 트라우마를 발견할 수 있다. 그리고 뚱쇠는 미국인, 센 이리는 소련인을 상징하는 것으로 강자로서 우리에게 압박을 주는 대상이다. 그리고 토끼 슈슈는 민족주의자를, 원숭이가 된 토끼는 사대주의자를 상징한다고 볼 수 있다.

〈사슴과 사냥개〉는 1955년 동아일보에 연재한 작품으로 마해송은 여기서 인간사회를 보다 리얼하게 비판하기 위해 동물을 의인화하고 있다. 옳지 않은 권세에 대한 증오, 약한 사람의 편에 서는 정신, 참다운 애정, 그러한 정신은 〈사슴과 사냥개〉에 강하게 나타나 있다. '세상에 미운 놈이, 저놈의 사냥개다! 무엇하러 그것들의 앞잡이 노릇을 하는 거냐? 가장 얄밉고 미운 놈은 철없이 날뛰는 사냥개 같은 앞잡이들이다.'라고 외치는 부분에서 약한 자의 트라우마를 발견할 수 있다. 〈떡배 단배〉가 분단체제 형성기에 쓰인 것이라면 〈사슴과 사냥개〉는 분단체제 강화 이후에 쓰인 작품이다. 당시 사회상황은 1948년 남한 단독정부수립 후, 남북의 이념 대립과 정권의 불안 요인 등으로 6·25를 거치면서 이승만 정권은 자유민주주의 체제보다는 독재체제 유지를 위해 국민 탄압을 시작했다. 마해송에 의하면, 이 작품은 주인공인 사냥개 비호를 통해 권력에 억압당하는 사람들의 비굴한 삶을 상징적으로 묘사한 것이라고 한다. 덫에 걸린 사냥개 '비호'를 구해 준 것은 주인이 아닌 사슴인데, 작가는 사냥개를 주인공으로 하여 권력의 앞잡이 사냥개와 약자인 동물 사이에서 더 옳게 사는 방법에 대해 풍자기법을 써서 생각하도록 한다. 〈꽃씨와 눈사람〉은 1960년 4·19혁명이 일어나던 해 한국일보 신년호에 실렸던 작품으로 땜질한 눈사람의 호통치는 모습을 통해 부패한 정권에 대한 비판을 가하고 있다. 이 작품은 불과 다섯 장밖에 안 되는 작품으로 일본에서도 번역되어 발표된 일이 있다. 얼핏 보면 눈사람 이야기 같고 또 꽃씨 이야기 같기도 하지만 그것은 그렇게 단순한 이야기가 아니다. 어린이들이 만들어 놓은 눈사람은 서로 자기가 제일이라고 우쭐대며 마구 호령하고 무리한 요구를 한다. 눈사람의 발밑에서 꼼지락거리는 꽃씨 하나가 있었는데 눈사람은 그 꽃씨를 보고 크게 호통을 치지만 꽃씨는 '바야흐로 내 하늘이 다가오고 있는데'라면서 의연하다. 그 후 눈사람은 녹아 버리고 새순이 땅 위로 고개를 내민다는 내용인데, 꽃씨의 트라우마를 통해 당시 집권당인 자유당의 붕괴를 예고한 것으로 읽을 수 있다.

〈떡배 단배〉는 1948년 1월 자유신문에 20회 연재했던 장편으로 1953년 다른 몇 편의 단편 동화와 함께 단행본으로 출판된 후 8년 동안 다섯 번이나 찍어 내는 등 인기를 얻은 작품이다. 마해송은 한 나라, 한 조국의 백성이 서로 패를 갈라 싸우고 미국과 소련의 입김에 놀아나는 형편이 안타까워 〈떡배 단배〉를 썼다고 하는데, 후진국가에 대한 자본 국가의 경제침략 과정을 지극히 단순한 얘기로 재미있게 묘사하는 가운데 은근히 남의 나라에 예속된 비참한 상태에서 벗어나려면 어떻게 해야 하는가를 깨닫게 하고 있다.

〈떡배 단배〉에서는 세 사람의 중심인물이 나온다. 외세를 상징하는 떡배 쪽에 선 카라카라, 단배 쪽에선 갑돌이, 이 두 인물은 해방 공간에서 당시 냉전 구조의 두 축이었던 미국과 소련을 쉽게 연상시킨다. 그리고 민족자본을 상징하는 돌쇠가 나온다. 마해송이 설정한 섬이라는 우화공간을 배경으로 이 세 목숨은 맞선 자리에서 살아가고 있다. 마침내 외세를 상징하는 떡배 쪽과 단배 쪽 사람들은 섬의 주도권을 차지하기 위하여 서로 싸움을 벌인다. 이때 외세에 맞서 우리 겨레 고유의 정체성을 지키려는 돌쇠는 외세 쪽에 서 있는 떡배 쪽과 단배 쪽 사람들을 설득하여 떡배 쪽 사람들은 떡배 쪽을 공격하고, 단배 쪽 사람들은 단배 쪽을 공격하게 했다. 이 장면은 어쩌면 광복 당시 외세와 그 외세를 등에 업고 서로 이념적인 갈등을 벌이고 있는 민족 내의 분단 모순을 해결하는 하나의 상징적인 방식이라고 할 수 있다. 우선 떡배와 단배 쪽에 선 사람들이 스스로의 존재 기반인 외세를 부정하는 이런 삶의 이야기는, 일제로부터 광복은 되었지만 또다시 미국과 소련이라는 외세에 눌려 살아야 했던 당시 대중들의 상상력을 자극하여 그들 의식의 내면에 자주정신의 씨앗을 키워 가는 하나의 계기를 마련해 주지 않았을까 싶다는 마종기의 증언에서 이 작품에서도 역시 강자로 인한 약자의 트라우마를 발견할 수 있다.

V. 나오며

마해송은 일제강점기에서의 굴욕, 광복으로 인한 좌우익의 대립과 사회적 혼란, 동족상쟁의 비극 6·25와 폐허, 그리고 자유당 정권의 부정부패, 그리고 4·19혁명 등 우리 민족사상 가장 어려웠던 시대를 체험한 격동기의 산 증인이다. 이런 시대적, 사회적 환경에서 받은 충격이나 압박은 그에게 강대국이나 지배자에 대한 강한 저항의식을 싹트게 했고, 가정적으로 완고하고 엄격한 아버지 밑에서 숨막히는 어린 시절을 보내며, 특히 12세 때 아버지의 강권적인 압력에 의해 김씨라는 동갑내기와 결혼하면서 일평생 지울 수 없는 정신적 트라우마를 안고 살게 된다.

마해송에게 강대국이나 아버지는 약자로서는 도저히 어떻게 할 수 없는 폭력자요, 지배자이기 때문에 심리적으로 매우 부담스럽고 고통스런 대상자들이다. 이 글에서 살펴본바, 35년 동안 우리에게서 모든 자유를 탈취한 일제나, 광복과 더불어 사회질서가 혼란한 틈을 이용해 남침을 감행한 북한이나, 온갖 부정부패로 국민을 민생고에 빠뜨린 자유당 정권, 그리고 강제 결혼을 통해 상처를 준 아버지는 어리고 약한 마해송의 무의식 속에 강한 트라우마가 싹트게 했으며, 이들은 모두 공범인 동시에 공격의 대상자임을 확인하였다.

특히 작품 〈바위나리와 아기별〉, 〈어머님의 선물〉, 〈점잖은 집안〉, 〈생각하는 아버지〉, 〈할아버지 지게〉 등에서 어린이와 부도덕한 어른 사이에 형성되고 있는 미묘한 심리적 갈등을 발견할 수 있는데, 이는 곧 강한 아버지로 인해 형성된 트라우마로 해석할 수 있다. 지배자와 피지배자의 관계는 결국 강한 아버지에게 절대적으로 순종해야 하는 어린아이의 관계와 같아서 항상 약자에게 피해의식과 정신적 상처, 즉 일종의 트라우마가 형성되기 마련이다. 그리고 일제강점기 아래서 지배국과 피지배국 사이에 형성된 심리적 갈등이나, 한국전쟁과 자유당 정권의 독재와 부정부패로 인한 가난하고 힘없는 자들의 아픔은 〈토끼와 원숭이〉, 〈사슴과 사냥개〉, 〈꽃씨와 눈사람〉 등 동식물이나 무생물로, 그리고 〈떡배 단배〉에서는 갑동이, 돌쇠, 카라카라 등의 등장인물을 내세워서 형상화하고 있다. 부도덕한 어른들로 말미암아 어린이들에게 형성되는 트라우마가 개인적인 것이라면, 강대국의 권력에 의해 형성되는 트라우마는 집단적인 성격을 지니고 있다는 점에서 성격이 다르다.

억압된 사회에서 민중들의 삶을 표현할 때, 특히 부조리한 사회나 권력의 부패를 비유하는데 풍자기법이 성행하였는데, 마해송의 작품 〈바위나리와 아기별〉, 〈토끼와 원숭이〉, 〈사슴과 사냥개〉, 〈꽃씨와 눈사람〉, 〈박과 봉선화〉, 〈꼬부랑 새싹〉 등을 통해 쉽게 이를 확인할 수 있다.

마해송이 겪어야 했던 커다란 사건들은 마침내 그에게 지극히 격렬한 공포, 슬픔, 감동, 경악 등 평생 잊을 수 없는 정신적 충격이나 심리적 상처를 입혔고, 이로 말미암아 크고 작은 트라우마가 잠 재의식 속에 깊게 형성되어 마침내 작품으로 표출되어 있음을 부분적으로 조명해 보았다.

특히 아버지나 일제의 폭력집단에 의해 형성된 트라우마가 마침 내 작품 창작을 하거나, 가난하고 약한 자들을 앞장서서 돕는 일 등으로 트라우마를 극복하여 건전하게 승화시킨 점은 매우 값진 것으로 큰 의미를 부여할 수 있다. 또한 작품의 내용 면에서도 주 인공을 통하여 자신에게 닥친 심리적 갈등상황을 승화시켜 어린이 들에게 구습타파, 주체성 확립, 민족주의 정신 등을 일깨워 주고, 열악한 환경 속에서도 가난하고 소외된 이웃들을 돕는 데 최선을 다했다는 점에서도 높이 평가할 만하다.

📖 참고 자료

마종기, 「아버지 마해송」, 정우사, 2005.
마해송, 「사슴과 사냥개」, 창작과 비평사, 1983.
    , 「바위나리와 아기별」, 지경사, 2001.
    , 「고향산수」, 범우사, 2004.
    , 「아름다운 새벽」, 문학과 지성사, 2000.

박문각, 「시사용어사전」, 박문각, 2011.
서동욱, 트라우마, http://navercast.naver.com. 2010.
서울대상관계정신분석연구소, 「정신분석용어사전」, 2002.
유창근, 「차세대 문학의 이해」, 태영출판사, 2007.
    , 「문학비평연구」, 태영출판사, 2008.
E · 프롬, 한상범 역, 「꿈의 정신분석」, 정음사, 1977.
S · 프로이트, 이재원 역, 「과학적 심리학 초고」, 사랑의 학교, 2012.

1905년 개성에서 태어났다. 개성보통학교를 거쳐 경성중앙학교, 보성고등보통학교에 다니다가 동맹퇴학을 당한 후 1921년 도일하여 일본대학 예술과에서 문학을 공부하고, 홍난파 등의 인물을 만나서 성장한다. 방정환과 색동회에 가입하여 어린이에 대한 연구도 하였고, 한국 최초의 순수아동잡지인 월간 『어린이』에 작품을 발표하기도 하였다. 1922년 『샛별』에 〈어머님의 선물〉, 〈바위나리와 아기별〉 등을 발표하면서 동화작가로 활동했다. 주요 저서로 「해송 동화집」, 「토끼와 원숭이」, 「떡배 단배」 등이 있으며, 제1회 한국문학상, 고마우신 선생님 상을 받았다.

숨은 작가 집중조명

그동안 『연인』지에 연재했던 '숨은 작가 집중조명'을 한데 모았다. 문단의 원로들이 추천한 시인 10명의 '대표작품' 10편씩, 모두 100편의 시와 '작가의 말', '작품평'을 연재했던 순서로 엮었다. 우리나라 동시단童詩壇을 이끌어 갈 유망 시인들의 시를 집중분석함으로써 현대시를 쓰고 연구하는 분들에게 큰 도움이 되리라 확신한다.

이유정

| 대표작 |

꼬투리

콩은 한집에서
방 하나씩 가지고 산다

맏형부터 막내까지
알맞게 들어가 산다

큰 방을 가지려고
욕심부리지 않는다

꼭 몸이 자란 만큼만
방을 넓히며 산다.

닮음

흐린 날, 안개는
길을 모두 감췄다가
내가 걸어가면
그만큼
꼭 그만큼만
내게 길을 보여 주지

삐쳤을 때, 내 짝은
마음에 빗장을 걸었다가
내가 맘 열면
고만큼
꼭 고만큼만
내게 문을 열어 주지.

동그라미

토끼풀 꽃대마다
하얀 동그라미

동그라미들 속에 파묻힌
하얀 할머니

꽃반지랑 꽃팔찌 끼고
볼우물 짓는다

강아지도
꽃목걸이 걸고 싶은지

꼬리를 동그랗게
말아 올린다.

밥 주세요

눈도 못 뜨고
깃털도 없지만
잘하는 게 있지요

밥, 밥, 밥,
밥 주세요!

목을 쭉 빼고
귀가 따갑도록
졸라 대는 소리

밥, 밥, 밥,
밥 주세요!

잠시도 쉬지 않고
허겁지겁 날고 드는

초여름 처마 밑
제비집, 제비 엄마.

산부추

꽃대가
쏙 올라오너니

분홍 꽃들이
올망졸망

고 예쁜 손으로
엄마 화장대에 앉아

톡톡톡
볼 단장하려나 봐.

손 내밀걸

어디 아픈 걸까?
아직 화가 덜 풀린 걸까?

문자라도 올까 봐
휴대전화만 보는 날

화단에 핀 꽃들도
풀이 죽었다

별것도 아닌데
먼저 손 내밀걸 그랬지

운동장 한 귀퉁이에 앉아
구슬 두 알 굴려 본다

단짝 민우
결석한 날

잘못은 운동장만큼 커지고
나는 구슬처럼 작아만 간다.

서로 달라요

학교 갈 시간
아직 남았는데

엄마는 빨리빨리!
나는 느릿느릿!

엄마는
몇 분이 짧아서 재촉하고

나는 몇 분이 길어서
느긋하고

시간은
똑같은데

엄마에게는 아주 짧고
나에게는 아주 길고.

엄마 모습

외삼촌이 보내 준
예쁜 고구마
물병 위에 올려놓았다

싹이 나고
줄기와 잎이 무성해져
금방이라도
새 고구마가 달릴 것 같다

줄기는 바닥까지
죽죽 늘어지는데
날이갈수록 고구마는
쭈글쭈글 쪼그라든다

"고것들, 잘 먹고 잘도 크는구나."

햇살 타고 웃으시는 엄마 모습이
문득, 양분 다 빼앗긴
시든 고구마처럼 보인다.

다른 길

아가는
이거 만질까?
저거 만질까?
왔다가 갔다가
천리 길을 가지요

엄마는
이거 할까?
저거 할까?
허둥지둥하면서
만리 길을 가지요.

산수유

가지마다
팡
팡
팡
터지는 웃음

산도 간지러운지
까
르
르
웃는다.

　세상은 하루가 다르게 변화하고 아이들의 지식은 IT 등 특정 분야에서 어른을 뛰어넘는데 동시인들의 시는 소재나 내용 면에서 제자리걸음이다. 그렇다고 신조어나 유행어로 시를 써야 한다는 말은 아니다. 시의 특성상 신조어나 유행어는 감각 있는 시의 옷을 만들기 어렵다. 기능성 합성섬유보다 감물 들인 면이나 천연 염색한 모시가 오묘한 색을 낼 뿐 아니라 훨씬 더 고급스러운 옷을 만들 때가 있듯이 동시에서도 같은 소재를 가지고 뭔가 특별한 색을 입히는 작업이 필요하다.

　또한, 동시라 해서 늘 쉬운 말만 고집해야 하는 것은 아니라고 본다. 문학작품은 내가 아는 것만 수용하는 것이 아니라, 내가 모르는 것도 배우는 작업이기 때문이다. 막힘없이 읽히는 동시가 공감이 가는 것은 사실이지만 가끔은 가던 길을 멈춰 서서 '이게 뭐지?' 생각할 기회를 주는 동시도 필요하다는 생각이다.

　동시 창작에서 가장 중요한 것은 감동을 바탕으로 동시를 써야 하는데, 시 창작 학습을 제대로 받지 못한 사람들은 감동이 없는 가짜 시를 쓰는 경우가 많다. 사물이나 현상을 꼼꼼히 관찰해서 특징을 잡아내고 거기서 받은 감동을 바탕으로 자기 생각을 시로 쓰는 게 아니라, 막연한 관념을 가지고 말장난하는 경우가 동시에서도 흔히 발견되어 안타깝다.

　시의 경우처럼 좋은 동시는 선명한 이미지가 바로 떠올라야 한다. 여기에 중심 생각이 더해지고, 감동이 있어야 좋은 동시가 된다. 어린이의 참된 모습이 없다면 감동을 주는 좋은 동시라고 하기 어렵다.

　시와 동시를 쓰고 있는 처지에서 솔직히 고백하면, 시를 쓸 때는 동시가 어렵고, 동시를 쓸 때는 시가 어렵게 느껴진다. 하지만 시와 동시의 교집합은 모두 시라는 것이다. 따라서 나는 동시를 쓸 때 화려한 미사여구만 쓴다든지, 의성어 의태어를 남발한다든지, 마술쟁이 · 요술쟁이 · 척척박사 등 유아어로 도배하는 것도 배제한다.

| 나는 이렇게 읽었다 · 유창근 |

맛깔스러운 시

　동시는 먼저 시의 기본적인 틀 안에서 창작해야 '동시다운 동시'가 된다는 것이 나의 기본적인 생각이다. 시가 뭔지 제대로 알지 못하는 상태에서 동시를 쓴다면 평생 '동시 같은 동시'의 수준에 머무를 수밖에 없다. 그렇다고 시를 잘 쓰면 동시도 잘 쓸 수 있을 거라는 생각도 잘못이다. 시적인 요소에다 때묻지 않은 동심을 접맥했을 때 비로소 동시다운 동시가 탄생한다는 사실을 간과해서는 안 된다.

　이유정의 시는 한마디로 맛과 멋과 여유가 있다. 흐르는 강물처럼 저변에 순수한 동심이 깔려 있어서 한 편, 한 편을 감동적으로 읽었다. 일찍이 동시와 시로 등단하여 이미 개인 동시집 「첫눈에 반했어요」, 「사라진 물고기」와 시집 「사랑은 아라베스크 무늬로 일렁인다」를 출간한 바 있고, 이후 꾸준히 시와 동시를 공부하면서 신중하게 창작에 임해 온 결과로 판단된다. 만약에 시가 감동이 없고 정서적 환기도 없다면 그것은 과학이나 산문과 다를 바 없는 언술에 불과하다. 많은 시인이 창작 과정에서 감정적인 분위기를 살리기 위해 감성에 자극되는 이미지나 리듬을 활용하는 이유가 여기에 있다.

보내온 작품 10편을 읽었다.

〈꼬투리〉는 일차적으로 꼬투리 속에 들어 있는 콩을 의인화한 다음, 동심의 시각으로 4연 8행의 짧은 글 속에 '욕심을 부리지 말라'는 교훈적 주제를 무리 없이 담아내고 있다. 특히 이 작품이 생동감 있게 가슴에 와닿는 것은 바로 '욕심을 부리지 말라'는 삶의 기본 진리가 구체적이고 감각적인 이미지, 즉 알레고리_allegory_를 통하여 감동적으로 기술되고 있기 때문이다. 또한, 이 시는 어린이부터 어른까지 누구에게나 공감대를 형성할 수 있는 작품으로, 동시다운 동시가 무엇인지를 보여 주고 있다는 점에서 높이 평가할 수 있다.

특히 화두에서 '콩은 한집에서/방 하나씩 가지고 산다'며 연을 거듭하면서 콩 꼬투리가 성장해 가는 정황을 뛰어난 상상력으로 정밀묘사한 점이 돋보인다.

시는 이성적 현실의 세계가 아니라 현실을 초월한 무한한 꿈의 세계다. 이런 것을 우리는 일반적으로 상상_imagination_이라고 한다.

시인詩人과 원시인原始人과 어린이는 상상을 통해 쉽게 자연과 교감한다는 면에서 공통점이 있는데, 이 순수한 상상력은 인간의 잠재의식 속에 유전자처럼 끊임없이 흐르고 있어서 잘 포착만 한다면 작품에서 큰 성과를 거둘 수 있다. 이유정 시인의 시가 특별히 친밀감 있게 다가오는 것은 시 자체에 순수한 상상적 이미지를 내포하고 있기 때문이라고 할 수 있다.

〈닮음〉은 자연에 빗대어 비유적으로 인간관계를 묘사한 작품이다. 시적 리듬이나 '관계성'에 대한 이미지 처리가 매끄럽다. 시의 정황으로 볼 때, 안개를 이 시의 소재로 선택한 점이 적절하다. 1연에서 안개는 길을 감추고 있다가 내가 걸어가면 꼭 그만큼만 길을 보여 주고, 2연에서 삐친 짝이 마음에 빗장을 걸고 있다가 내가 마음을 열어 놓는 만큼, 꼭 그만큼만 문을 연다는 비유가 탁월하다. 시는 수식어로 꾸미는 것이 아니라 이미지와 리듬으로 새롭게 창조하는 것임을 시사해 주고 있다. 이미지와 리듬에 의한 창조란 결코 감정을 무절제하게 방류하는 것이 아니라 감정을 지적으로 절제한다는 의미이기도 하다.

시 〈동그라미〉에서 4연의 '강아지도/꽃목걸이 걸고 싶은지//꼬리를 동그랗게/말아 올린다'는 상상이라든가, 조그만 토끼풀 속에서 머리가 하얀 할머니를 떠올리고, 꽃반지와 꽃팔찌를 연상한 일은 놀라운 상상이다.

〈밥 주세요〉는 시의 주제가 되는 한 구절을 뽑아서 제목으로 삼은 경우다. 이 작품에서 제비를 의인화한 점이 재미있다. 특히 이 시의 2연과 4연에서 '밥, 밥, 밥/밥 주세요!'라고 짧고 강하게, 전하고자 하는 메시지를 단 일곱 글자로 표현한 점이 시선을 끈다. 특히 이 작품에서 제비의 지저귀는 소리를 '밥, 밥, 밥/밥 주세요'라고 표현하여, 과감하게 의성어에 대한 고정관념으로부터 과감하게 일탈하려고 시도試圖한 점 또한 높이 평가할 만하다. 요즘 도시에서는 물론 시골에서도 보기 힘든 제비집의 정겨운 정황을 시각적 이미지와 청각적 이미지로 친근감 있게 묘사했다.

〈산부추〉에서 엄마의 화장대 위에 놓여 있는 산부추의 분홍 꽃을 보면서 '고 예쁜 손으로/엄마 화장대에 앉아//톡톡톡/볼 단장하려나 봐'라고 표현할 수 있는 것은 곧 시가 지닌 경이로움에서 비롯된 순수하고 독특한 상상력으로 이 시인이 거둔 값진 성과라고 하겠다.

이유정의 시가 지닌 가장 큰 강점은 바로 예리한 동심 포착이다.

작품 〈손 내밀걸〉은 별것도 아닌 일로 다투었던 친구가 학교에 오지 않자, 걱정스러운 마음을 동심이라는 심리적 장치를 통해 예리하게 조명하고 있다. 특히 화두를 '어디 아픈 걸까?'라고 의문형으로 시작하여 어린이의 호기심에 대한 심리를 작품으로 형상화한 점이 값지다. 그리고 이 시에서 대상을 막연하게 친구라고 하지 않고 끝부분에 가서 '단짝 민우'라고 구체적으로 관계를 명시하여 친근감이 느껴지는 시다. 시의 마지막 연에서 '잘못은 운동장만큼 커지고/나는 구슬만큼 작아만 간다'는 비유에서 용서와 화해의 따뜻한 온기가 느껴진다.

〈서로 달라요〉는 '학교 갈 시간'이라는 특정 상황에서 어른과 어린이의 서로 다른 입장을 심리적으로 잘 묘사한 작품이다. 어른 입장에서는 아이가 등교 시간에 늦을까 봐 서두르고, 아이 입장에서는 아직 시간이 남아 있다고 판단하여 늑장부리는 등교 시간의 정황을 짧은 글 속에 진솔하게 잘 함축하고 있다. 이른바 어른과 어린이 모두가 공감대를 형성할 수 있는 좋은 동시다.

〈엄마 모습〉은 엄마와 고구마를 비교하면서 본질과 현상을 관찰자의 위치에서 시로 형상화한 경우다. 1 · 2 · 3연에서 외삼촌이 보내 준 고구마를 물병 위에 올려놓고 자라 가는 과정을 사실적으로 묘사하고 있다. 그리고 4연에 가서 "고것들, 잘 먹고 잘도 크는구나."라고 엄마의 말을 한 행으로 압축하고 있어서 시적 화자의 잔잔한 사랑을 느끼도록 한 점이 돋보인다. 다만, 마지막 연에서 '햇살을 타고 웃으시는' 엄마 모습과 시든 고구마의 이미지 결합이 자연스러운지는 좀 더 고민해 볼 일이다.

〈다른 길〉 역시 어린이의 심리와 어른의 심리를 간결하면서 감각적이고 사실적으로 형상화한 작품이다. 아가와 엄마의 행동을 순간 포착하여 편안한 목소리로 묘사하고 있다. 그리고 이 시는 단순히 아기와 엄마의 서로 다른 점을 서술해 놓은 것으로 끝나는 게 아니라, 이면에 그 이상의 광범위한 철학적 의미를 담고 있다는 사실을 1연의 마지막 행 '천리 길을 가지요'와 2연 끝행의 '만리 길을 가지요'라는 부분에서 확인하게 된다.

그밖에 〈산수유〉는 아쉬움이 느껴질 정도로 아주 간결한 시이지만, '팡/팡/팡'이나 '까/르/르' 등 형태 미학적인 기법에 따라 행을 배열함으로써 시각적으로 독자의 관심을 집중시키려는 시인의 내면적 의도를 읽을 수 있다. 전체적으로 의인화가 자연스러울 뿐 아니라, 언어의 함축이 잘 이루어진 작품이다.

시란 정서적, 환기적, 감동적 세계이기 때문에 이들을 통해 삶을 풍부하게 하고 의욕을 갖게 하고 영혼의 안식을 누리게 하는 것이다. 그런데 이러한 심리적 메커니즘은 이성이나 관념에 의해서가 아니라 감각적 충격이나 체험을 통해서만 작용하기 때문에, 근본적으로 감각적 기능에 호소하는 장르를 형성할 수밖에 없다.

이유정의 시는 군더더기 없이 깔끔하고 정결하다. 작품 한 편, 한 편에서 수많은 퇴고 과정을 거친 흔적을 발견할 수 있는데, 그의 순수한 노력이 맺은 값비싼 열매라고 판단한다.

시가 시일 수 있는 이유는, 언어를 보다 정서적인 측면에서 사용하거나, 상상적인 세계를 추구하거나, 사전적이고 일상적인 의미를 벗어나 함축적이고 내포적 의미를 확대하는 데 있다는 사실을 염두에 두고 더욱 정진하기 바란다.

이유정

서울 출생으로 성신여대 문화산업예술대학원 석사, 2006년 『아동문학세상』 동시 부문 당선, 2017년 『미네르바』 시 부문 당선으로 등단, 동시집 「첫눈에 반했어요」, 「사라진 물고기」와 시집 「사랑은 아라베스크 무늬로 일렁인다」 출간, 제4회 전영택문학상(동시), 제8회 전국계간문예지우수작품상(시) 수상. • andk77@hanmail.net

최 진

| 대표작 |

하늘 고치는 할아버지

우산 할아버지 노점에
써 놓은 글씨
"하늘 고칩니다."
비 새는 하늘
찢어진 하늘
살 부러진 하늘
말끔하게 고칩니다
머리 위
고장난 하늘
모두 고칩니다.

도토리나무가 밥을 폈네

도토리나무가
밥을 폈네
사발마다
수북수북
밥을 담았네
여름내 땀 흘려
잘 지은 밥
수백 그릇
고봉으로 담았네
이 밥 먹고
다람쥐며, 산토끼며, 멧돼지까지
모두 배부르겠다는 생각에
도토리나무는 배가 부르네.

택배

등짐 진
철새들이 날아간다
북으로, 북으로
봄을
택배하나 보다.

우포늪

여러 나라 말들로
왁자지껄한 우포늪은
새들의
국제공항
뜨고 내리는 행렬이
끝이 없다.

점둥이

우리 집 점둥이는
내가 손만 들면
꼬리를 흔들며 달려온다
아무것도 줄 게 없어
머리나 쓰다듬어 주지만
그래도 점둥이는
열이면 열 번 다 달려온다
우리 집 점둥이는
내 빈손에 담긴 마음을
핥아먹을 줄 안다.

할머니가 보낸 선물

할머니가 보낸
택배가 왔다
상자를 뜯어 보니
비닐봉지가 나오고
속에는 겹겹으로 싼
하얀 천이 나왔다
돌돌, 풀어내니
밥그릇 한 벌과 은수저 한 벌
은수저에 달린 꼬리표에선
할머니 서툰 글씨가
고물고물 기어나왔다
"민수야, 밥 많이 먹어라!"

봄날

골목 안,
쓰레기 수북한 공터
삐죽이
고개 내민
이름 모를
풀꽃에도
팔랑팔랑
나비가 찾아온다.

아무도 모를 거야

낮엔 쨍쨍했던 하늘
저녁엔 비가 추적추적
학원에 있는 동안
비 오는 줄도 몰랐다
우산은 가져오지 않았고
일하는 엄마에게 부탁할 수 없고
친구는 가 버렸고
우산 살 돈 모자라고
버스 타기엔 멀지 않는 거리
그냥 비 맞고 걷기로 했다
스며든 빗물에 신발이 질퍽질퍽
살갗에 달라붙은 티셔츠
파르르 떨려 오는 입술
배까지 고파 등에 달라붙는 뱃가죽
젖은 머리카락을 타고 주르륵
물줄기를 만들며 내려오는 빗방울
눈물도 따라
주
르
륵

아무도 모를 거야
그냥, 빗물인 줄 알겠지
에라, 모르겠다
씩씩하게 걸어가자!

선물

봄볕 좋다고
하루 종일
빨래한 엄마에게
아빠는
퇴근길에
꽃다발 사 오고
봄볕에
하루 종일
수고한 빨랫줄에게
봄비는
조롱조롱
옥구슬 목걸이 걸어 주고.

국화빵

엄마가 사 온
국화빵!
봉지 뜯어 펼쳐 놓고
누나 한 개
나 한 개
먹고 또 먹고
—엄마는 왜 안 먹어?
—너희들 먹는 것만 봐도 배불러!
엄마의
엄마가 한 말
우리한테 또 한다.

경북 안동 조탑리에 권정생 선생님 생가가 있다. 그곳에는 선생님이 종지기로 일하던 일직교회가 있고 교회 종탑에는 다음과 같은 선생님의 말이 씌어 있다.

새벽 종소리는
가난하고 소외받고
아픈 이가 듣고
벌레며 길가에 구르는
돌멩이가 듣는데
어떻게 따뜻한 손으로
칠 수 있어….

하찮은 벌레 하나, 길가에 구르는 돌멩이 하나에도 듣는 귀가 있다고 믿는 선생님, 가난하고 소외받고 아픈 이가 먼저 새벽 종소리를 듣는다고 하시며, 추운 겨울 새벽에도 맨손으로 종을 치신 권정생 선생님의 생가를 자주 찾는다.

아무것도 할 수 없지만 가장 간절한 마음을 가진 이가 먼저 무릎을 꿇고 기도의 손을 모은다. 자신이 아무것도 할 수 없음을 깨닫기 때문이다. 그 빈 가슴에 작은 것들이 하나 둘 채워진다. 작은 일의 소중함을 깨닫고 작은 것에 감사한 마음이 생기는 것이다. 그리고 주변의 작은 것들이 또 얼마나 아름다운지도 깨닫게 되는 것이고….

동시를 쓴다는 것은 기도하는 일이라 생각한다. 어떤 훌륭한 뜻과 큰일을 해내기 위해 글을 쓰는 것이 아니다. 낮고 겸손한 자리에서 먼저 올려다볼 줄 알고 먼저 손 내밀 줄 알고 먼저 미소할 줄 알고, 사랑을 말하는 것이 아니라 사랑을 느끼고 행하며 가슴에 사랑을 담아내는 것이 동시를 쓰는 일이라 나는 생각한다.

봄볕에 하루 종일 수고한 빨랫줄한테 저녁에 봄비가 선물한 옥구슬 목걸이, 쓰레기 수북한 곳에 피어나는 이름 모를 풀꽃, 엄마가 사 온 허름한 종이봉투에 든 국화빵, 우산 고치는 노점 할아버지, 울음 그친 아가의 해맑은 웃음 등… 이 모든 것에서 아름다움과 사랑을 찾아내는 일을 하고 싶다. 그것이 동시를 쓰는 이유이다.

상상의 숲

뉴욕의 한 거리에서 어느 시각장애인이 〈나는 맹인입니다〉라는 팻말을 목에 걸고 구걸하고 있었지만 한 사람도 돈을 건네주는 사람이 없었다. 그런데 우연히 그곳을 지나가던 어느 시인이 그 광경을 보고 안타까운 생각이 들어 〈봄은 오는데, 나는 볼 수가 없습니다〉라고 팻말의 내용을 바꿔 주었더니 의외로 많은 사람이 바구니에 돈을 넣기 시작하더라는 얘기가 있다.

시의 힘, 시인의 지혜, 인간의 위대함을 비유한 이야기다. 이처럼 시정신詩精神은 언제나 새롭게 태어나는 자유정신에 있으며, 기존의 인습적 언어나 양식에 구속되는 것이 아니라 그러한 모방적 답습에서 오는 세속화를 극복하고 새롭게 발견하고 창조하는 끝없는 상상적 연속이다.

'숨은 작가 집중조명' 코너에 최진의 시를 조명한다. 최진은 2005년 『아동문학평론』 신인상에 동시가 당선되어 문단에 나왔으며, 2008년 새벗문학상을 수상했고, 동시집 「선생님은 꿀밤나무」와 「빗방울의 말」을 상재하여 주목받고 있는 동시인이다.

최진의 동시는 대체로 어떤 개념이나 사물을 직접 관념적 언어로 서술하지 않고 그와 유사하거나 동일성을 지닌 다른 사물로 바꾸어서 본래의 의미와 성격을 구체화하거나 새롭게 하려는 상상적 이미지에 바탕을 두고 있다. 특히 그의 시세계를 지배하는 동심적 사고와 뛰어난 상상력은 동시를 동시답게 만드는데 든든한 프레임 역할을 하고 있다.

먼저 최진의 〈우포늪〉과 〈택배〉는 짧으면서 이미지가 선명할 뿐 아니라 새의 특성을 잘 살려 쓴 시다. 유동성을 가진 새는 '어디에도 묶이지 않는 자유로움' 때문에 시공의 한계에 갇혀 사는 인간에게 언제나 선망의 대상이다. 특히 시에서 철새가 먹이를 찾아 여기저기 옮겨 다니며 사는 나그네 인생을 상징한다고 전제할 때, 앞의 두 작품은 더욱 다각적인 시각으로 조명할 수 있다.

최 시인이 〈우포늪〉에서 철새 도래지인 우포늪을 '새들의 국제공항'이라고 상상한 것은 한마디로 새의 특성을 극대화한 놀라운 상상이다. 우포늪에서 우리가 볼 수 있는 현실은 늪이거나 갈대거나 새들의 몸짓일 것이다. 그러나 시인은 새들의 무리 속에서 여러 나라 말을 듣게 되고, 국제공항을 보게 된다. 청각적 이미지와 시각적 이미지가 동시에 하나의 교집합을 만들어 내는 순간이다. 아무리 상상이라 하지만 우포늪에서 여러 나라 언어를 듣고 국제공항을 떠올린다는 자체가 보통 사람들과 다른 독특한 상상이다. 특히 '새들의 국제공항'이라는 일곱 글자에서 우포늪 전체를 아우르는 정황을 포착할 수 있을 뿐 아니라, 시인에게 내재된 상상의 한계가 무한함을 읽을 수 있다. 또한 언어의 함축이 무엇이며, 함축을 어떻게 해야 하는지까지 들여다볼 수 있다. 아울러 '여러 나라 말들로/왁자지껄한 우포늪'을 전경화*foreground*한 다음에 바로 '새들의/국제공항'을 배열한 것은 최 시인의 상상력과 공간적 지각에서 비롯된 성공적 배열로 해석되며, 이미지 결합이나 서술구조도 야무지다.

〈택배〉는 철새들의 이야기를 형상화한 작품으로 시적 구성이 탄탄하다. 전체가 3연 5행으로 이루어진 짧은 시이지만 그 속에 철새들의 유동적인 삶을 묘사하고 있어 예사롭지 않다. 철새를 통하여 덧없는 인생의 일생을 압축하고 있다는 데 의미가 크다. 그 헤아릴 수 없이 많은 삶의 이야기를 짧은 5행 속에 담아낼 수 있다는 것은, 인생에 대한 시인의 무한한 상상과 관조에서만 가능한 일이다. 먼저 각 연의 행 배열을 보면, 1연은 2행, 2연은 1행, 3연은 다시 2행으로 외형상 불균형을 이루고 있다. 2연에서 '북으로 북으로'라는 단 한 줄이 한 연을 이룬 점에 주목할 필요가 있는데, 이 시를 관심 있게 들여다보면, 단 한 줄의 의미가 다른 연과 동일한 무게를 가지고 있다고 판단되기 때문에 한 줄이 한 연을 이룬 것이다. 그리고 등짐 진 철새라는 주체와 봄을 나르고 있는 행위 중간에 '북으로 북으로'라는 이동 방향을 설정해 놓은 것 또한 매우 합리적임을 발견할 수 있다. 이른바 1연(주체-철새)→2연(이동 방향-북쪽)→3연(행위-봄을 택배)의 구조가 빈틈없다. 이런 경우에 시는 철저하게 과학적이 되는 것이다.

〈하늘 고치는 할아버지〉는 시인의 상상적 세계를 다양하게 전개한 경우다. 신선하고 동심을 자극하기에 아주 좋은 제목이다. 만약, '우산을 고치는 할아버지'라고 제목을 붙였다면 지극히 평범하고 진부하여 독자들이 처음부터 시에 접근하지 않을 것이다. 그리고 이 시의 2연에서 우산에 대한 시적 서술을 반복하고 있는데, 이는 우산에 대한 시적 이미지에 동일한 무게를 부여한 행의 반복이다. 그러나 단순한 행의 반복이 아니라, 행이 거듭될수록 메시지가 강조되고 있다는 사실을 간과해서는 안 된다. 또한, 우산에 대한 시인의 상상 과정에서 일종의 무질서를 발견할 수 있는데, '비 새는', '찢어진', '살 부러진' 등 시인의 다양한 상념들을 순서 없이 자유롭게 나열하고 있기 때문이다. 그러나 이 자유로운 상상의 나열이 오히려 '우산'을 '하늘'이라는 시어로 치환하는데 유연함을 주었다는 판단이다. 이처럼 '우산'과 '하늘'이 가지고 있는 여러 가지 이미지를 선택하여 어떤 유사점을 찾아 결합하는 단계를 심리학자들은 관념연상이라 하고, 문학에서는 연상적 상상이라고 한다.

반면 〈도토리나무가 밥을 펐네〉는 사물의 시간적 순서를 분석적으로 상상하면서 연을 열거하였다. 밥을 푸고→사발에 담고→

그릇마다 고봉으로 담고→마침내 산짐승들이 그 밥을 먹고 배부르겠다며 흐뭇해하는 상상은 상당히 질서가 있으면서 합리적이다. 말하자면 서술의 시점을 과거에서 미래로 일목요연하게 전개해 가는 입체적 상상이 매우 질서정연하다. 그리고 마지막 부분에서 다시 도토리나무로 작품을 마무리한 점도 주제를 선명히 해 주고 있다는 점에서 매우 바람직하다. 특히 시인이 이 작품에서 보여 준 훈훈하고 감동적인 사랑 나누기가 오랜 세월을 두고 이 세상의 모든 사람들의 가슴에 밝은 빛으로 남아 있기를 소망한다.

시가 사물을 구체적으로 표현하고 감동적으로 느끼게 하려면 관념적인 언어보다 상상적인 이미지를 사용하는 것이 원칙이지만 〈국화빵〉이나 〈점둥이〉는 약간 상황이 다르다. 이들의 시에서는 어떤 참신한 상상의 세계로 우리를 인도하는 것이라기보다 율격성律格性이 주는 흥취와 소재가 주는 감상이 마음을 움직인다.

〈국화빵〉의 경우, 엄마가 사 온 국화빵을 먹으며 전개되는 상황이 리얼하다. 국화빵을 먹으며 주고받는 엄마와 자녀 간의 대화 속에 '엄마의 사랑'이라는 보다 깊은 상징적 의미를 형상화한 점이라든가, 국화빵이 지닌 이중적 의미 즉 '국화꽃 모양의 판에 묽은 밀가루 반죽을 부어 구운 풀빵'이라는 의미와 '서로 얼굴이 매우 닮은 사람을 비유적으로 이르는 말'이라는 의미를 자연스럽게 시적으로 형상화한 점이 값지다.

〈점둥이〉는 마지막 부분의 '내 빈손에 담긴 마음을/핥아먹을 줄 안다'라는 두 행 속에 '점둥이'의 의리 있는 행위를 보여 줌으로써 물질 만능, 배신, 기회주의에 젖어 있는 인간들을 암시적으로 질타하고 있다.

기타 〈할머니가 보낸 선물〉에서 할머니의 서툰 글씨가 고물고물 기어나오고, 〈선물〉에서 봄비가 빨랫줄에 옥구슬 목걸이를 걸어주고, 〈봄날〉에서 공터의 풀꽃이 삐죽이 고개 내민다는 등의 상상적 언어들이 사물의 의인화와 더불어 독자들로부터 동심을 끌어내는 데 성공을 거두었다고 판단한다.

〈할머니가 보낸 선물〉에서 할머니가 보낸 택배 상자를 풀어 가는 과정이 섬세하다. 택배 상자가 한 꺼풀씩 벗겨질 때마다 그 안에 무엇이 들었을까 호기심을 가중시키는 작품이다. 시의 구성을 보면, 택배 상자에서 시작하여 비닐봉지→하얀 천→밥그릇과 은수저→할머니의 편지로 마무리되는데, 특히 마지막 행에 "민수야, 밥 많이 먹어라!"고 할머니가 쓴 편지 내용을 직접 인용함으로써 시의 주제가 무엇인가 분명히 제시해 준 점이 돋보인다. 손자에 대한 할머니의 사랑이 택배 상자를 풀어 가듯이 차분하고 현장감 있게 잘 묘사되어 있다.

〈봄날〉은 나비를 객관적상관물로 내세워 때묻지 않은 동심으로 편견과 오만으로 물든 인간세상을 간접적으로 질타한 작품이다. 쓰레기가 가득 쌓인 공터를 배경으로 한 점이 다소 생소하지만, 시인은 외형적인 것에 전혀 관심을 두지 않는다. 쓰레기장에 삐죽이 고개 내민 풀꽃을 차별하지 않고 날아와서 함께 어울려 주는 나비가 있어서 마음이 봄날처럼 따뜻해진다.

〈아무도 모를 거야〉는 10편의 시 가운데 가장 길이가 길다. 전체가 6연으로 구성되었는데 행마다 글자 수는 물론 음보 수도 일정하지 않고 행마다 독립된 생각들이 나누어지지도 않았다. 동일한 음보나 자수에 의한 규칙적인 리듬보다 불규칙한 리듬, 즉 비정형적인 시행이 주는 내재적 리듬의 효과를 보여 주고 있다. 특히 5연에서 '주루룩'이라는 한 개의 시어를 서로 다른 행에 한 글자씩 독립적으로 배열함으로써 리듬보다는 시각적인 이미지의 표출에 중점을 두고 시행을 나누었다는 점에 주목할 필요가 있다. 그리고 시적 발상이 지극히 평범한 일상에서 포착된 것이지만 극한상황에 대처해 가는 어린이의 심리적 변화를 섬세하고 사실적으로 스케치했다는 점이 돋보인다. 다만, 길이가 긴 시일수록 자칫하면 군더더기가 많아져 산문화되기 쉽고 주제가 흐려질 수 있음에 유념해야 한다.

〈선물〉 역시 사랑을 주제로 하고 있다. 전반부는 사실적 묘사를 통해서 인간세상에서 일어나고 있는 일상적인 사랑을 수식이나 미화 없이 있는 그대로 서술한 반면, 후반부는 온전히 비유적 기법으로 사물을 묘사한 점이 이 시의 특징이기도 하다. 전반부와 후반부의 이질적 결합이 자칫하면 시의 주제를 산만하게 할 염려가 있으나, 최진 시인은 이런 문제를 오히려 효과적으로 잘 처리하고 있다.

시인의 상상은 무에서 유를 탄생시키는 것이 아니라, 체험의 소재들을 결합하여 새로운 세계를 만들어 낸다는 의미에서 창조적이다. 최진 시인은 짧은 시에서 오히려 싱그러움과 경이로움과 무한한 상상력을 극대화하고 있다. 놀랄 만큼 풍부한 그의 상상력이 시적 원리와 장치를 제대로 만날 때 시다운 시가 많이 생산될 것이라는 확신이 선다. 물고기 한 마리를 잡는 것에 만족하는 것이 아니라, 물고기 잡는 방법을 배우고 익힐 때 탄탄하고 좋은 작품을 빚을 수 있다는 말이다. 앞으로의 작품에 기대를 건다.

최 진

1961년 포항 출생, 대구경북대학교 대학원 석사, 2005년 『아동문학평론』 여름호에 동시 〈도화지〉 외 2편이 당선되어 등단, 2008년 제25회 새벗문학상, 2009년 문학창작지원금 수혜, 2011년 펴낸 동시집 「선생님은 꿀밤나무」가 한국어린이교육문화원 '으뜸도서', 한국동시문학회 '올해의 좋은 동시집'으로 선정, 2012년 한국아동문학인협회 우수작품상, 2013년 영남아동문학상 수상, 2010년 1년간 영남일보 '독서지도' 칼럼 연재, 2012년 부산지하철 스크린도어에 동시 2편, 2021년 서울지하철 스크린도어에 동시 1편 게시, 동시집으로 2011년 「선생님은 꿀밤나무」, 2021년 「빗방울의 말」 출간, 현재 대구새바람아동문학회 회장, 한국동시문학회 지역 부회장, 한국아동문학인협회 이사. • good111id@hanmail.net

이희선

| 대표작 |

그런데

머리에 셋팅기 말고
눈썹 그리고
오렌지 립스틱 바른 엄마
—엄마 어때?
—근데,
엄마는
화장한 얼굴보다
웃는 얼굴이 더 이뻐.

감기 들어 좋은 날

—먹고 싶은 거 없어?
—이제 좀 어때?
오늘따라 유난히
친절한 엄마
텔레비전을 보아도 괜찮고
학원에 가지 않아도 되고
오늘은 하루 종일
내 맘대로다
쓴 약은 괴롭지만
그까짓 것쯤이야
감기 들어 좋은 날
공부 안 해 좋은 날.

엄마에게 애인이 생겼어요

엄마에게 애인이 생겼어요
베토벤
쇼팽
모차르트
.
.
.

온종일 서재에서
애인하고만 놀아요
누가
우리 엄마 좀 말려 주세요.

봄은

봄은
발레리나 발끝처럼
내려앉는다
발톱에
멍이 들고
찢어지고
예쁜 슈즈에
감춰진 발
봄은
매운 겨울을 견딘 후
오는 것이다
발레리나의 발끝처럼.

수채화

가을을
도화지에 담아 봅니다
하늘
구름
낙엽
그리고
시골집 감나무에
빠알간 홍시
도화지에
주섬주섬
가을을 담아 봅니다.

하나님 제발

새해에는
우리 형아 욕심
없애 주시고
새해에는
우리 아빠 얼굴
자주 보게 해 주시고
새해에는
우리 엄마 잔소리
잠재워 주세요
그리고
새해에는 제발
제 키가 기린처럼 자라
땅꼬마 별명
없어지게 해 주세요.

동생

동생이 태어나더니
엄마의 사랑이
아이스크림처럼 녹아 버렸다
세상에서 날
제일 사랑한다던
엄마가
요즘엔
우리 아들
우리 아들 하면서
동생하고만 논다.

봄맛

어떤 맛일까?
봄은
쓴맛일까?
단맛일까?
아니면 매운맛일까?
봄에는 꽃이 피고
새 친구도 만나니까
아마 솜사탕처럼
부드러운 맛일 거야.

녹차밭

'뭐가 그리 신이 날까?'
내 눈에는
그냥 풀밭인데
자꾸만 돌아가는
엄마의 카메라
쌉쌀한 바람이
살며시
손을 잡는다.

성격은

국어
수학
사회
과학
이번엔 잘 보기로
약속했는데
어떡하지?
—괜찮아,
넌 성격은 100점이잖아
짝꿍 호찬이가 씽긋 웃는다.

나의 어린 시절은 소도시 교회의 주일학교에서 세계 위인들을 만나면서 책 읽기에 푹 빠져 지냈다. 믿음보다는 책을 읽을 욕심으로 손꼽아 주일을 기다렸고 예배가 끝나는 대로 곧장 도서관으로 달려가 많은 책을 읽었다. 교회 안에 있는 작은 도서관은 어린 소녀에게 새로운 세계에 눈을 뜨게 했고 문학에 대한 꿈을 갖게 했다. 그러니까 나에게 교회 도서관은 희망이었고 친구였고 스승이었다. 학창 시절뿐 아니라 지금까지 내가 틈이 나면 도서관과 대형 서점을 즐겨 찾고, 어린이를 위한 동시를 쓰는 이유 가운데 하나가 아마 어린 시절 교회 도서관에서의 잊지 못할 추억들이 있기 때문이리라.

이 시간 문득, 잊고 살았던 나의 유년 시절이 떠오르면서 그 시절의 교회 도서관처럼 어린이들에게 희망을 주고, 친구가 되고, 스승의 역할을 해 주는 좋은 시를 쓰고 싶다는 생각을 한다. 어려워서 읽기에 부담을 주는 시가 아니라 어쩌면 만만하게 보일 만큼 쉽지만, 그 속에 어린이들의 생각과 행동과 사상이 담겨 있는, 어린이들에게 친근감을 주는 그런 동시를 쓰고 싶다.

그러기 위해 나는 습관처럼 동시를 쓰기 전에 먼저 어린이의 생활 속으로 파고들어가 동심을 캐기 위해 많은 시간을 보낸다. 두 아이를 키우면서도 늘 동심으로 돌아가 친구처럼 많은 몸짓과 언어로 의사소통을 해 왔고, 길을 가다가도 지나가는 어린이들의 언어나 행동을 유심히 살펴 왔다. 그런 탓인지 내 동시에는 자연을 노래한 서정시보다 유난히 생활 동시가 많다. 어른들의 어린 시절을 회고한 그런 동심이 아니라, 지금 바로 여기에 있는 어린이의 동심을 포착하여 시로 형상화할 때 어린이들에게 친근감을 주리라 생각하기 때문이다.

그리고 동시는 굳이 길 필요가 없다는 생각이다. 어린이들은 사고가 단순하기 때문에 길이가 길고 복잡한 동시를 보면 읽기 전에 먼저 부담을 갖게 되고 낯설음을 느끼게 된다. 짧고 쉬우면서 풍부한 상상의 세계로 이끌어 가면서 어린이들과 공감대를 형성하는 동시가 좋은 동시라는 소신을 가지고 있기 때문에 나의 동시는 비교적 짧은 편이다.

일본의 어느 작가가 노후에 가장 좋은 취미로 글쓰기를 들었다. 종이와 펜만으로 뇌를 젊게 만들기 때문이라고 했다. 동시를 쓰면서 삶이 아름답게 익어 가면 좋겠다.

끝으로, 이 세상의 많은 어린이가 내가 쓴 동시를 읽으면서 기쁠 땐 활짝 웃고, 슬플 땐 눈물을 흘리는 그런 순수하고 참된 모습으로 잘 자라 간다면 더 이상 바랄 게 없다는 생각을 해 본다.

| 나는 이렇게 읽었다 · 유창근 |

순수한 감동

휘파람새가 울면 다른 새들은 모두 지저귀는 것을 멈추고 휘파람새의 둘레에서 조용히 그 울음소리를 듣는다고 한다. 이처럼 좋은 노래나 시는 이 세상의 모든 어린이뿐 아니라 어른들의 마음까지도 사로잡으며 감동을 준다. 시나 예술은 사상이나 개념을 그대로 전달하려는 세계가 아니라 이들까지도 감동적인 정서로 만들어 새롭게 환기하려는 세계다.

이번 가을호 '숨은 작가 집중조명'은 이희선의 시를 특집으로 꾸몄다. 이희선은 2006년 서울 성동백일장 시 부문에 장원하여 문단에 입문하였고, 같은 해에 『아동문학세상』 신인상에 동시가 당선되어 아동문학가로 등단하였다. 이어서 2007년에는 『문학시대』에 황금찬 선생의 추천을 받아 시로 등단하였다. 한국문인협회·한국아동문학회·한국아동문학연구회·한국동시문학회·풀꽃아동문학회 회원, 성동문인협회 사무차장을 거쳐 현재 아동문학분과회장으로 활동하고 있다. 2014년에 동시집 「쉿! 엄마에게 애인이 생겼어요」를 출간하여 관심을 끈 바 있고, 공저로 「호반에 부는 바람」, 「들꽃과 구름」, 「달빛 샘가의 노래」 등이 있다. 2015년에는 제6회 '아름다운 글 문학상'을 수상하였다.

한 편의 시를 쓸 때, 시인은 분명 어떤 감정이나 사고나 체험이나 사물에 관한 관심을 가지고 이를 시적으로 표현하는 의식적 행위를 하게 된다. 그리고 모든 사람이 각자의 개성과 인생관을 가지고 있듯이 시인도 인생관이나 세계관을 가지고 있으며 시를 쓰는 순간에는 이러한 인생관과 시관詩觀을 기초로 새로운 언어적 세계를 창조하는 것이다.

이희선도 크게 다르지 않다. 그는 동시의 생명이 동심에 있다는 시관을 가지고 철저히 어린이와 함께 호흡하는 시인이다. 그의 시를 읽어 보면, 시인 자신이 어린이의 생활 속으로 깊이 들어가 동심의 세미한 부분까지 포착하여 작품으로 형상화하고 있음을 발견할 수 있다.

먼저 〈봄은〉이라는 작품은 '봄'이라는 관념을 의인화한 것으로 어린이가 읽기에 어렵지 않고 어른이 읽기에도 유치하지 않은, 이른바 동시와 시의 경계를 허문 경우라고 하겠다. 어린이와 어른 모두에게 감동을 줄 수 있는 시야말로 앞으로 우리 동시가 지향해야 할 방향이라고 본다. 시 〈봄은〉에서 시인은 봄을 발레리나와 동일시함으로써 가시적인 사물만이 아니라 추상적인 관념의 세계까지도 인간화가 가능하다는 것을 보여 주고 있다. '봄은/발레리나의 발끝처럼/내려앉는다'고 표현한 거나, 발레리나의 발끝처럼 발톱에 멍이 들고, 찢어지고, 혹독한 시련을 겪은 후에야 비로소 봄이 온다는 사실은 이성적으로 보거나 과학적으로 보면 대단히 비합리적이지만 시의 세계에서는 충분히 가능하다.

이처럼 시의 세계에서는 사물을 인간화하고 의인화할 뿐 아니라 인간을 사물화할 수도 있고 사물을 다른 사물로 바꿀 수도 있다. 이희선 시인이 특히 봄을 '발레리나의 발끝처럼 내려앉는다'고 묘사한 것은 상상력의 극치라고 하겠다.

〈수채화〉역시 어린이나 어른 누가 읽어도 무리가 가지 않는 시다. 시인은 먼저 1연에서 가을을 도화지에 담는다고 이야기한 다음, 2연과 3연에서 하늘·구름·낙엽, 그리고 시골집 감나무의 빠알간 홍시 등을 차례대로 배열하여 상황을 구체화하고 있다. 여기서 주목할 일은 2연의 하늘·구름·낙엽이 무생물체이고, 3연의 홍시는 늦가을 감나무에 매달려 있는 마지막 생명체라는 점이다. 시인이 시어의 배열에 얼마나 세심한 배려를 하고 있는지 알 수 있다. 2연→3연의 시어 배열은 무생물체→생명체 순이고, 2연에서 하늘→구름→낙엽의 순서는 높이의 기준에 따라서 시어를 질서정연하고도 정확하게 배열한 점이 놀랍다. 또한 시의 마지막 연에서 '도화지에/주섬주섬/가을을 담아 봅니다'라고 첫 연과 동일한 시어와 의미를 반복하고 있는데, '주섬주섬'이라는 부사 하나를 첨가하여 1연과 차별화하고 있다. 다시 말해서 1연은 단순히 가을을 도화지에 담을 준비 단계의 상황을 묘사한 것이고, 4연은 '주섬주섬'이라는 언어를 통해 2·3연에서 열거한 여러 가지 사물들을 하나씩 주워서 거두어들인다는 결실의 의미를 포함하고 있다는 점이 다르다.

이희선의 〈감기 들어 좋은 날〉과 〈동생〉은 동심이 아주 잘 드러나 있는 작품이다. 이 중에서 〈감기 들어 좋은 날〉은 화자가 감기 때문에 학교에 결석하면서 벌어진 상황을 어린이 시점에서 형상화한 작품이다. 서두에서 먼저 엄마의 걱정스런 마음을 직접화법으로 처리하여 현장감을 주고, 2·3·4연에서 그날의 즐거웠던 일들을 어린이 정서에 맞춰 순수하고도 솔직하게 표현한 점이 감동적이다. 그리고 5연에서 '쓴 약은 괴롭지만/그까짓 것쯤이야'라고 동심을 극대화시킨 다음, 마지막 연에 이 시의 주제인 '감기 들어 좋은 날/공부 안 해 좋은 날'로 마무리한 점이 깔끔하다.

〈동생〉역시 동심이 잘 드러나 있는 시다. 동생이 태어나면서 엄마의 사랑이 동생에게로 옮겨지는 상황을 사실적으로 잘 묘사하고 있다. 사랑은 관념적이기 때문에 사물로 구체화했을 때 비로소 의미가 분명해진다. 그래서 시인은 엄마의 식어 버린 사랑의 정황을 '엄마의 사랑이/아이스크림처럼 녹아 버렸다'고 구체적인 사물을 제시하여 의미를 명료화시키고 있다. 아이스크림은 차갑고 잘 녹아 없어지는 속성을 가지고 있을 뿐 아니라, 어린이들에게 친밀감을 주는 기호식품이라고 볼 때, 엄마의 식어 가는 사랑을 아이스크림에 비유한 것은 매우 적절하고 효과적이라고 생각한다. 그리고 시에서 행과 연의 구분원리를 등가성으로 설명하기도 하는데, 이희선은 시의 행과 연을 구분할 때도 등가성을 효과적으로 활용하고 있는 것을 발견할 수 있다. 〈동생〉의 경우, 행의 구분을 보면, 한 어절에서 세 어절까지 불규칙하게 배열되어 있고, 각 연의 행수도 1개의 행에서 3개의 행까지 불규칙하게 이루어져 있다. 외형적인 리듬이나 의미로 보면 행과 연의 동일한 반복이 하나도 없다. 그러나 이희선의 창작 의도나 독자가 느끼는 시각적 감동이나 정서적 환기성을 고려할 때, 비록 글자수나 어절수나 논리적인 의미 단위가 일치하지 않아도 각행이나 연이 지니는 내면적 비중은 동일하다는 사실을 발견할 수 있다. 등가성의 기준에 의해 행과 연을 구분했기 때문이다.

그밖에 동심이 그대로 묻어 있는 작품으로 〈하나님 제발〉과 〈그런데〉가 있다. 먼저 〈하나님 제발〉은 새해를 맞이하여 화자가 하나님께 간절한 소망을 비는 기도시祈禱詩다. 시인은 이 시에서 가족을 모두 등장시켜 그들의 성격이나 특징까지 묘사하고 있는데, 어린이의 순수한 마음과 지극히 작고 현실적인 소망을 담고 있어서 때묻지 않은 동심을 느낄 수 있다. 새해엔 제일 먼저 형의 욕심을 없애 주고, 다음엔 아빠를 자주 볼 수 있게 해 주고, 엄마의 잔소리를 없애 달라고 기도하고 있다. 그리고 마지막에 가서 제발 자신의 키를 크게 해 달라고 간절한 마음으로 자신을 위해 기도하고 있다. 어린이들은 자기중심적 사고가 강하기 때문에 도화지에 여러 사람을 그릴 경우에도 대부분 자신의 모습을 가장 크게 그린다. 이 시에서도 화자는 가장 핵심이 되는 결론 부분에 자신을 배치해 놓고 '제발'이라는 부사를 앞세워 강한 어조로 하나님께 키를 크게 해 달라고 간절하게 자신의 소망을 빌고 있다. 이처럼 이희선은 시의 행과 연을 배열할 때도 자기 임의대로가 아니라, 철저하게 동심에 의존하고 있는 것을 볼 수 있는데, 그의 철저한 동심주의 시관(詩觀)과 무관하지 않다.

〈그런데〉는 부사를 제목으로 정한 점이 색다르다. 일반적으로 시에서 제목의 표기형식을 보면 한 단어나 몇 개의 단어가 결합된 명사형이나 체언구로 된 것이 압도적으로 많고, 부사형이나 서술형은 비교적 적은 편인데, 이희선은 제목 붙이기에 남다른 감각을 가지고 창의적이면서 색다른 제목을 만들어 내고 있다. 또한, 이 시에서 보는 것처럼 어린이의 심리를 사실 그대로 묘사함으로써 독자들의 공감대를 끌어들이고 있는 점이나, 짧은 대화 속에 엄마와 자녀의 사랑을 압축시킨 점이 깔끔하고 보기에 아름답다. 그리고 화장을 마친 엄마가 자녀 앞에서 스스럼없이 '엄마 어때?'라고 묻는 순수함이라든가, '근데/엄마는/화장한 얼굴보다/웃는 얼굴이 더 예뻐'라고 대답하는 자녀의 솔직함은 모두 동심에서 비롯된 것으로 감동의 원천이 되고 있음을 간과해서는 안 된다.

〈엄마에게 애인이 생겼어요〉는 제목이 아주 파격적이다. 보수적이고 고정적인 틀을 깨고 과감하게 제목을 붙인 점은 오히려 독자들에게 신선한 충격을 주고 있다. 어차피 문학이 독자의 시선을 끌고, 독자에게 감동을 주기 위한 것이라면, 차라리 제목에서부터 충격요법을 쓰는 것도 필요하다는 생각이다. 이 시에서 엄마의 애인은 곧 책이다. 엄마가 독서광이기 때문에 온종일 서재에서 책을 읽느라고 꼼짝하지 않는 상황을 비유적으로 표현한 게 흥미롭다. 시의 제목은 그 작품의 주제와 일치하거나 주제를 암시하는 것이 가장 좋다. 다만 제목이 추상적이거나 그것이 포함하는 개념이 넓어서 실제 작품의 주제나 내용보다 크거나, 반대로 작품의 주제와 내용은 넓은데, 그것을 드러내는 제목이 오히려 작은 경우 제목과 작품이 일치하도록 조정하는 것이 바람직하다.

〈봄맛〉은 미각적 이미지가 중심을 이루고 있는 작품이다. 서두에서 '어떤 맛일까?/봄은'이라고 도치법을 써서 일단 주위를 환기한 다음, 봄맛에 대한 궁금증을 하나씩 구체화하면서 풀어 가고 있는 방식이 자연스럽다. 그리고 마지막 연에서 봄맛을 단맛, 신맛, 쓴맛, 짠맛 등의 미각적 이미지와 결합하지 않고 '아마 솜사탕처럼/ 부드러운 맛일 거야'라고 촉각적 이미지로 전환한 것은 일종의 '낯설게 하기'에 해당하는 것으로 시적 효과를 배가시켜 준다.

〈성격은〉이라는 시는 제목이 매우 관념적이다. 그러나 내용에서는 먼저 '국어/수학/사회/과학' 등 교과목 이름들을 등가성에 의해 배열하고, 시험을 못 봐서 걱정하는 친구의 모습을 '어떡하지?' 라는 말 한마디로 압축시켜 가고 있는 과정이 질서 있고 긴장감을 준다. 특히 이 시의 5연은 주제가 되는 연인데, '괜찮아, 넌 성격은 100점이잖아'라는 친구의 말 한마디로 위기를 반전시킨 점이 값지다.

〈녹차밭〉은 동심의 시각에서 어른들의 세계를 조명한 시로, 어린이의 눈에는 그저 풀밭일 뿐인데, 녹차밭이 신기해서 열심히 사진을 찍고 있는 엄마의 모습을 낯설음의 기법으로 형상화한 것이다. 같은 정황에서 어린이와 어른이 느끼는 감성의 차이를 사실적인 시각으로 솔직히 표현한 점이 인상적이다. 그리고 마지막 연에서 '쌉쌀한 바람이/살며시/손을 잡는다'고 묘사하고 있는데, 녹차밭에서 불어오는 바람을 녹차 맛이 나는 '쌉쌀한 바람'이라고 표현한 것이나, 그 바람이 살며시 손을 잡는다는 상상도 예사롭지 않다. 엄마가 녹차밭에 관심을 쏟고 있는 동안 외로워진 화자에게 녹차밭에서 불어오는 바람이 손을 잡음으로써 어린이와 어른 사이에 생긴 사고思考의 간극間隙을 자연스럽게 해소시키고 있는 점이 돋보인다. 이처럼 자연과 인간이 분리되어 대결하고 절망하는 것이 아니라, 서로 화해하고 공존하려는 화해의 노력이 바로 시정신의 본질이다. 그러기 위해서 시인은 끊임없이 세계를 자기화하고 인간화하려는 동일시의 어법을 사용하게 되는 것이다. 인간과 자연의 공존 상태, 그것은 무한한 시간이며 기쁨이며 생명이다.

휘파람새가 울면 주변의 모든 새가 울음을 멈추듯이 이희선의 시는 읽는 이에게 잔잔한 감동을 안겨 준다. 그런 이유 가운데 하나가 시인 스스로 어린이의 생활 속에 깊숙이 파고들어가 그들의 세미한 음성을 듣고, 그들과 어울리면서 작은 몸짓까지 포착하여 동심 안에서 작품으로 형상화하고 있기 때문이다. 아울러 밝고 긍정적인 시각으로 사물을 끊임없이 관찰하여 자기화하는 일, 참신한 제목과 군더더기 없는 간결한 문체, 선명한 이미지 결합 등 이희선 시인이 지니고 있는 강점들을 잘 살려 가면서 동시의 세계를 더 연구하고 꾸준히 새로운 방향을 모색한다면 기대할 만한 작품들이 많이 나오리라 믿는다.

이희선

경남 진주 출생, 2006년 서울 성동백일장 시 부문 장원, 같은 해 『아동문학세상』 신인상에 동시 당선, 2007년 『문학시대』에 황금찬 선생의 추천을 받아 시로 등단, 계간 『아동문학세상』 편집위원 역임, 한국문인협회 · 한국아동문학회 · 한국아동문학연구회 · 한국동시문학회 · 풀꽃아동문학회 회원, 성동문인협회 아동문학분과회장, 2014년 동시집 『쉿! 엄마에게 애인이 생겼어요』 출간, 2015년 제6회 아름다운 글 문학상 수상. • sun70112@hanmail.net

정갑숙

| 대표작 |

밤

누군가
어둠 이불 한 채 펼친다
머리맡엔
아늑한 달 조명등 켜고
세상은
한 이불 덮고 잠잔다.

바닷가 소나무

바다를 닮았을까
참 마음이 넓다
주렁주렁 솔방울
제 아기도 많은데
아기 참새, 아기 까치
남의 아기도 안아 준다
바다를 닮았을까
참 마음이 깊다
쨍쨍 한여름
제 몸도 힘들 텐데
할머니 할아버지께 그늘 주며
남의 몸도 보살핀다.

나무와 새

햇살 따사로운 봄날
새 한 마리 날아와 나무 위에 앉는다
부러운 나무는 새를 보며 말한다
"나도 너처럼 하늘을 날고 싶다."
나무의 마음을 안 새는 가슴의 비밀을 털어놓는다
하늘 푸른 여름날
"우리처럼 하늘을 날고 싶으면 네가 가진 것 다 나누어 줘야 해."
아무것도 지니지 않아야 하늘을 날 수 있다고 새가 알려 준다
맑은 하늘 가을날
새의 말을 기억한 나무는 열매를 사람들에게 다 나눠 준다
그리고 빈손을 펼쳐든다
차가운 겨울날
가지에 앉아 놀아 주던 새도 남쪽 나라로 떠났다
홀로 서 있는 나무는 입고 있던 옷들까지 다 벗어 준다
풀숲에서 떨고 있을 작은 벌레들을 위하여
하늘은
가진 것 다 주는 나무의 마음을 알고
하얀 솜이불을 펼쳐 나무를 덮어 준다
솜이불을 덮고 누운 나무는 이제 꿈을 꾼다
한 마리 새가 되어 훨훨 날고 있다
하늘 무지개다리 건너서.

문 열어 주세요!

가야와 신라
생목숨 땅에 묻던 순장
21세기에도 있다
땅속 방에 잠든 개구리
문 열어 주세요!
개굴! 개굴!
땅속 방에 잠든 굼벵이
문 열어 주세요!
꼬물! 꼬물!
아스팔트 궁전
자동차 임금을 위하여
순장되었다.

말하는 돌
—황룡사 터에서

여기
솔거 노송도 있던 자리
금당 주춧돌이 말하고

여기
원효 설법하던 자리
강당 주춧돌이 말하고

여기
9층 목탑 서 있던 자리
목탑 심초석이 말하고

여기
장육존상 계셨던 자리
불상 좌대가 말하고
신라가
화들짝 깨어난다.

황룡사 9층 목탑

신라는 터를 내놓고
백제는 솜씨를 내놓고
1층
2층
3층
.

.

.

.

.

9층
층층이 어깨동무.

천전리 계곡에서

—울주 천전리각석
서 있는 바위에
청동기인이 그림 그리고
신라인이 글씨 써 놓았다
청동기인
신라인
물처럼 흘러가고 없는데
그 마음 바위에 남아 있다
—잘 간직해 줘, 내 기도!
—잘 간직해 줘, 내 소망!
청동기인 신라인
바위에게 부탁하였다
오래 남는 것 무엇인지 알고
바위는 서서
그 부탁 들어주고 있다
지금.

하느님의 지우개

꽃은
하느님의 지우개
개나리
시골 울타리 지우는
노란 지우개
장미
도시 담장 지우는
빨간 지우개
찔레꽃
휴전선 철조망 지우는
하얀 지우개
향기 나는
하느님의 지우개.

셋방살이

풀잎이
전세를 놓았다
풀벌레가
전세를 얻었다
풀잎은
전셋값으로 노래를 받아
날마다 기뻤다
풀벌레는
전셋값으로 노래를 주어
날마다 즐거웠다.

한솥밥

하늘 높은 날
밤나무가 법을 퍼 놓았다
햇살 주걱으로
가시 밥그릇 소복소복
늦봄 하얀 꽃불 연기 솔솔 피워
한여름 푸우푸우 뜸을 들이고
가을에 잘 퍼진 알밤 고봉밥
다람쥐 들쥐 멧돼지 바둑이 사람
초록별 가족 한솥밥 먹는다
밤나무가 지은 고소한 밥.

동시는 동심의 가슴에서 부화한다.

일상이 하수도처럼 혼탁해지면 동시의 알이 부화하지 않는다. 동시는 가장 세심한 시어 선택과 언어의 세공이 필요하다. 그보다 먼저 감성의 거울이 녹슬지 않도록 끊임없는 연마가 필요하다. 물리적인 나이는 더해져도 감성의 나이는 영원한 동심 세대에 머물러야 한다.

감성의 건강 유지를 위하여 영혼의 뜰 관리가 필요하다. 영혼이 흐려지지 않도록 늘 오감이 열려 있어야 한다. 용맹정진하는 수행의 자세이어야 한다.

나는 동시가 시이면서 동시이기를 바란다.

그래서 독자를 어린이로 한정하지 않고 어른도 같은 독자이기를 희망하며 동시를 쓴다.

나는 자연을 노래하고 싶다. 자연 속에는 우주의 진리가 숨어 있다. 나무 한 그루, 풀 한 포기를 사랑하는 마음은 우주를 사랑하는 마음이다. 자연은 저마다 빛이 있다. 내 동시의 빛깔은 청잣빛이길 꿈꾼다. 청잣빛을 보면 마음이 평화로워진다. 평화의 색이 있다면 청잣빛이 아닐까 생각한다.

나는 생명을 노래하고 싶다. 우리 지구별에는 뭇 생명들이 함께 산다. 뭇 생명들은 지구 가족이다.

나는 소망한다. 지구 가족 모두 행복하기를. 강마을 산마을 들마을 빌딩마을 따위 우리 이웃들이 함께 행복하기를. 은어銀魚, 산비둘기, 들고양이, 까치 등등 마을마다 주민들이 다 행복하기를.

나는 삶을 노래하고 싶다. 우리의 삶 속에는 선조들의 피가 흐른다.

　나는 우리 선조들의 숨결을 노래하고 싶다.

　나는 우리 문화와 역사를 노래하고 싶다.

　나는 꿈꾼다. 보다 근원적이고 본질적인 것을 노래하기를.

　나는 자연과 인공이 조화로운 세상을 꿈꾼다.

　그러나 세상은 날이 갈수록 점점 인공이 자연을 잠식한다. 인공의 횡포 앞에 수많은 자연이 쓰러지고 신음해도 세상은 그 소리를 듣지 않아 현실이 참 안타깝다.

　문학은 인생이 위안을 필요로 할 때 위로와 위안이 된다.

　시가 한 가슴을 데워 주고 한 영혼을 위로해 줄 수 있기를 꿈꾼다.

　하여 세상이 따뜻하고 더불어 행복하기를 바란다.

| 나는 이렇게 읽었다 · 유창근 |

포괄의 시

　예술이야말로 '충돌적 요소들의 힘겨운 화합'이라고 말한 리처드 *Richard*는 시의 구조나 시의 해석에 있어서 매우 과학적이고 객관적인 입장이었다. 그는 모든 사실은 경험할 수 있고 실증할 수 있어야 한다고 믿었는데, 시 또한 시인이 언어의 지배자가 되고 경험의 지배자가 되어야 하며, 시인은 이 두 가지를 할 수 있는 능력이 있어야 좋은 시인이고 좋은 시가 된다고 했다. 능력 좋은 시인이 된다는 말 자체가 과학적이고 실증적이다. 그는 이러한 태도를 유지하면서 다시 좋은 시와 나쁜 시를 경험의 포괄과 배제로 규정한다. 즉 시인이 겪는 경험 가운데 이질적인 것은 배제하고 동질적인 것만을 포용하는 시는 나쁜 시이며, 모든 이질적인 경험, 즉 시에 나타나는 경험은 상반되는 충돌들이 균형과 조화, 즉 포괄을 이룰 때 좋은 시가 된다는 것이다. 따라서 이질적인 경험을 배제하고 동질의 경험만으로 되어 있는 시는 나쁜 시라는 것이다. 예를 들어 '샘물이 모여서 강물이 되고/강물이 합쳐서 바다가 된다(중략)'로 시작되는 셸리*Shelley*의 〈사랑의 철학〉은 잡다한 경험이 종합되지 못했으며 단일하고 성질이 유사한 경험만으로 되었기 때문에 좋은 시가 아니라는 것이다. 반면 '마음은 아려 오고 멍멍한 아픔은 오관을 짓누른다/독삼毒蔘이라도 마신 듯 아편을 바닥까지 훑어 마신 듯(중략)'으로 시작되는 키이츠*Keats*의 〈나이팅게일에 부치는 노래〉는 이질적인 충돌의 특이한 잡다성을 보이기 때문에 포괄의 시라고 규정하고 있다.

기획물 '숨은 작가 집중조명'에 정갑숙 시인의 시를 조명한다. 보내온 시 10편을 읽으면서 오래간만에 답답한 가슴이 시원하게 카타르시스되는 느낌이다.

시인 정갑숙은 1998년 『아동문예』 신인상, 1999년 동아일보 신춘문예 당선으로 화려하게 등단하여 「나무와 새」, 「하늘 다락방」, 「개미의 휴가」, 「말하는 돌」, 「금관의 수수께끼」, 「정갑숙 동시선집」 등 여러 권의 시집을 내놓아 이미 시인으로서의 자리를 확고히 잡아

가고 있다. 그동안 발표한 작품의 우수성을 인정받아 오늘의 동시
문학상, 영남아동문학상, 부산아동문학상, 우리나라 좋은 동시문
학상, 한국 안데르센문학상, 보혜문학상을 수상한 바 있다. 겸허하
면서도 열심히 시작 활동에 전념하는 것으로 보아 앞으로의 작품
활동에 기대되는 바가 크다.

정갑숙의 〈문 열어 주세요!〉, 〈말하는 돌〉, 〈황룡사 9층 목탑〉, 〈천
전리 계곡에서〉 등의 시는 과거의 오랜 역사와 현재의 이질적인 경
험들을 균형과 조화에 의해 부드럽게 포괄하고 있을 뿐 아니라 사
물을 신선하면서도 재미있게 스토리화하여 하나의 창조적 세계를
만들어 가고 있는 점이 색다르다.

먼저 〈문 열어 주세요!〉는 현대 문명의 이기利器 때문에 수난을
겪고 있는 자연환경이나 생태계의 모습을 의인화한 작품이다. 자
동차의 통행을 위하여 수많은 길과 땅을 아스팔트로 포장하면서
'문을 열어 달라'고 땅속에 갇혀 있는 개구리가 소리를 지르고 굼
벵이가 꼬물거리는 모습이야말로 이질적 경험이 빚어낸 대형 충
돌이다. 더구나 시의 서두를 '가야와 신라/생목숨 땅에 묻던 순
장/21세기에도 있다'로 시작한 사실은 매우 놀랍고 충격적이다.
가야와 신라 시대에 권력을 가진 자들이 죽은 뒤에도 자신을 봉양
하기 위해 그들이 죽을 때 현세에서 부리던 시종들을 산 채로 자
신의 곁에 매장하던 제도가 순장殉葬이다. 아스팔트에 생매장되어
문을 열어 달라고 애걸하는 이 시대의 개구리와 굼벵이, 그리고
가야와 신라 시대에 생매장되었던 권력자의 시종들이 겪은 상황
은 전혀 시대도 다르고 환경도 다르다. 하지만 정갑숙은 이 엄청

난 이질적 충돌을 생매장이라는 공통분모로 균형과 조화를 이루어 가면서 서로 다른 경험을 포괄하고 있는 점이 값지다. 시어의 배열을 '가야→신라→21세기'의 시대순으로 수직 배열하고 있는 것도 시의 균형과 조화를 이루려는 것과 무관하지 않다.

〈말하는 돌〉은 시인이 '황룡사 터에서'라는 부제를 붙여 놓은 만큼 어렵지 않게 신라 시대의 또 다른 역사를 말하고 있음을 알 수 있다. 제목 자체에 전설적인 의미를 내포하고 있어서 흥미로운데다가, 5연으로 된 이 시에서 특히 시인이 1연부터 4연까지 각 연의 첫 행을 '여기'로 시작하고 있는 것에 주목해 볼 필요가 있다. 시인이 4개의 연에서 시작을 한결같이 '여기'라는 동일어를 반복 배열하고 있는 까닭은 화자가 서 있는 지금, 이 시각 황룡사 터에 남아 있는 흔적들을 돌아보면서 자리를 옮길 때마다 사라져 간 실체들을 상상하고 아쉬운 정황을 강조하기 위해서다. 화자는 금당 주춧돌을 보며 솔거의 노송도를 생각하고, 강당 주춧돌을 보며 원효대사가 설법하던 모습을 상상하고, 목탑 심초석을 보며 9층 목탑을 생각하고, 불상 좌대를 보며 장육존상을 상상하다가 마침내 끝연에 가서 '신라가 화들짝 깨어난다'라고 묘사하여 황룡사에 대한 상상의 범위를 국가로 확산시키면서 시적 효과를 극대화하고 있다. 황룡사의 경내는 약 2만 평으로 추정되며 남에서부터 중문, 탑, 금당, 강당이 남북 선상에 서고, 구당과 중문을 연결하여 동서로 회랑을 돌려 내정에 금당과 구당을 두는 일탑식 가람제도로서 황룡사지는 그 절터 흔적이 가장 뚜렷하게 남아 있다. 탑지 북쪽에는 금당지가 있어 정면 9간, 측면 4간의 대 건물이었음을 알 수 있으며, 그 중앙에는 거대한 석조 불대좌 3기가 있어 장육존상이 양 보살과 함께 이곳에 안치되었고, 또 솔거의 그림도 이곳에 있었을 것이라는 역사적 사실이 뒷받침될 때, 〈말하는 돌〉은 더욱 깊이 있고 폭넓게 이해될 것이다. 또한 극히 일부의 흔적들을 가지고 보이지 않는 실체들을 상상하기에는 상당한 한계가 있는데, 시인은 황룡사 절터에 남아 있는 돌들을 의인화하여 대상물이 바뀔 때마다 그들 스스로 말을 하게 함으로써 그 옛날 신라와 오늘날 우리가 사는 현재의 시점 사이에 생긴 어마어마한 극간隙間을 친근감 있게, 그리고 자연스럽게 포괄하고 있다.

〈황룡사 9층 목탑〉은 〈말하는 돌〉의 3연에서 언급한 '9층 목탑'을 조금 더 구체적으로 묘사한 시다. 이 시 또한 9층 목탑이 안고 있는 역사적 사실을 알고 있을 때 시의 진가를 제대로 음미할 수 있다. 화자는 이 시의 1연에서 '신라는 터를 내놓고/백제는 솜씨를 내놓고'라고 진술하고 있는데, 알려진 바에 의하면 신라 선덕여왕 때인 643년, 자장율사가 당나라에서 귀국하여 황룡사에 탑을 세울 뜻을 선덕여왕에게 아뢰니 선덕여왕이 군신들과 의논하였는데, 신하들이 "백제에서 공장工匠을 청한 연후에야 바야흐로 가능할 것입니다."라고 하여 이에 보물과 비단을 가지고서 백제에 청하였다고 한다. 공장 아비지가 명을 받고 와서 목재와 석재를 경영하였고 이간伊干 김용춘이 주관하여 소장小匠 200명을 이끌었는데 백제의 공장 아비지는 내키지 않는 일이었지만 마음을 고쳐먹고 그 탑을 완성하였다고 한다. 〈황룡사 9층 목탑〉을 관심 있게 살펴보면 시인은 2연에서 탑의 층수를 평범하게 1층에서부터 9층까지 9행에 걸쳐 나열하는 서술방식을 취하고 있다. 다만 4~8층까지는 점 하나가 한 행을 차지하여 층을 대신하고 있지만 특별한 의미는 없다.

그리고 3연에서 '층층이 어깨동무'라는 한 구절로 이 시를 마무리하고 있는데 이는 1연에서 신라와 백제가 당시 적대 관계에 있었지만, 신라의 요청에 따라 백제가 공장 아비지를 보내 백제인의 솜씨로 황룡사 9층 목탑을 완성했다는 역사적 사실을 비유로 말하고 있다. 그리고 여기서 수직으로 높이 올라간 9층 목탑을 어깨동무하는 것으로 묘사한 것은 이치적으로는 맞지 않음에도 불구하고 시인이 왜 그렇게 표현을 했는지 고민해 볼 일이다. 어깨동무는 옆에 나란히 있는 것끼리 즉 수평적인 상태에서 가능한 것이지 수직적인 상태에서 이루어질 수 있는 성격의 것이 아니기 때문이다. 그러나 시의 세계는 상상의 세계이기 때문에 수직적인 상태에서의 어깨동무도 가능한 것이다. 더구나 그것이 정신적인 어깨동무라고 가정할 때 수직적인 어깨동무는 충분히 가능하다고 본다. 정갑숙은 이 시를 통하여 단일하고 성질이 유사한 경험으로부터 일탈하고자 수직적 어깨동무를 과감하게 시도한 것으로 분석할 수 있다. 이러한 의도적 일탈은 시인이 앞의 시에서 층의 배열을 한 것만 보아도 알 수 있는데, 일반적으로 9층 높이의 탑이나 건물을 수직 배열할 경우, 맨 위에 9층이 위치해야 하고 맨 아래가 1층이 되는 것이 관례다. 그러나 정갑숙 시인은 〈황룡사 9층 목탑〉의 2연에서 보다시피 위에서부터 '1층 2층 3층…… 9층'으로 내려오게 수직 배열함으로써 상반되는 경험의 충돌을 자아내고 있다. 리처드가 말한 이른바 '경험의 포괄'로 해석할 수 있다.

〈천전리 계곡에서〉는 울주에 있는 천전리각석 앞에서 청동기인이 그린 그림과 신라인이 새긴 글씨를 보고 읊은 시다. 시인은 1연에서 천전리 계곡에 서 있는 각석에 청동기인이 그림을 그리고 신라인이 글씨를 써 놓았다고 역사적 사실 그 자체를 기록하고 있다. 그런데 2연에서는 사고의 폭을 한 단계 넓혀서 그림을 그리고 글씨를 쓴 사람은 보이지 않지만 그들의 마음이 바위에 남아 있다고 함으로써 인격화를 통해 존재 가치를 높여 주고 있다. 그리고 3연에서 시인은 인격화된 바위로부터 "잘 간직해 줘, 내 기도", "잘 간직해 줘, 내 소망"이라는 당시 사람들의 음성을 빌려 청각적 효과를 살려 내고 있는 점이 돋보인다. 따라서 1연과 2연의 시각적 이미지가 3연에 가서 청각적 이미지로 전환되면서 이 시는 상상의 극치를 이룬다. 4연은 행 가르기를 어떻게 하느냐에 따라서 다양한 해석이 나올 수 있는데, 현재의 행 가르기 상태로 읽을 경우, 청동기인과 신라인이 오래 남는 것이 무엇인지를 이미 알고 있어서 바위에 '잘 간직해 달라'고 부탁하는 의미로 도치법을 사용한 것이다. 순리대로 한다면 '오래 남는 것 무엇인지 알고/청동기인 신라인/바위에게 부탁하였다'로 배열해야 한다. 또 다른 경우로 '오래 남는 것 무엇인지 알고'라는 행 전체를 현재 4연 끝에서 5연 첫 행으로 옮겨서 읽어 보는 방법이다. 그럴 때 주체는 바위가 되기 때문에 오래 남는 것이 무엇인지 알고 있는 것은 자연히 바위가 된다. 그리고 이 시의 마지막 행을 '지금'이라는 두 글자로 함축한 것 또한 역사가 지닌 수직적 시점을 명쾌하게 규명했다는 점에서 값지다. 천전리각석은 국보 제147호로 지정된 소중한 문화재로 그곳에는 선사시대 암각화와 신라 시대에 해당하는 세선화, 명문 등 여러 시대에 걸쳐 각종 문양이 새겨져 있다. 이상에서 언급한 정갑숙의 시들은 역사적 사실을 소재로 하여 우리나라의 역사에 대한 지식을 독자들에게 가르쳐 주고 있을 뿐 아니라, 당시 존재했던 실체들에 대해 새로운 흥미를 유발하고 있다는 점에서 큰 의미가 있다. 특히 역사 속에 숨겨진 신비한 사건이나 실체를 우리가 현시대를 살면서 이미 겪어 온 경험적 사물들과 접맥하여 유기적으로 구성하고 있는 점이 예사롭지 않다.

다음으로 〈나무와 새〉, 〈한솥밥〉, 〈바닷가 소나무〉는 자연의 순환적 질서에 바탕을 두고 있는 시로서 도덕적인 알레고리가 있는 것이 특징이다. 〈나무와 새〉는 사계절의 순서에 맞춰 전체를 한 연으로 구성한 시다. 어느 봄날 한 그루의 나무가 날아온 새를 보며 '나도 너처럼 하늘을 날고 싶다'고 말하자 여름날 새가 나무에게 '아무것도 지니지 않아야 하늘을 날 수 있다'고 알려 준다. 나무는 가을날 새의 말대로 열매를 사람들에게 다 나누어 주고, 차가운 겨울날 나무는 풀숲의 벌레들을 위하여 입고 있던 옷까지 다 벗어 준다. 그 마음을 알게 된 하늘이 하얀 솜이불로 나무를 덮어 주자 나무는 솜이불을 덮고 꿈속에서 한 마리의 새가 되어 훨훨 날게 된다는 스토리가 있는 시인데, 사건의 발단과 전개와 절정과 결말이 분명하여 동화시童話詩로 분류할 수 있다. 아울러 사계절의 특성에 맞게 스토리를 판타지의 세계로 전개해 나가면서 자연스럽게 '욕심을 부리지 말라'는 교훈까지 암시하고 있어 읽을수록 마음이 따뜻해지는 시다. 프라이Frye는 신화의 네 유형을 봄, 여름, 가을, 겨울로 설정하고 있는데, 봄은 하루 중 아침에 해당하며 인생에 있어서 탄생에 해당하는 시점으로 〈나무와 새〉에서 봄날에 새가 나무에 날아온 것은 새로운 사건의 탄생을 의미한다. 여름은 정오에 해당하며 인생의 황금기로 새가 나무를 향해 '아무것도 지니지 않아야 하늘을 날 수 있다'고 비밀을 말한 것은 황금보다 더 값진 진리를 가르쳐 준 것이다. 가을은 장년에 해당하는 시기로 하루 중 저녁이다. 가지고 있는 것들을 다 나누어 주면서 베푸는 때다. 나무도 열매를 나누어 주면서 사람들에게 베풂의 철학을 보여 준다. 겨울은 시간상으로 밤에 해당하며 인생의 마지막 시점인 노쇠와 죽음의 단계다. 모두 다 내려놓고 빈손으로 떠나는 것이 인생이다. 나무역시 다 나누어 주고 빈 몸이 된다. 하늘이 그런 나무의 소원을 들어주어 마침내 꿈속에서 나무를 한 마리의 새가 되게 하여 하늘 무지개다리를 건너 훨훨 날게 한다. 어린이의 시각에서 사람의 일생을 나무에 잘 비유한 시다.

〈한솥밥〉은 가을을 배경으로 하는 시다. 밤나무를 의인화하고 있는데 마치 인간세계를 묘사한 것 같은 착각에 빠지게 한다. 또한, 상황에 맞게 적당한 의성어와 의태어를 배열하면서 전체적인 분위기를 리얼하게 이끌어 가고 있을 뿐 아니라, 활짝 벌어진 밤송이 안의 알밤을 동심의 시점에서 '밤나무가 가시 밥그릇에 퍼 놓은 밥'으로 묘사한 것도 돋보인다. 특히 3연에서 밤이 익어 가는 과정을 밥 짓는 과정에 비유한 것이 서로 다른 경험들이지만 균형과 조화를 잘 이루어 시를 완숙한 것으로 만들었다는 생각이다. 늦봄에 하얗게 핀 밤꽃을 '꽃불 연기 솔솔 피운다'고 말하고, 한여름 뜨거운 햇볕에 익어 가는 밤송이를 '푸우푸우 뜸을 들인다'고 표현한 것, 토실토실 여물어 밤송이 안을 가득 채운 알밤을 '잘 퍼진 고봉밥'이라고 할 수 있는 것은 정갑숙 시인만의 놀라운 상상이다. 특히 시의 마지막 연에서 다람쥐, 들쥐, 멧돼지, 바둑이, 사람, 초록별 가족들이 한솥밥을 먹는 모습은 '화합과 베풂'의 철학으로 매우 인상적이다.

〈바닷가 소나무〉는 한여름 땡볕에 서 있는 바닷가 소나무를 스케치한 시로 내면에 교훈적인 것을 담고 있다. 솔방울만으로도 무거울 텐데 참새와 까치까지 안고 있는 걸 보면서 바다를 닮아 마음이 넓다고 생각하고, 제 몸만으로도 힘들 텐데 할머니 할아버지께 그늘을 주며 보살피는 걸 보며 바다를 닮아 마음이 깊을 것으로 생각하는 것은 오직 동심적 사고에서만 가능하다. 이상 세 편의 시는 한마디로 시인의 저변에 깔려 있는 휴머니즘과 동심에 의해 빚어진 것으로 인간과 나무의 서로 다른 이질적 경험을 조화와 균형으로 포괄한 수작秀作들이다.

그밖에 〈셋방살이〉, 〈밤〉, 〈하느님의 지우개〉는 시인이 상상한 창조적 세계로 개성이 강한 시들이다. 여기서 창조적 세계란 작가가 만든 새로운 실체, 새로운 존재, 새로운 생명체를 말하는데, 새로운 실체나 존재가 되기 위해서는 시간과 공간이라는 존재 조건이 필요하며 의미나 감정이나 감각적 실체가 있어야 한다. 따라서 하나의 존재란 시간, 공간, 감각, 감정, 의미 등의 구조가 유기적으로 얽히어 하나의 자율적인 세계를 유지하는 것이다.

먼저 〈셋방살이〉는 풀잎과 풀벌레가 공생하는 모습을 인간들의 셋방살이에 비유하고 있는 점이 낯설면서도 흥미롭다. 풀잎이 풀벌레에게 전세를 놓았다는 자체도 생소하고 전셋값으로 노래를 주고받았다는 것도 시인이 만들어 낸 창조적 세계로 대단히 이질적인 경험들이다. 그러나 시인은 인간 세상에서 흔히 볼 수 있는 셋방살이 모델을 그대로 자연 속에 끌어들여 서로 충돌하는 이질적 경험들을 포괄함으로써 오히려 친숙감을 느끼게 한다.

〈밤〉은 모두冒頭를 '누군가/어둠 이불 한 채 펼친다'로 시작하면서

부터 경험의 충돌을 일으킨다. 2연에서 달로 조명을 켠다고 한 일이라든가 3연에서 세상이 한 이불을 덮는다고 의인화한 것은 일상에서 전혀 이해할 수 없는 경이로운 것들이고 실현 불가능한 상황들이다. 역시 시인이 만든 새로운 실체, 새로운 존재, 새로운 생명체들이다. 시인은 밤이면 조명등을 켜고 이불을 덮고 잠을 자는 인간들의 익숙한 실제 상황을 리얼하게 묘사함으로써 밤과 이불을 동일시하는데 조금도 거부감이 없도록 장치하고 있다.

　마지막으로 〈하느님의 지우개〉는 5연 전체가 은유로 구성된 시다. 시인은 첫 연에서 먼저 '꽃=하느님의 지우개'라는 등식을 전제하고, 2연에서 개나리=노란 지우개, 3연에서 장미=빨간 지우개, 4연에서 찔레꽃=하얀 지우개, 5연에서 '꽃=향기 나는 하느님의 지우개'라며 시종 A=B라는 동일한 등식을 만들고 있다. 이른바 꽃이 지우개 역할을 한다는 사실을 강조하고 있다. 그러나 꽃을 지우개로 비유하는 데는 다소 이질감이 느껴진다. 성격상 지우개는 글씨나 그림 따위를 지우는 역할을 하는데 사용하는 물건이고, 꽃은 어떤 공간 위에 새로운 모양을 만들어 가는 역할을 하는 것이기 때문이다. 그러나 시인은 그런 이질적인 것들의 이미지 결합에서 생긴 거리감을 배제하지 않고 꽃의 색깔에 따라 지우개의 색깔을 동일하게 맞추어 놓음으로써 서로 다른 경험에서 오는 충돌을 조화와 균형으로 포괄하고 있다.

　정갑숙은 한마디로 좋은 동시, 동시다운 동시가 무엇인지를 알고 쓰는 시인이다. 아울러 아동문학이 갖추어야 할 흥미성·문학성·교육성을 염두에 두고 동심의 시각에서 시를 빚어내고 있어

기대가 크다. 일차적으로 동시는 어른들이 어린이를 위해 쓴 시이기 때문에 자칫하면 사상이나 정서가 동심하고는 거리가 멀어지기 쉽다. 설령 동심을 바탕으로 시를 썼다 해도 구태의연한 회고조의 경험 나열이나 메시지가 없는 유치한 언어의 조립에서 벗어나지 못하는 경우가 대부분이나, 정갑숙의 시는 앞으로 이 나라의 동시단童詩壇에 새로운 활력소가 되리라는 확신이 선다.

정갑숙

1998년 『아동문예』 신인상 수상, 1999년 동아일보 신춘문예 당선, 2001년 제1동시집 「나무와 새」 한국시문학회 좋은 동시 추천, 2004년 제2동시집 「하늘 다락방」으로 오늘의 동시문학상 수상, 2006년 제3동시집 「개미의 휴가」 영남아동문학상 수상, 2013년 제4동시집 「말하는 돌」 부산아동문학상·우리나라 좋은 동시문학상 수상, 2015년 「정갑숙 동시선집」 출간, 한국을 대표하는 동시인 111명 한국동시문학선집, 2015년 제5동시집 「금관의 수수께끼」 출간, 세종아동도서 선정, 2018년 제6동시집 「한솥밥」 출간, 최계락문학상 수상, 2021년 국악동요 〈가래떡〉 발표.
• treebird77@hanmail.net

엄승희

| 대표작 |

눈물

가끔
눈에서
비가 내린다

마음에 고여 있다
넘치면 주르륵

가끔
햇빛 사이로
비가 내리듯

기쁠 때도
비가 되어
방울방울.

달빛

어릴 적 한옥집 마당에는
밤마다 달빛이 내렸다
수많은 음표를 타고
조심스레 내렸다

빨랫줄에 앉았던 음표들이
장독대에서 도
계단을 따라 시라솔파미
강아지 잠든 쪽마루에선 레
댓돌 위에 내리면서 도

나에게만 들려주는 달빛 노래
그 노래 들으며
보름달처럼
내 그림자는 쑤욱쑤욱 자라났다.

때로는

때로는
햇빛보다 달빛이
장조보다 단조가
맑은 날보다 비 오는 날이
더 좋을 때가 있다

때로는
늘 보는 친구 얼굴이
늘 듣는 내 이름이
늘 돌아오는 우리 집이
낯설 때가 있다

때로는
무심코 내다본 운동장이
푸른 바다로 변해 있었으면
좋겠다.

공원

플라타너스 나무 그늘
긴 의자에 앉아 하늘을 보면

나뭇잎 사이로 반짝반짝
햇살이 숨바꼭질한다

가을 향기를 모르는
텅 빈 마음들에게

단풍나무, 은행나무, 느티나무가
초대장을 보내기로 했다

부지런한 바람이
여기저기 초대장을 배달한다.

엄마 냄새

화장품도 아니고
향수도 아닌데
엄마 냄새는 참 좋아

솜사탕같이 부드럽고
꽃잎처럼 향기로워
품속으로 파고들면
항상 나를 안아 주던
포근한 엄마 냄새

이제는 느낄 수 없는
따뜻한 엄마 냄새
엄마 옷에만 남아 있는
그리운 냄새
엄마 냄새.

파아란

하늘을 보고 있으면
바다에 온 것 같아
눈을 감으면
비릿한 바다 내음이
코끝에 와닿는다

하늘에 떠가는 구름은
하얀 파도로 부서져
새의 깃털이 되어
수평선 끝까지
흩어져 간다

바다가 보고 싶을 때
난 하늘을 쳐다본다
거기엔
하늘이란 이름의
바다가 있다.

풍선

"오늘부터 내가
경호원이 돼 줄게."

집에 오는 길
네가 말했다

그리고 넌
그 약속을 지켰다

내 곁에
남자애들이 오기만 해도
어디선가 네가 나타났다

벚꽃이 질 무렵부터
흰 눈이 내릴 때까지
넌 항상 내 곁에 있어 주었다
내 맘은 하루하루 부풀어 올라
언젠가 터질 것 같았다

우리의 키가 똑같아진 날
우리는 졸업을 하였다
나는 너와
사진을 찍지 않았다.

답장
-보고 싶어, 엄마.

수없이
하늘에 보낸 편지

답장이 왔다

예쁜 꽃비로
하얀 눈으로

때론 회색 구름 속
밝은 햇살로.

새벽

고요한 듯
소란하고

어두운 듯
눈부시고

누군가는
깨어나고

누군가는
잠이 드는

그런 시간

해가 삼켜 버린 어둠
별이 숨어 버린 하늘

새벽은 그렇게
검은 커튼을 걷어 내며
하루를 연다.

비 오는 날

비 오는 날은
공기가 달라요

코끝에 와닿는 비 냄새가
바다 냄새 같아요

하루 종일 비가 내리면
창가에서 듣는 빗소리도 음악이 되고
비 맞은 나무와 꽃도 수채화가 되지요

해님이 숨어 버린 하늘엔
구름만 가득
밤에는 별도 달도 보이지 않아요

비 오는 날은 발걸음도 조심조심
여우별이라도 보일까
우산 들고 마중 나가고 싶어요.

　수많은 음악 가운데 사람들은 유독 재즈에 대해 선입견을 품는다. 재즈는 마음의 여유가 있어야 들을 수 있는 사치스러운 음악이라는 생각. 그런데 동시에 대해서도 사람들은 마음의 여유가 있는 사람이 쓰고 읽는 글이라는 선입견을 갖는 듯하다. 아니 어쩌면 내가 그런 생각의 틀에 갇혀 있었는지도 모르겠다.

　실은 그 반대라고 나는 생각한다. 재즈를 들으면 바쁜 일상 속에서도 마음의 여유를 갖게 되고, 동시를 읽으면 바빠서 잊고 살던 무언가를 찾을 수 있다. 그럼에도 나조차 등단하고 15년 동안 마음의 여유가 없다는 핑계로 동시 쓰기를 소홀히 하였다. 그래서 첫 번째 동시집이 작년에서야 세상에 나왔다.

　어릴 때 동시나 동화 쓰는 걸 좋아했지만, 사춘기를 지나면서 아버지와 같은 길을 걷지는 않겠다는 생각에 오히려 다른 길을 찾으려고 노력하지 않았나 싶다. 그런데 참 이상하고 자연스럽게도 마치 연어가 태어난 강으로 돌아오듯이 서른 즈음에 동시가 쓰고 싶어져서 열심히 습작하다가 등단이란 걸 하게 되었다. 『월간문학』으로 등단할 당시 심사위원 선생님들의 채찍질이 대단할 정도로 실력도 많이 부족했다. 그리고 그때는 책임감마저 부족했다.

　동시집을 한 권 내 본 지금 달라진 점이 있다면 책임감이 어깨를 짓누른다는 것이다. 잃어버린 동심을 찾아내고 잘 유지하며 살아야 한다는 책임감. 동심이 부족하면 내 동시집처럼 대부분의 시를 어린 시절의 추억에 의지하게 된다. 거기에만 머물러선 안 된다는 생각에 이제는 그 기억에서 벗어나서 누구나 공감하는 쉽고 재미

있는 동시를 쓰고 싶다.

애니메이션 〈이웃의 토토로〉를 처음 보았을 때 나는 주인공인 메이가 땅바닥에 주저앉아 목이 쉴 정도로 우는 장면을 보며 나도 모르게 따라 울었다. 그렇게 누구나 자연스레 공감하는 동시를 쓰고 싶다.

지하철을 탈 때마다 나는 스크린도어에 쓰여 있는 시를 유심히 읽는데 참 슬프게도 동시를 만나는 일은 극히 드물다. 동시가 생활 속에 파고들게 하는 것 역시 우리 아동문학가들이 풀어야 할 숙제라고 여겨진다.

어린이가 쓴 동시나 어른이 쓴 동시나 접점은 동심이라고 생각한다. 하지만 그 동심에도 차이가 있듯이 어른이 쓴 동시는 차별점이 필요하다. 바로 단순하고 쉽게 쓰되 유치하지 않게 쓰는 것. 동시도 시라는 것을 잊지 않는 것. 이것이 내 과제이자 목표이다. 동시를 쓰게 된 동기는 부끄럽지만, 앞으로 쓰게 될 동시는 부끄럽지 않고 싶다.

| 나는 이렇게 읽었다 · 유창근 |

향기로운 이미져리 *Imagery*

영국의 시인 월터 데라메어 *De laMare, Walter* 는 특히 아동문학 분야에

공이 큰 사람이다. 그는 어린이를 위한 시라고 해서 단순하고 달콤하게 지어야 한다는 일반적인 생각엔 조금도 타협하지 않았고, 어린이의 연령 차이 역시 고려할 필요가 없다고 주장하였다. 그러나 어린이가 신비로움과 아름다움에 대해서 나타내는 직감적인 반응을 전폭적으로 믿었다. 어린이들은 직감과 상상에 의하여 한정된 경험의 울타리를 넘어 훨씬 앞의 일까지 짐작하기 때문이다. 시다운 시를 읽을 때 어린이들은 자기 나라의 가장 아름다운 말을 배우고 익히면서 어휘를 축적해 나갈 뿐 아니라, 아직 희미하게 밖에 의식하지 못하고 있는 생각과 감정을 분명하게 표현하는 방법을 찾아내게 된다는 것이 그의 주장이다. 또한, 프랑스계의 미국인 에세이스트 아그네스 레프리에*Repplier Agnes*는 그의 「유명한 시의 책 *A Book of Famous Verse*」에서, 어린이를 위한 시의 경우 그냥 운이나 가락을 주는 것은 아무 소용도 없으며, 또한 쉽게 그리고 재치 있고 조각난 어구만 가지고는 오히려 어린이들이 신선하고 생생한 상상력의 성장을 눌러 버린다고 경고한 바 있다. 어린이들의 상상력이야말로 그 어린이의 이해력을 뛰어넘을 수 있으며, 마음의 고양高揚은 도저히 이성理性이 따라갈 수 없는 데까지 어린이를 데려간다고 덧붙이고 있다.

지난 어느 봄날이다. 아파트 뒤에 있는 공원을 산책하며 싱싱하게 물오른 5월의 나무와 풀과 봄꽃을 스마트폰에 가득 담아서 내려오다가 우편함에 꽂혀 있는 엄승희의 예쁜 동시집을 발견했다. 산책 내내 마음을 끌어당기던 연분홍 색깔이 시집 표지에서 또 하나의 꽃으로 향기를 내고 있어 퍽 인상적이었다. '이제는 자연과 더불어 여유로움을 찾아가자.'는 마음으로 산에서 내려왔는데, 「쉼표가 필요해」라는 시집이 눈에 확 들어왔던 일을 잊을 수 없다. 지쳐 있는 현대인들에게 공감이 가는 제목일 뿐 아니라, 어린이의 순수한 직감과 생생한 상상력을 바탕에 두고 작품을 쉬우면서도 세련되게 형상화하고 있는 엄승희 시인에게 은근한 기대를 걸어왔던 게 사실이다. 본지 기획물 '숨은 작가 집중조명'에 엄승희 시인의 동시를 조명하기로 한 것도 바로 그런 이유에서다.

엄승희 시인은 1971년 서울에서 태어나, 서울예술대학 문예창작과에서 체계적으로 문예창작의 이론과 실제를 공부한 사람이다. 그는 2000년에 유경환·이상현 선생의 추천으로 『월간문학』 동시부문 신인상에 당선되어 열심히 작품 활동을 해 왔으며, 2003년에는 작사가로 등단하여 좋은 노랫말을 많이 발표하고 있다. 특히 초등학교 6학년 때 쌍둥이 자매 일기문집 「다람쥐 생일잔치」와 「이야기 꽃밭」을 출간하여 이미 문학적 소양을 인정받은 바 있고, 2016년 5월에는 동시집 「쉼표가 필요해」를 출간하여 세간의 관심을 끈바 있다. 현재 한국문인협회, 한국음악저작권협회 회원, 사)한국아동청소년문학협회 동시분과위원장, 계간 『아동문학세상』 편집위원으로 활동하고 있어 장래가 촉망되는 시인이다. 많은 사람들이 등단하고 나면 빨리 작품집을 내려고 서두르는데, 엄승희 시인은 그런 것에 연연하지 않고 15년 동안 묵묵히 작품을 갈고 닦고 익히면서 동시다운 동시를 쓰기 위해 고심하다가 조심스럽게 첫 시집 「쉼표가 필요해」를 세상에 내놓았다.

엄 시인이 보내온 10편의 동시를 읽었다. 때묻지 않은 순수 이미지들*Imagery*, 쉽고 평범한 시어 선택, 그리고 무엇보다도 작품의 저변에 동심童心이 탄탄히 자리잡고 있어서 관심을 끌었다.

먼저 작품 〈눈물〉은 슬픔과 기쁨의 양면성을 바탕으로 구성되었다. 시의 화자는 1연과 2연에서 눈물은 슬픔과 절망과 비애를 내포한 존재라는 사실을 암시하면서 그런 비극적 정서들이 마음속에 맺히고 고여 있다가 어느 순간 주르륵 비처럼 흘러내린다고 묘사하였다. 이어서 3연과 4연에서는 기쁜 일이 있을 때도 방울방울 비가 되어 내린다고 말함으로써 서로 대치되는 이미지를 과감하게 결합하고 있다. 이른바 폭력적인 결합이다. 한 작품 안에서 대립하는 두 개의 사상이나 정서를 병행하면서 성공적인 이미지를 창출하는 작업이 그리 쉬운 일이 아니기 때문에 이 작품을 읽으며 다소 긴장했던 게 사실이다. 아마도 엄 시인이 이 작품에서, 슬픔의 눈물에는 '주르륵', 기쁨의 눈물에는 '방울방울'이라는 의태어를 활용하여 차별화하려고 한 이유도 여기에 있다고 본다. 그러나 작품 속으로 좀 더 깊이 들어가 보면 눈물과 비가 상당 부분 공통적인 속성을 지니고 있다는 사실을 알 수 있다. 일반적으로 눈물은 슬픔을 상징하는데, 비 또한, 천상에서 지상으로 하강하는 까닭에 슬픔, 비애, 절망을 상징한다. 뿐만 아니라 눈물이나 비는 부패한 것들이나 영혼을 정화해 주고 새 생명력을 불어넣어 준다는 점에서도 매우 유사하다. 그래서 눈물과 비는 현대시에서 동일한 의미로 즐겨 쓰이기도 한다. 이 같은 시점에서 볼 때, 엄 시인이 〈눈물〉에서 보여 주고 있는 슬픔과 기쁨의 양면성 구조는 오히려 적당히 긴장감을 줄 뿐 아니라, 상반되는 이미지의 결합을 통해 신선한 충격을 주고 있다는 판단이다.

또 다른 시 〈비 오는 날〉은 비가 지닌 양면성 가운데 긍정적인 면을 강하게 형상화하고 있다. 비 오는 날에 대한 시들이 대체로 감상적感傷的인 카테고리에서 크게 벗어나지 못하는 경우가 많은데, 엄 시인은 이를 지성知性으로 극복하면서 '비'라는 객관적 상관물을 구심점으로 시 전체를 생명력이 넘치고 역동적인 것으로 이미지화함으로써, 앞의 작품 〈눈물〉에서 보여 준 양면성을 지닌 비와 차별화하고 있다. 즉 〈비 오는 날〉의 비는 한마디로 향기롭고, 즐겁고, 아름다움을 표상하고 있는 점이 다르다. 그래서 시인은 비 오는 날엔 공기부터 다르게 느껴지고, 비에서 상큼한 바다 냄새를 맡고, 창밖의 빗소리는 노래가 되고, 비 맞은 나무와 꽃들이 한 폭의 수채화로 보인다면서 후각, 청각, 시각 등 직감적 이미지를 동원하여 비 오는 날의 정황을 긍정적인 시점으로 형상화하고 있다. 그리고 마지막 연에서 '여우별이라도 보일까/우산 들고 마중 나가고 싶어요'라고 마무리하고 있는데, 그의 시를 동시답게 만든 과감한 상상력과 원초적 동심에서 비롯된 것으로 분석할 수 있다.

엄승희의 〈달빛〉은 달의 유동적인 속성을 잘 살려 쓴 수작이다. 달은 주기적으로 소멸과 생성을 반복한다는 점에서 재생이나 부활을 상징하는데, 엄 시인 역시 달빛을 보며 음계와 연계하여 시적 이미지를 유동적인 분위기로 만들어 가고 있어 주목된다. 특히 〈달빛〉의 2연을 보면 서술한 음의 이름이 정확하게 음계의 순서에 따라 배열된 사실을 발견하게 된다. 〈달빛〉 2연에서, '빨랫줄에 앉았던 음표들이/장독대에서 도/계단을 따라 시라솔파미/강아지 잠든 쪽마루에선 레/댓돌 위에 내리면서 도'라고 행을 배열한 것은 매우 과학적이고 논리적이다. 그리고 1연에서 달빛이 음표를 타고 마당에 내렸다고 시각화하고, 2연에서 달빛이 내려앉는 위치에 따라 서로 다른 음이 들리도록 청각화한 일, 마지막 연에서 달빛의 노래를 들으며 보름달처럼 키가 쑤욱쑤욱 자란다고 마무리한 것은 완벽에 가깝다. 다만, 이 시에서 시제時制를 과거형에서 현재형으로 바꾸었을 때 어떤 느낌이 오는지 시험해 보기 바란다. 그리고 음악의 시작과 끝이 도Do로 되어 있는데, 이 도Do는 하나님으로부터 시작해서 하나님으로 귀결되는 것이 음계라는 사실이다. 즉 도Do는 하나님Dominus, 레Re는 울림, 하나님의 음성Resonanace, 미Mi는 기적Miracle, 파Fa는 가족, 제자Famille, 솔Sol은 구원, 하나님의 사랑Solution, 라La는 입술Labli, 시Si는 거룩Sanctus, 다시 도Do는 하나님Dominus을 의미한다는 기본 상식을 가지고 〈달빛〉을 읽는다면 시의 맛을 훨씬 더 깊이 있게 느낄 수 있을 것이다.

〈때로는〉은 3연으로 구성된 생활 동시다. 시인은 각 연의 첫 행에서 부사어 '때로는'을 반복적으로 사용하고 있을 뿐 아니라, 마침내 제목으로까지 선택하여 그 의미를 크게 부각하고 있다. 알다시피 '때로는'의 사전적 의미는 '때에 따라서', '이따금'이라는 의미를 지니어 철저하게 불규칙적이다. 그렇지만 시인은 각 연에서 주제를 담고 있는 시의 구절을 반복 사용함으로써 그가 가장 중요하게 다루려는 관심의 대상이나 내용이 어디까지인가 그 한계를 분명하게 규정짓고 있다. 1연에서 '햇빛'↔'달빛', '장조'↔'단조', '밝은 날'↔'비 오는 날'을 차례로 대비시켜 놓고 때로는 전자보다 후자가 더 좋을 때가 있다고 말한다. 2연에서는 늘 보는 친구의 얼굴, 늘 듣는 내 이름, 늘 돌아오는 우리 집이 낯설 때가 있다며 익숙한 것들에 대한 낯설음을 진솔하게 표출하여 공감대를 만들고 있다. 마지막 3연에서 시인은 무심코 내다본 운동장이 푸른 바다로 변했으면 좋겠다는 생각도 한다. 이때 운동장은 현상이고 바다는 이상이다. 자칫하면 혼란스러워지기 쉬운 각 연의 색다른 소재들을 '때로는'이라는 튼튼한 실에 잘 꿰어 시를 성공적으로 이끈 경우다.

〈공원〉은 산문적이면서도 작품 속에 스토리가 있으며 리듬감 있는 구성이 공감대를 높여 준다. 공원 의자에 앉아 하늘을 바라보다가 우연히 나뭇잎 사이로 숨바꼭질하는 햇살을 보는 순간 서서히 상상의 날개가 돋기 시작한다. 가을 향기를 느끼지 못하는 메마른 마음들에 초대장을 보내기로 하고 나무와 바람이 각각 역할을 만들어 가는 과정이 동화처럼 따뜻하고 평화롭고 아름답다. 나뭇잎들이 초대장이 되고 바람이 그 초대장들을 배달한다는 상상을 만나면서 조금도 어색함을 느끼지 못하는 까닭은 엄 시인이 사물의 특성을 예리하게 잘 파악하여 동심의 시각에서 시로 형상화했기 때문으로 분석된다.

〈답장〉과 〈엄마 냄새〉는 두 편 모두 엄마에 대한 그리움을 간절하게 노래한 사모곡이다. 흔히 돌아가신 어머니를 묘사할 때 빠져들기 쉬운 감상주의의 함정을 엄승희 시인은 안정된 언어 감각으로 차분히 극복하고 있는 점이 돋보인다. 먼저, 〈답장〉은 군더더기 하나 없이 깔끔하면서도 함축적이고 구체적인 언어로 어머니에 대한 그리움을 진솔하게 형상화했다는 점에서 현대 동시의 진수를 보여 주었다고 하겠다. 또한, 1연과 3연에서 단 한 줄의 메시지로 주위를 환기해 긴장감을 높여 준 뒤에, 2연과 4·5연에서 그에 상응한 비유들을 각각 나열한 점 또한 높이 평가할 수 있다. 그리고 하늘나라에 있는 엄마로부터 받은 답장을 예쁜 꽃비, 하얀 눈, 밝은 햇살이라고 사물적 이미지로 시각화함으로써 엄마의 답장은 결코 막연하거나 실체가 없는 허황된 것이 아니라는 것을 명백히 제시한 점도 값지다.

〈엄마 냄새〉는 평범하면서도 일상적인 언어로 자신의 감정을 진솔하게 표현하였다. 전체를 후각적 이미지로 가득 채워서 시를 읽고 있으면 마치 시에서 엄마의 향기가 나는 듯하다. 마지막 연에서 화자는 엄마에 대한 그리움을 '엄마 옷에만 남아 있는/그리운 냄새'라고 깔끔하게 마무리한 점이 인상적이다.

〈파아란〉은 형용사를 제목으로 정한 경우다. 단조로운 명사형이나 체언구의 제목을 쓸 때보다 신선한 인상을 주는 것은 물론 시인의 주제의식이나 의지가 강하게 드러난다는 장점이 있다. 이 시는 하늘이라는 우주공간에 온갖 상상력을 동원하여 신비롭고 생기 있는 또 다른 사물을 창조한 예다. 즉, 화자는 파란 하늘을 보며 바다를 연상한다. 바다 냄새가 코끝에 와닿고, 구름은 하얀 파도로 부서져서 마침내 새의 깃털이 되어 수평선 끝까지 흩어지는 연상을 한다. 그리고 마지막 연에 가서 화자는 바다가 보고 싶을 때는 하늘을 본다고 마무리하고 있다. 하늘은 절대 세계나 이상세계를 상징하며 때로는 자유나 양심을 표상하는 반면, 바다는 파도의 끊임없는 출렁임으로 인해 가변성과 생기 넘침, 싱싱한 생산력과 활동력으로 이미지화되는 경우가 많다. 이렇게 볼 때, 하늘과 바다는 표면적으로 유사성이 있으나 근본적인 속성이 전혀 다를 때가 있다. 시인은 〈파아란〉이라는 시에서 어떤 실용성이나 가시적인 사실성을 진술하는 것이 아니라, 그러한 일상적 사고를 뛰어넘어 전혀 새로운 창조적 사고로 사물을 인식하고 이를 표현함으로써 신선함을 더해 주고 있다.

〈풍선〉은 물질의 세계를 상상적으로 표현한 사물시事物詩다. 물질적 존재를 추구하는 시인은 필연적으로 사물의 존재성을 사물의 이미지를 통하여 그 진실을 형상화하려 한다. 화자는 이 시의 서두에서 풍선이 '오늘부터 내가/경호원이 돼 줄게'라고 말하게 해 놓고 계속 행동을 같이하며 상황의 변화 과정을 차분하게 스케치하고 있다. 이때 '풍선'은 사물 그 자체로 읽을 수도 있지만, 동심童心의 상징물로 볼 때 훨씬 더 공감대가 커진다. 아울러 이 시의 전반부에 해당하는 1연부터 5연까지는 동심과 공존하는 화자, 후반부인 6연부터 8연까지는 동심을 상실한 화자로 분석해 볼 때, 시인이 무엇을 이야기하려고 하는지 시의 주제가 선명해진다. 그리고 마지막 연에서 화자가 '나는 너와/사진을 찍지 않았다'고 말한 것은 항상 공존하던 동심이 어느 시점에서 고무풍선처럼 터져 버리고 결국 동심과의 이별을 선언하는 의미로 해석할 수 있다.

마지막으로 〈새벽〉은 화자가 새벽이 오는 정황을 마치 동영상을 보듯 소상히 묘사하고 있는 점이 색다르다. '고요한 듯/소란하고'(청각적 이미지), '어두운 듯/눈부시고'(시각적 이미지), '누군가는/깨어나고//누군가는/잠이 드는'(근육감각적 이미지)로 다양하게 표현하고 있을 뿐 아니라, 마지막 연에서 새벽을 의인화하여 '검은 커튼을 걷어내고/하루를 연다'고 새벽을 하나의 인격체로 설정하여 서술한 점이 신선하다. 새벽은 시간상으로 날이 밝을 무렵을 이르는 것으로, 어떤 일의 첫 출발이나 새로 시작하는 때를 비유한다고 볼 때, 엄 시인이 시의 마지막 행을 '하루를 연다'고 마무리한 점은 의미가 있다고 본다.

엄승희 시인의 시를 읽는 동안 그가 일구어 놓은 시의 텃밭에서 싱그러운 언어와 향기로운 이미지를 만날 수 있어서 흐뭇하다. 특히 그의 시를 동시답게 만든 근원은, 때묻지 않은 동심을 바탕으로 풍부하고 다양한 상상력과 진솔한 언어 구사에 있다는 사실을 확인할 수 있다.

영국의 시인 T.E. 흄은 '언어는 돌리면서 노는 팽이식의 언어가 아니라 시각적이고 구체적인 언어이고, 감각을 깡그리 그대로 전하려고 하는 직각直覺의 언어'라고 말한 바 있다. 이 말의 의미를 생각하면서 앞으로 훌륭한 시인으로 더욱 정진하길 바란다.

엄승희
1971년 서울 출생으로 서울예대 문예창작과 졸업, 2000년 『월간문학』 동시 부문 신인상 수상으로 등단, 동시집 『쉼표가 필요해』 출간, 계간 『아동문학세상』 편집위원, 현재 한국문인협회·한국음악저작권협회 회원, 사)한국아동청소년문학협회 동시분과 회장.
• lamiamusica5529@hanmail.net

이문희

| 대표작 |

쉿! 조용히

바람이 세차게 불어옵니다
꽃밭 가장 바깥쪽에 서 있는
채송화가 바람을 막습니다
다음 안쪽에 서 있는
봉숭아가 바람을 막습니다
그다음 안쪽에 서 있는
해바라기가 바람을 막습니다
쉿!
지금 막
가장 안쪽에 아기 새싹이
작은 떡잎을 폈습니다.

눈 오는 날

논밭들도
누가 더 넓은가
나누기를 멈추었다

도로들도
누가 더 긴지
재보기를 그만두었다

예쁜 색 자랑하던
지붕들도
뽐내기를 그쳤다

모두가
욕심을 버린
하얗게 눈이 오는 날.

채석강

갈매기 이야기
소라게 이야기
섬마을 아이들 이야기

바다는
들려줄 이야기가 너무 많아

수만 권의 책을
바위 위에 쌓아 두었다.

저울

달달달달…

너무 조심스러워해서
흔들리지만

정확하게
멈추어 설 줄 안다

내 마음도
그랬으면 좋겠다.

꽃가게에서

"나리꽃?"
"예."
"옥잠화?"
"예."
"수선화?"
"예."
물뿌리개로 물을 주며 출석을 부르자
이름을 불리지 않은 나비 한 마리
"저는 왜 안 불러요?"
주인 뒤를 자꾸 따라다닌다.

보리밭 응원단

보리밭이 파도타기를 한다

—다 같이 일어나!
—다 같이 굽혀!

—삐이삐이
종달새가
높이 올라 호루라기를 분다.

꼬불꼬불

다람쥐 쫓아가다
꼬불꼬불해진 산길

깡총깡총 뛰어
산길을 가면
다람쥐 마음을 알게 될까

나비를 쫓아가다
꼬불꼬불해진 들길

나풀나풀 춤추며
들길을 가면
나비 마음을 알게 될까.

비밀번호

친구 마음을 여는
비밀번호는 무엇일까?

알았다, 알았어
함께 웃는 얼굴
함께하는 어깨동무

비밀번호가
〈함께〉였구나!

아지랑이

새싹을
땅 위로 밀어올리기 위해
얼마나 힘들었을까

얼음장 녹여
골짜기 물 내려 보내기 위해
얼마나 힘들었을까

모락모락
봄이 흘리는 땀.

천 년 돌탑

나는
엄마의 정성
아빠의 정성으로
쌓아올린 돌탑

무너질 듯
무너질 듯
무너지지 않는
엄마, 아빠의 천 년 돌탑.

'저렇게 아름다움을 많이 보게 해 주었으면 좋았을 걸….'

보문산을 오르는데 다섯 살쯤으로 보이는 어린아이가 활짝 핀 목련을 이리저리 살피며 사진을 찍고 있었다. 그 모습을 보니 어찌니 예쁘던지 지금 다시 아이를 키운다면 저렇게 아름다움을 볼 줄 알게 키우면 좋겠다. 라는 생각이 들었다. 예전에는 카메라에 사진을 많이 저장할 수도 없었고 인화를 해야 하는 불편함이 있었기 때문에 자유롭게 많이 찍을 수가 없었다. 요즘에는 디지털카메라와 휴대폰으로 사진을 얼마든지 찍고 확인하고 다시 찍기를 반복할 수가 있다. 아름다운 모습을 담고 또 담고, 보고 또 보고를 반복할 수 있어서 아름다운 모습과 감동적인 장면을 많이 볼 수 있고 저장할 수 있다. 아름다운 모습을 볼 기회가 더 많아진 것이다. 어릴 때부터 아름다운 모습을 많이 보면서 산다는 것은 얼마나 멋진 일이겠는가?

동시 쓰기는 사진을 찍듯이 세상의 아름다움을 찾아 글로 표현하는 것이고 재미있는 생각을 많이 해 보는 것이다. 시는 어디든지 있고, 무엇이나 시가 된다. 동시라고 해서 어린이 독자만을 위한 글이어서는 안 된다.

어른이 읽어도 어린이가 읽어도 쉽고 자연스러우면서 흥미와 감동과 재미와 희망을 주는 글이어야 한다. 어린이뿐만 아니라 모든 사람에게 마음의 위로가 되고 동심의 마음을 가져다 주는, 철저하게 독자의 편에 서 있으면서 삶의 철학과 교훈을 쉽고 재미있게 담고 있는 시가 동시인 것이다. 긴 사유에서 테마를 찾거나 난해한 시는 독자의 편에 서 있다고 볼 수 없을 것이다. 더 아름다운 모습을 찾아 사진을 찍는 그 아이처럼 동시를 읽으며 글 속에 담겨진 그림을 찾아보게 되고 조금씩 조금씩 마음도 고운 심성으로 물들여진다면 그것이야말로 동시를 쓰는 보람이라고 할 수 있다. 어른, 아이, 꽃, 별, 나무, 구름… 모두 함께 어울려 더 큰 아름다움이 되고 자연과 사람이 함께 아름다운 세상임을 동시를 통해 보여 주고 싶다.

　나는 동시를 쓸 때 마음부터 바로잡는다. 미워하는 마음, 부정적인 마음도 모두 비우고 밝고 아름답고 긍정적인 마음을 갖자고 몇 번이고 다짐한다. '禍莫大於不知足(화막대어부지족: 만족할 줄 모르는 것보다 큰 재앙은 없다)'고 했던가? 만족하고 감사하며, 아름다움을 보고, 재미있는 생각으로 좋은 시를 쓰고 싶다. 좋은 시를 더 많이 쓰고 싶기에 항상 이런 마음으로 살려고 노력한다. 시를 찾겠다는 생각으로 세상을 살피다 보면 카메라로 볼 수 없는 내면의 아름다움도 볼 수 있어서 동시 쓰는 일은 정말 행복한 일이라는 생각이 든다. 동시인으로 살고 있음이 참으로 감사한 일이다.

| 나는 이렇게 읽었다 · 유창근 |

명쾌한 메시지

'숨은 작가 집중조명' 여섯 번째로 이문희 시인이 보내온 시 10편

221

을 읽었다. 이문희 시인은 대전에서 출생하여 고려대학교 대학원에서 문예창작을 전공하였고, 1994년 『아동문예』, 1997년 조선일보 신춘문예에 동시가 당선되어 등단하였다. 2004년에는 월간 『시문학』에 시가 당선되어 시인으로 활동하고 있다. 동시집으로 「눈오는 날」, 「해님이 보는 그림책」, 「심심하지 않을 거야」 등이 있으며, 2005년에 대산창작기금을 받은 바 있고, 2006년에 한빛문학상, 2009년에는 한국아동문학작가상을 받은 역량 있는 작가다. 대전문인협회 이사와 대전아동문학회 회장을 역임한 바 있으며, 현재 계간 『아침의 문학』 발행인, 한국문예교육연구원장 등 화려한 문단 경력을 가지고 있다.

이문희 시인의 시는 전체적으로 안정적이고 메시지가 분명한 것이 특징이다. 그리고 억지를 부리거나 멋을 부리지 않아서 편안하게 읽을 수 있으며, 상상력이 풍부해서 어린이들의 마음을 사로잡는데 충분한 조건들을 갖추었다고 하겠다. 특히 그는 시인들이 난해하게 생각하는 '관념觀念'을 육화肉化'하는 작업에 익숙할 뿐 아니라, 작품마다 언어의 함축과 메타포가 적당히 조화를 이루어 동시의 맛을 한층 더 감미롭게 해 준다.

〈눈 오는 날〉은 시각적 이미지를 입체화한 것으로 조선일보 신춘문예에 당선되었던 동시다. 먼저, 이 시의 공간적 이동은 논밭이라는 수평적 공간에서 출발하여 점차 그보다 높은 도로 위로 이동하고 마침내 수직적 공간인 지붕으로 지경을 넓히고 있다. 1연에서는 넓이로, 2연에서는 길이로, 3연에서는 높이로 시적 공간을 입체화하면서 눈 오는 날의 정경을 관찰자의 시점으로 조명하고 있는 점이 색다르다. 그리고 마지막 연에서 인간의 본능 가운데 가장 버리기 힘든 고질적 욕심들을 하얀 눈으로 다 덮어 버리고 마침내 모두가 따뜻해지는 순수함으로 승화시켜 간 점이 아름답다. 여기서 주목할 일은 '욕심'이라는 이데아의 세계를 들, 길, 지붕 등 사물적인 것으로 육화시킴으로써 관념의 세계를 어린이 정서에 맞도록 구체화했다는 사실이다. 아울러 '나누기', '재보기', '뽐내기', '멈추었다', '그만두었다', '그쳤다' 등 어린이들이 즐겨 사용하는 언어를 통해 어린이에게 가까이 접근하려는 노력을 읽을 수 있는데, 특히 시인이 동심을 바탕에 두고 논밭, 도로, 지붕, 눈 등 사물의 특징에 맞추어 시 전체를 의인화한 것은 값진 성과다.

〈쉿! 조용히〉는 어린이를 새싹에 비유한 시다. 이 작품 또한 어린이에 대한 어른들의 사랑, 즉 관념적인 것을 채송화, 봉숭아, 해바라기라는 물질적인 것으로 구체화하고 있다. 이 시에 등장하는 채송화와 봉숭아와 해바라기, 그리고 이 시의 중심 소재라고 할 수 있는 아기 새싹은 과학적으로 보면 같은 자리에 놓고 이야기할 수 있는 성질의 것들이 아니다. 아기 새싹이 막 떡잎을 열 무렵이라면 계절적으로 상당히 이른 봄인데, 그때 벌써 채송화나 봉숭아, 해바라기가 자라서 새싹의 바람막이가 되어 줄 수는 없기 때문이다. 그러나 시인은 사물의 논리성보다는 상상의 공간 속에서 바람막이가 되어 줄 수 있는 채송화→봉숭아→해바라기를 키 순서로 질서 있게 배열함으로써 안정감을 주고 있다. 이는 시간적인 배열이 아니라 공간적인 배열로 사랑의 크기를 구체화한 경우다. 세찬 풍파에도 바람막이가 되어 주는 사람들이 있어서 어린이는 무럭무럭 잘 자랄 수 있다는 희망의 메시지가 매우 인상적이다. 특히 마지막 부분 '쉿!'이라는 감탄사 하나가 지금까지의 상황들을 반전反轉시켜 긴장감을 주고 있는데, 이 긴장감 때문에 시의 격이 높아진 것을 알 수 있다.

〈보리밭 응원단〉은 시를 읽는 사람이 마치 경기장에 와 있는 것처럼 생동감을 느끼게 한다. 화자는 지금 보리밭 가까이에 서서 바람이 불 때마다 파도타기를 하는 보리의 모습을 관찰하며, 경기장 관중석에 앉아 어깨동무하고 허리를 굽혔다 폈다 응원에 열중하는 응원단의 모습을 연상한다. 파도타기를 하는 보리들은 경기장의 응원단이고, 그들을 인도하는 종달새는 응원단장이라는 상상이 재미있다. 이 시를 보고 있으면 바로 곁에서 '다 같이 일어나!', '다 같이 굽혀!'라는 응원단장의 목쉰 소리가 들려오고, '삐이삐이' 호루라기 소리가 들려오는 듯 현장감이 넘친다. 이 시에서 직접화법이나 의성어의 사용이 효과를 배가시키고, 1연 1행→2연 2행→3연 3행의 점층적 연 가르기 방법을 시도한 것 또한 고조되어 가고 있는 경기장의 분위기를 극대화하는데 매우 적절하다고 본다.

〈아지랑이〉는 봄철의 변화하는 모습을 역동적인 이미지로 구성한 시다. 시인은 이 시의 제목을 '아지랑이'라고 붙여 놓았지만, 이 시의 본문에서는 단 한 번도 '아지랑이'라는 낱말을 쓰지 않고 있다. 다만 시의 전반부에서 봄은 새싹을 땅 위로 밀어 올리기 위해 얼마나 많은 힘이 들었으며(1연), 꽁꽁 얼어붙은 골짜기의 얼음장을 녹여 물을 내려 보내는 데 얼마나 힘이 들었을까(2연)라고 전제해 놓고, 마지막 주제가 되는 연에 가서 마침내 아지랑이의 정체를 '모락모락/봄이 흘리는 땀'이라는 10글자로 압축하여 은유하고 있다. 아지랑이는 봄철의 대표적 기상 현상으로, 그 모습이 마치 투명한 불꽃처럼 지상에서 아른아른 피어오르기 때문에 사물의 속성이나 형태면에서 사람이 힘들 때 흘리는 땀과 매우 흡사하다. 그런 의미에서 시인이 아지랑이를 땀에 비유한 것은 극히 자연스러운 일이다.

〈꽃가게에서〉는 동심이 솔직하고도 꾸밈없이 잘 드러나 있어서 마치 교실 안의 풍경을 보는 듯 리얼하다. 시인이 꽃가게에 들렀을 때, 주인이 꽃에 물 주는 모습을 보며 초등학교 교실에서 벌어지는 상황을 연상한 작품이다. 이문희 시인의 상상력은 시간과 공간을 초월하여 이 세상의 모든 것들을 시로 형상화하는데 놀라운 능력을 보여 주고 있다. 그래서 그는 꽃가게와 학교 교실을 넘나들고, 보리밭과 경기장을 마음대로 넘나든다. 이러한 상상력은 꽃가게 주인이 선생님이 되고 꽃들이 어린 학생들이 되어 출석을 부를 때마다 큰소리로 대답을 하고, 미처 이름을 부르지 못한 아이는 '저는 왜 안 불러요?'라며 선생님 뒤를 졸졸 따라다니는 행동을 통해 동심의 극치를 보여 주고 있다. 이 부분은 특히 김춘수의 〈꽃〉에서 '내가 그의 이름을 불러 주기 전에는/그는 다만/하나의 몸짓에 지나지 않았다'라고 말한 것과 동일한 상황으로 읽을 수 있다. 따라서 〈꽃가게에서〉에 등장하는 꽃들과 나비는 단순히 유미주의적唯美主義的 관점으로 바라보는 사물이 아니라, 형이상학적인 존재의식存在意識으로 분석할 수 있다. 이 시는 화두를 대화체로 시작하여 전체 10행 가운데 7행을 대화체로 구성한 점도 눈여겨볼 일이다.

〈꼬불꼬불〉은 관념을 육화한 대표적인 시로, 1·2연의 배경이 되는 산과 3·4연의 배경인 들이 서로 대칭 구조를 이루면서 마음이라는 관념의 세계를 구체적인 사물을 통해 터득시키고자 시도하고 있다. 다람쥐의 마음을 알기 위해서 다람쥐를 따라 꼬불꼬불 산

길을 가고, 나비의 마음을 알기 위해 나비를 따라 꼬불꼬불 들길을 가면 될 것이라는 순진무구한 동심이 이 시를 동시다운 동시로 만드는 데 중요한 역할을 하고 있다. '꼬불꼬불'이라는 제목 자체도 어린이의 호기심을 유발하기에 충분하며, 각 연에 균등히 배치된 의태어(1연: 꼬불꼬불, 2연: 깡충깡충, 3연: 꼬불꼬불, 4연: 나풀나풀)는 시의 리듬감을 살려 재미를 북돋는데 충분한 역할을 했다고 본다. 아울러 이 시는, 인간 세상에서 뜻하지 않은 일로 서로 다투고, 미워하고, 헤어지는 일까지 발생하는데, 이런 것들은 대부분 상대방의 마음이나 형편을 이해하려는 노력이 부족한 데서 일어난다는 교훈을 암시하고 있다.

시 〈채석강〉은 군더더기 하나 없이 아주 깔끔하게 정제된 시다. 아는 바와 같이 채석강은 전라북도 부안에 있는 강으로, 7000만 년 전에 퇴적한 성층으로 바닷물의 침식 때문에 겹겹이 층을 이루게 된 바닷가 절벽 암반이 절경을 이루고 있다. 이문희 시인은 〈채석강〉을 통해 어린이의 생각을 예리하게 시로 승화시키고 있다. 채석강 언저리의 절벽을 바라보며 갈매기 이야기, 소라게 이야기, 섬마을 아이들의 이야기를 들을 수 있으며, 그 많은 이야기를 담고 있는 수만 권의 책을 연상한다는 것은 순수한 동심이 없으면 도저히 불가능한 일이다. 이처럼 풍요로운 상상은 바다 자체가 생명의 원천으로서 번영, 풍요, 미지의 심연, 피안의 세계 등을 상징한다는 점과 무관하지 않으리라 판단된다. 이 시에서 보석처럼 빛나는 구절은 바로 '수만 권의 책'인데, 이 구절이 존재하기 때문에 전체적으로 시가 살아 움직인다는 사실을 간과해서는 안 된다. 어느 의미에서 이처럼 시를 빛나게 해 줄 수 있는 짤막한 한 구절이 시 속에 존재할 때 그 시는 비로소 시다운 시로 존재하게 되는 것이다. 항상 강조하는 이야기지만, 시나 동시가 굳이 길어야 할 필요는 없다. 이문희 시인의 시가 맘에 와닿는 이유 가운데 하나는 대부분 10행 안팎의 간결한 시에 주제가 선명하고, 읽어 가면서 자연스럽게 공감대가 형성되기 때문이다.

〈저울〉은 참다운 자아발견自我發見을 주제로 하고 있다. 시인 자신이 지니고 있는 심리적 갈등을 형상화한 작품으로, 여기서 저울은 시인 자신인 동시에 '정확한 판단'을 의미하는 상징어로 볼 수 있다. 작은 유혹에도 흔들리기 쉬운 인간의 본성을 저울이라는 사물에 비유한 점이 매우 적절할 뿐 아니라, 시의 모두冒頭를 단 한 줄 '달달달…'이라는 의태어로 시작한 점이 흥미롭다. 이어서 '너무 조심스러워해서/흔들리지만'이라는 표현을 통해 조심스럽고 긴장이 되었을 때 전율하는 인간의 심리를 예리하고도 직설적으로 표현하고 있다. 저울 위에 물건을 올려놓으면 잠시 저울의 바늘이 가느다랗게 떨리는데, 이 떨림을 시인은 올려놓은 물건의 무게를 정확하게 측정하기 위한 긴장감에서 비롯된 몸짓으로 읽은 것이다. 그러나 긴장의 순간이 지나면 정확한 위치에서 동작을 멈추는 저울의 바늘을 보며 화자는 스스로 '내 마음도/그랬으면 좋겠다'며 자아自我를 발견한다. 저울을 의인화함으로써 물아일체物我一體의 경지를 자연스럽게 보여 준 점이 높이 평가된다.

〈비밀번호〉는 호기심을 유발하는 제목으로, 친구의 마음을 여는 데 비밀번호가 있다고 생각한 발상이 신선하다. 시에서 소재를 형상화하기 위해서는 기존의 소재를 보다 확실한 감각적 사물로 바꾸는 작업이 우선되어야 한다. 이문희 시인이 1연에서 친구의 마음

을 여는 비밀번호가 무엇일까? 라고 화두를 던지고 나서, 함께 '웃
는 얼굴', 함께하는 '어깨동무'라는 감각적 사물로 바꾸어 놓은 다
음, 친구의 마음을 여는 비밀번호는 결국 숫자가 아니고 '함께'라
는 단어 하나임을 깨우쳐 주는 과정이 군더더기 없이 아주 깔끔하
다. 동시에 이 시는 교훈적인 메시지를 통해 동시의 또 다른 기능
을 보여 주고 있음을 주목해야 한다. 다만, 첫 연에서 '친구의 마음
을 여는/비밀번호는 무엇일까?'라고 의문을 던져 놓고, 다음 연에
서 성급하게 '알았다, 알았어'라고 대답하기보다는 1연과 2연 사이
에 잠시 사고思考할 수 있는 여유를 주었더라면 좀 더 좋은 시가 되
었으리라는 아쉬움이 남는다.

　마지막으로, 〈천 년 돌탑〉을 읽었다. 천년 돌탑은 일차적으로 오
랫동안 정성을 다해 쌓아 올린 실재하는 탑으로 읽을 수 있지만,
이 시에서는 공덕이나 정성, 굳센 의지 등 형이상학적 의미로 읽어
야 훨씬 더 시의 맛이 난다. 화자인 나는 1연에서 자신을 엄마와 아
빠가 정성으로 쌓아 올린 돌탑이라고 전제한다. 그리고 2연에서
화자 자신은 부모의 은혜와 극진한 사랑으로 다져졌기 때문에 '무
너질 듯/무너질 듯/무너지지 않는/엄마, 아빠의 천년 돌탑'이라고
자신의 존재를 강하게 각인시키고 있다. 〈천년 돌탑〉은 시적 소재
인 돌탑에 새로운 생명과 영혼과 감정을 이입해서 생동감 있게 행
동하고 사고하도록 내면화하고 형상화한 점이 돋보인다.

　이문희 시인의 시를 읽으면서 문득 테드 휴즈*Ted Hughes*가 생각났
다. 그는 영국의 계관시인이며 아동문학가로서 "시는 동물과 같
이 그 자신의 생명을 지닌다."고 말한 바 있다. 이 말은 시인으로

부터 시가 태어나는 순간 시 자체에 이미 새로운 생명이 부여되기 때문에 함부로 손을 대면 시가 상처를 입거나 아니면 생명을 잃을 수 있다는 뜻이다. 그만큼 한 편의 시는 하나의 개체로서 중요한 의미를 내포하고 있다는 말이다. 의미의 세계, 관념의 세계, 추상적인 세계를 이미지로 표현하는 것이 시의 본질이며 시의 예술성이라고 할 때, 시 자체가 지닌 개성은 참으로 소중한 것이다. 이문희 시인은 그러한 시정신을 바탕으로 아름다운 이미지와 풍부한 상상력, 간결한 구성과 명쾌한 메시지를 통해 개성 있고, 살아 있는 시 쓰기에 성공을 거두었다고 결론지을 수 있다. 앞으로 좋은 동시로 이 나라 어린이들에게 아름다운 추억을 많이 안겨 줄 것을 기대해 본다.

이문희

1959년 대전 출생, 고려대학교 대학원 졸업(문예창작전공, 문학석사), 1994년 『아동문예』 신인문학상 당선, 1997년 조선일보 신춘문예 당선, 2005년 대산창작기금 수혜, 2009년 한국아동문학 작가상 수상, 동시집 「눈 오는 날」, 「해님이 보는 그림책」, 「심심하지 않을 거야」 출간, 대전아동문학회 회장, 대전문인협회 이사 역임, 현재 『아침의 문학』 발행인

• soya923@hanmail.net

서금복

| 대표작 |

어른들의 인사

어디 다녀오세요?
네

진지 잡수셨어요?
네

별일 없으시죠?
네

물어보나마나한 인사
대답하나마나한 인사
그래도 스쳐가는 얼굴에
웃음꽃이 화알짝.

까치발

엄마가 요즘 이상해요
일어나자마자 깨우던 라디오를
며칠째 잠만 재우네요
설거지할 때도 조심조심
밤에는 부엌 전등도 켜지 않아요
가끔 창문으로 살짝 내다보고 까치발로 걸어요

왜 그러지?
엄마 몰래 부엌 창문 열어 보니
아, 나뭇가지 새 둥지에
쌍둥이 아기 새가 자고 있어요

창문을 살그머니 닫았어요
나도 엄마처럼 까치발로 걸었어요.

금메달 선수가

가장 나중
가장 높은 단상으로 오른다

동메달, 은메달 선수보다 더 깊게
고개를 숙인다

가장 잘 익은 곡식이
가장 겸손히 절을 올린다.

아빠 등이 웃는다

오른팔, 왼팔 축 늘어뜨리고
며칠째 걸음 멈추고 있는 벽시계

건전지를 넣으며 아빠 하는 말
"배고팠지?
나만 밥 먹어서 미안해."

깜짝 놀랐다
"아, 귀찮아! 이런 것도 꼭 내가 해야 하나?"
아빠가 이럴 줄 알았는데,

시계밥 먹이는 아빠 등에
살짝 기대니
등이 움찔 웃는다.

화해시키기

다퉜는지 널찍널찍 떨어져 앉은 꽃들
"애들아! 그러지 말고 좀 모여 봐."
화해를 시키려 해도
꽃들은 제자리에서 꼼짝 않는다

할 수 없다
카메라를 든
내가 뒤로 물러섰다

꽃들이 다 사진 속으로 들어온다
쑥스러운지 살그머니 웃는다

며칠 전에 다툰
애경이와 경애가 씩 웃는다.

축제장의 꽃들은

큰 소리로 부르지 않아요
꽃이 보고 싶은 사람은
아무리 멀어도 온다는 걸 알거든요

자기를 내세우지도 않아요
"참, 예쁘네!"
사람들이 먼저 알아주니까요

온종일 사진 모델해 줬는데
인사 없이 가도 서운해하지 않아요
자기를 좋아하는 사람들을
종일 봤거든요.

막둥이 의자

새 달력 걸 때
전구 갈아끼울 때
높은 찬장 그릇 꺼낼 때

언니의 푹신한 의자는 안 돼
오빠의 빙빙 도는 의자도 안 돼

베란다 구석에 있다가
키 작은 엄마 무등 태워 할일 끝나면
얌전히 제자리로 가는
플라스틱 작은 의자
우리 집 막둥이 의자.

CCTV를 돌리다가

상추밭이 뭉개졌다
콩잎도 다 따갔다

"도대체 누가 그랬는지
꼭 잡을 거야."
밭에서 돌아온 아빠
CCTV를 흙 묻은 손으로 돌린다

"윗집도 당했단다.
고라니가 그랬대."
할머니 말씀에

숨 몰아쉬던 아빠
흙 묻은 손 씻으러 간다
화난 얼굴도 씻으러 간다.

단체 사진

모퉁이가 깨졌다고 버려둔 화분에
꽃을 심었다. 팬지 · 튤립 · 수선화…
꽃모자 쓰고 소풍 가는 아이들 같다

바짝바짝 붙으세요!

소풍 가서 단체 사진 찍을 때처럼
옆으로 옆으로 방향을 틀자
꽃모자 쓴 화분들
깨진 데가 하나도 안 보인다.

꽃 인사

꽃들이 사람보다
눈이 밝은가 보다
멀리서도 손을 흔든다

꽃들이 사람보다
착한가 보다
돌아서서 안 보여도
손을 흔든다.

'동시'를 생각하면 미안한 마음도 있지만, 한편으론 얄밉다는 생각도 든다. 쉽게 만난 만큼 생각 없이 동시를 버린 것은 인정한다. 그러나 내가 시 쪽으로 갔다가 돌아온 지 10년쯤 됐으면 모른 척 받아 줄 때도 되었건만 아직도 나 몰라라 한다.

수필가로 활동하다가 엄기원 선생님을 만나서 한번도 꿈꿔 본 적 없는 동시를 배우게 되었다. 그러나 그것도 내가 동시를 쓰겠다는 생각에 배운 게 아니라 동화를 배우고 싶다는 주변 친구들이 있을 때마다 선생님 사무실로 안내하다 보니 그렇게 되었다.

몇 개월 동안은 친구들이 써 온 동화를 듣기만 했고 그때마다 왜 어른들이 저렇게 유치한 동화를 쓰는지 이해되지 않았다. 그때까지도 내 머릿속엔 오로지 수필만이 문학이라는 생각으로 가득 차 있었다. 그러다 차츰 '동시'라는 게 내 마음속에 들어오기 시작했고, 어느 날 퍼득 머리에 떠오른 동시 한 편 가지고 간 게 계기가 되어 그날부터 미친 듯이 동시를 쓰게 되었다. 40여 일 동안 40여 편을 썼으니 그야말로 미친 듯이라고 표현해야 옳을 것이다. 나는 그때 시장에 가다가 길거리에서도 썼고, 은행에 가서 순서를 기다리다가도 썼다. 밥하다가, 청소하다가, 심지어 꿈속에서도 썼다. 동시라는 게 이렇게 재미있었나? 선생님께 칭찬 듣고 집으로 올 땐 뱅뱅사거리에서 춤이라도 추고 싶었다. 그래서 등단한 지 2년 만에 첫 동시집 「할머니가 웃으실 때」를 펴낼 때에는 책머리에 '누구든지 동시를 쓸 수 있어요'라고 겁 없는 글을 써 놓기도 했다. 그야말로 '무식하면 용감하다'는 말이 딱 그 짝이었다. 그래 놓고는

2014년에 대학원에 가서 시를 공부하면서 동시는 잊었다. 아니 팽개쳤다고 해야 옳을 것이다. 수필을 더 잘 쓰기 위해 대학원에 갔다가 그곳엔 오로지 시와 소설과 평론만이 있을 뿐, '동시'나 '수필'은 그림자도 찾을 수 없다는 걸 알게 되었다. 그래도 수필은 연재하는 곳이 있어서 한 달에 한 번씩은 만날 수 있었는데 동시를 그리워한 적은 한번도 없었다.

그러다 2017년에 시로 등단했는데, 등단지를 받은 김완기 선생님께서 전화를 주셨다.

"서 시인 축하해요. 그러나 나는 서 시인이 동시를 계속 쓰길 권해요. 수필과 시를 쓸 줄 아니 서금복표 동시를 쓴다면 참 좋을 것 같아."

그 말씀을 듣고 내가 그 길로 왔을까? 그건 아니었다. 몇 개월 더 시와 씨름하다가 '돌아온 탕아'가 되어 동시를 찾게 되었다. 동시는 어머니가 아니었다. 자기를 팽개치고 시로 날아간 나를 모른 척했다. 등단했다는 계급장을 떼고 처음부터 다시 배웠는데, 그때마다 나를 조롱하고 울렸다.

"네가 나를 사랑한다고? 그 정도의 사랑으로?"

다시 동시를 쓰기 시작한 지 5년 만인 2012년 두 번째 동시집 「우리 동네에서는」을 펴낼 때까지 많이 우울했다. 내가 한 장르에 머물지 않고, 수필에서 동시로, 동시에서 시로, 다시 시에서 동시로 올 동안 나는 어느 곳에서도 이름 없는 작가였다. 마치 걷고, 뛰고, 날지만 어느 것 하나도 잘하는 게 없는 오리 같은 존재였다.

2013년 가을부터 수필 강의를 하게 되었다. 시에서 동시로 옮겼을 때처럼 이번에도 상처가 컸다. 그러나 분명한 건 내가 동시를 버리지 않았다는 것. 지난 4년여 동안 수필 강의를 하면서 14명의 수필 작가를 발굴했지만, 내 마음 깊은 사랑은 역시 동시에 가 있다. 수필은 어머니 같다. 내게 문학의 첫사랑을 가르쳐 주었고, 내가 동시나 시에 빠져 있을 때도 묵묵하게 나를 기다려 준다. 시나 동시에서 상처받고 돌아와도 그저 따뜻하게 안아 줄 뿐. 그러면서 지금 내 사랑이 동시에게 많이 가 있다고 해서 질투하거나 밀어내지 않는다.

그에 비해 동시는 애인 같다. 뜨겁게 사랑하다가도 내가 시로 가니까 나를 멀리하고 쳐다보지도 않았다. 그러다 내가 돌아오니, 그동안 섭섭했던 마음을 표시하며 좀처럼 받아 주려 하지 않았다. 동시로 돌아온 지 올해로써 꼭 10년 되었다. 그동안 너를 이만큼 사랑했다고 동시집 3권과 4권을 펴낼 준비를 하고 있으니 이제야 나를 쬐끔 쳐다보는 것 같다. 이렇게 『연인』의 기획특집에 실리게 되었으니 말이다.

이미 말했다시피 처음엔 동시를 즐거운 마음으로 썼다. 그러다 괴롭고 슬픈 마음으로, 때로는 하소연하듯, 억울하다는 듯 썼는데, 요즘은 그렇지 않다. 동시가 나의 화풀이 대상이 되어서는 안 된다고 생각하기에 따뜻한 동시를 쓰려고 애쓴다.

주말마다 가는 텃밭에서 만나는 동시 소재가 나를 다독인다. 너무 조급해하지 말라고. 너무 욕심부리지 말라고. 문학을 해서, 특히 동시를 쓰면서 세상 보는 눈이 더 이상 탁해지지 않는다면 그게 어디냐고 내 어깨를 토닥인다. 그래서인가, 서울에 와서 비비적거리는 일주일 동안엔 또 도시의 사물들이 내게 삶의 용기를 준다. 비닐봉지, 센서 전등, 유리컵, 과일칼 등… 동시의 소재로 안 되는

게 하나도 없다. 내가 사랑하는 만큼 그들도 동시가 되어 내게 다가온다.

어머니 같은 수필, 애인 같은 동시. 그렇다면 시는 뭘까? 한때는 속도 빼 줄 것처럼 친했지만 지금은 헤어진 친구? 그러나 믿는다. 언제고 내가 찾아가면 반겨 줄 친구라는 걸. 내 일생 중 단 한 권이 될지라도 시집은 꼭 갖고 싶다. 올봄에 두 번째 수필집을 냈고 지금은 세 번째 동시집 출간을 준비하고 있다. 내년에는 네 번째 동시집… 출판사와 약속해 놨다. 힘닿는 대로 동시집을 내고 싶다. 네 명의 손자들이 학교에 가서 할머니의 동시를 읽었다고 자랑스러워할 때까지 열심히 쓰고 싶다.

| 나는 이렇게 읽었다 · 유창근 |

감성의 힘

일반적으로 시는 사상과 감정의 예술적 표현이라고 한다. 여기서 사상이란 논리적이고 추상적인 세계를 말하고, 감정이란 정서적 감동을 말한다. 이 말은 시의 경우 감정적 요소만이 있는 것이 아니라, 논리적이고 이성적인 요소도 있다는 뜻이다. 엘리엇*Eliot*이 시는 사상과 감정의 등가물等價物이라고 말한 것과 일치하는 말이다. 과학이 감정을 극도로 배제한 논리의 세계라면, 시는 논리의 세계

243

와 감정의 세계를 적절히 공유하여 예술성을 구사하는 세계라고 할 수 있다. 다시 말해서 과학의 세계는 감성적 사고보다 이성적 사고가 상대적으로 우세하고, 시의 세계는 이성적 사고보다 감성적 사고가 상대적으로 우세하다는 논리이다.

그런데 시의 세계는 이성적 사고보다 감성적 사고가 상대적으로 우세하다는 논리이지만, 시의 힘은 추상적이나 논리적인 것에서 온다기보다는 주로 구체적이고 정서적인 데서 온다는 사실을 재음미할 필요가 있다. 추상적인 것만으로는 힘이 없다는 얘기이기도 하다.

이번에 읽은 서금복 시인의 시는 주로 인간과 꽃을 다루고 있는 것이 특징이다. 일상생활 속에서 체험한 것들을 사상과 감정의 잣대로 구체화하여 하나의 예술작품으로 승화시켰다는 점에서 일단은 편안함이 느껴진다.

서금복 시인은 화려한 문단 경력을 가지고 있는 만큼 문학적 활동의 폭이 넓은 것으로 안다. 1997년 수필가로 등단한 이래, 2001년에는 아동문학가, 2007년에는 시인으로 등단하여 「할머니가 웃으실 때」, 「우리 동네에서는」 등의 동시집과 「옆집 아줌마가 작가래」, 「지하철 거꾸로 타다」 등 수필집을 출간하여 좋은 반응을 얻은 바 있으며, 문학적 성과를 인정받아 '오늘의 작가상', '한국 글사랑문학상', '제1회 전국어머니편지쓰기대회 동상' 등 여러 차례 문학상을 수상한 바 있다. 그밖에 계간지 『편지마을』 발간, 『오늘의 동시문학』 편집위원으로 활동하였으며, 현재 한국아동문학회 동시분과위원장, 한국동시문학회 동시분과위원장, 서울중랑문인협회 회장, 편지마을 회장, 광진문화예술회관 수필창작반과 작가반

강사로 활동하고 있다.

보내온 작품 가운데, 먼저 〈어른들의 인사〉를 읽으면서 서금복 시인은 인간의 심리상태를 잘 포착하고 있다는 생각이 들었다. 묻는 말마다 '네'라고 대답하는 어른들의 대화를 어린이들이 이해한다는 것은 그리 쉬운 일이 아니다. 어린이의 관점으로 볼 때, 어른들이 주고받는 인사야말로 물어보나 마나 한 인사고, 대답하나 마나 한 인사에 불과한 것이다. 1·2·3연에서 특별한 경우가 아니면 질문에 '네'라고 아주 짧게 대답해 버리는 어른들의 심리를 예리하게 표출시키고 있을 뿐 아니라, 마지막 4연에서 그런 모습을 바라보고 의아스럽게 생각하는 어린이의 심리도 아주 잘 포착하였다. 그러나 '네'라는 한마디의 말은 얼핏 보기에 일상에서 주고받는 지극히 평범한 언어에 불과하지만, 이 시에서는 많은 상상을 단 한 글자로 함축시켜 최적의 시어로 사용하고 있다는 점에 주목하지 않으면 안 된다. 그리고 어른과 어린이의 서로 다른 인사법을 시의 끝부분에 가서 '스쳐가는 얼굴에/웃음꽃이 화알짝'이라고 마무리함으로써 어른과 어린이 사이의 틈을 좁혀 일체감을 느끼도록 한 점이 돋보인다.

〈까치발〉은 제목이 신선할 뿐 아니라, 화두를 '엄마가 요즘 이상해요'라고 시작함으로써 독자의 호기심을 도출해 내었다는 점에서 일차적인 성공을 거두었다고 본다. 서금복 시인은 이 시를 통해 '동시는 동심이 핵이 되어야 한다'는 원론을 시사해 주고 있다. 이 시의 화자는 1연에서 관찰자의 입장이 되어 요즘 이상해진 엄마의 행동을 사실적으로 낱낱이 드러낸다. 일어나자마자 라디오를 켜던 엄마가 며칠째 그 일을 멈추고, 설거지할 때도 소리가 나지 않게 조심조심하고, 밤이 되어도 부엌의 전등을 켜지 않고, 이따금 창문을 내다보며 까치발로 걷는 일 등 도대체 무엇 때문에 엄마가 그렇게 변한 행동을 보이는지 궁금해서 못 견디는 어린이의 심리를 구체적으로 상세하게 묘사하였다. 그러한 궁금증은 결국 2연에서 화자가 엄마 몰래 부엌 창문을 여는 순간 해결이 된다. 창문 밖 나뭇가지의 새 둥지에서 잠자고 있는 쌍둥이 아기 새를 보자 마침내 화자는 엄마의 이상한 행동들이 어디에서 비롯되었는지 의문점이 해결되고, 마침내 3연에서 화자 역시 아기 새가 놀랄까 봐 엄마처럼 뒤꿈치를 들고 조심조심 걷게 되었다는 이야기가 감동적이다. 특히 1연의 '까치발'과 3연의 '까치발'이 적절한 배치 때문에 이미지가 균형을 잘 이루고 있으며, 작은 생명도 소중히 여겨야 한다는 시인의 주제의식이 자연스럽게 잘 드러나 있어 안정감을 주고 있다. 그리고 2연 3행의 '아, 나뭇가지 새둥지에'라는 시구는 이 시의 상황을 반전시키는 중요한 역할을 하고 있다. 감탄사의 특징은 음성적 형식으로 직접 드러내는 어법으로, 기쁨이나 슬픔 등의 정서를 간접적으로 드러내는 것이 아니라 화자는 언어의 지시적 기능이나 관념의 전달이거나 상상을 통한 상징적 표출이라는 고도의 기술적 어법을 포기하고 가장 원시적이고 생리적인 감정표시방법을 택하는 것이다. 따라서 〈까치발〉에서 '아'라는 감탄사의 선택은 원시적인 언어로의 환원일 뿐 아니라 언어의 정서적 기능을 최대한 극대화시켰다는 점에서 폭넓은 의미를 함축했다고 본다.

〈금메달 선수〉는 높아졌을 때 교만해지기 쉬운 인간들에게 겸손해지라는 메시지를 던져 주는 시다. 금메달 선수가 단상에 올라갈 때 가장 늦게, 가장 높은 자리에 올라, 가장 허리를 많이 굽혀 인사를 올린다는 예나, 가장 잘 익은 곡식이 가장 겸손히 절을 올린다는 비유를 통해 겸손의 아름다움이 어떤 것인지를 구체화하고 있다. 이 경우 겸손이라는 하나의 추상적인 개념이 금메달리스트와 잘 익은 곡식이라는 하나의 구체적인 이미지로 대변되는 것이다. 아울러 이 시에서 금메달리스트 자체는 선한 사마리아인의 경우처럼 비교와 대조의 형식을 빌려, 겸손이라는 추상적인 힘이 의인화되어 나타난다. 그리고 이 시에서 주목해야 할 일은 '가장'이라는 부사가 1연과 3연에서 각각 2회씩 사용되고 있는 점이다. 1연에서는 금메달리스트의 경우를 예로 든 것이고, 3연은 곡식의 경우를 예로 들었다는 점이 차이가 있으나, 궁극적으로 '겸손하라'는 교훈을 공통분모로 하고 있다. 그런데 좀 더 관심 있게 이 시를 분석해 보면, 전반부에서의 금메달리스트는 사람이기 때문에 의당 겸손해야 한다는 의미를 지니고 있지만, 후반부에서 곡식을 내세워 '가장 잘 익은 곡식이/가장 겸손히 절을 올린다'고 한 것은 의미의 비약이다. 시를 통해서 식물도 익을수록 겸손해지는데 하물며 인간이 교만해진다면 식물보다도 못하다는 강한 메시지를 전달하고 있다. 스케일이 작은 것 같지만 내적으로 단단함을 지닌 시다.

〈아빠 등이 웃는다〉는 제목이 재밌다. 여기서 '아빠의 등'이란, 평소에는 보이지 않던 '아빠의 이면'을 상징하는 것으로 읽어야 한다. 이 시의 3연에서 '아, 귀찮아! 이런 것도 꼭 내가 해야 하나?'라고 표현한 것을 보면 화자의 아버지는 평소에 사랑을 겉으로 드러내는 성격이 아니다. 그런 아빠가 2연에서 시계의 건전지를 갈아 끼우며 "배고팠지?/나만 밥 먹어서 미안해."라고 말한 것은 뜻밖의 일이다. 3연이 아빠의 표면이라면 2연은 아빠의 이면에 가려져 있던 무의식이다. 직접화법의 형식을 빌려서 잠재의식 속에 숨어 있는 사랑의 실체를 극대화한 점이 값지다. 전체적으로 어조가 편안하고, 특히 이 시에서 '시계 밥 먹이는 아빠'나 '등이 살짝 웃는다'라고 비유한 것이 마음에 든다. 문학의 표현기교에서 대표적인 기술이 비유다. 그리고 그 비유의 기본적인 원리는 유추라는 방법이다. 유추는 닮음을 토대로 작용한다. 시계에 밥을 주면서 "배고팠지?/나만 밥 먹어서 미안해."라고 말하는 아빠에게서 따뜻한 사랑을 느낀 화자가 아빠의 등에 기대는 순간 행복감을 느끼게 되고 동시에 살짝 미소까지 짓도록 정황을 이끌어 가는 과정이 자연스럽다. 또한, 어떤 상황 속에서 공통으로 간주할 수 있는 유사성을 추출하여 서두르지 않고 차분하게 잘 묘사한 점이 돋보인다.

〈막둥이 의자〉는 의자의 용도를 시로 형상화한 점이 인상적이다. 1연은 의자의 용도를 비유나 상징 없이 사실대로 나열한 것이다. 그리고 2연에서는 집에 있는 일반적인 의자, 즉 언니의 푹신한 의자나 오빠의 회전의자는 앉아서 공부하거나 일하는 역할에 불과한 것으로 용도의 한계성을 명시해 주고 있다. 그런데 3연에서 평상시에는 쓸모가 없어 베란다 구석에 박혀 있던 플라스틱 막둥이 의자가 키 작은 엄마에게 다용도로 사용되면서 효자동이 역할을 한다는 사실을 비교법에 따라 어필시키고 있다. 그리고 그 막둥이 의자가 할일을 다 마치면 얌전히 제자리로 돌아가는 상황을 구체화함으로써 시에 힘이 붙은 데다 금상첨화 격으로 막둥이 의자가 키 작은 엄마를 무등 태운다는 비유가 덧입혀져서 시가 더욱 빛난다는 사실도 언급해 둔다. 또한, 우리의 일상 속에서 자칫 지나쳐 버리기 쉬운 사물을 뛰어난 인지력認知力과 통찰력으로 포착하고 있는데, 1연에서 종결어미 '~때'라는 동일어同一語를 반복하면서 의자의 역할을, 2연에서 '~안 돼'라는 동일어미語尾의 반복을 통해서 용도의 한계성을, 3연에서 '~의자'라는 동일어의 반복으로 막둥이 플라스틱 의자의 존재감을 강조하고 있는 점도 예사롭지 않다.

〈CCTV를 돌리다가〉는 제목 자체가 드라이하다. 과학이 존재 간의 거리를 넓히는 것이라면, 시는 존재 간의 거리를 좁혀서 마침내 하나가 되는 것이라고 한다. 이 시에서 CCTV를 제외한 상추, 콩잎, 밭, 흙, 고라니 등의 소재는 모두 자연 속에서 선택한 것들이다. 상추밭을 다 뭉개고 콩잎을 모두 따 간 주범이 고라니라는 사실을 알고 나서 화를 푸는 아빠의 행위는 존재 간의 거리를 좁혀 자연과 하나가 되는 행위로 인식된다. 서금복 시인은 자연 친화적인 사상을 작품에 잘 녹여 가면서 원초적인 사랑 앞에서 CCTV라는 첨단기기 자체가 절대적 가치나 의미가 없다는 사실을 시사해 주고 있다. 더불어 체험의 구체성과 깊이를 유지하면서 기→승→전→결의 형식에 따라 시적인 정황을 야무지게 처리해 간 점, '흙 묻은 손도 씻으러 간다', '화난 얼굴도 씻으러 간다'는 표현으로 감정을 카타르시스해 가는 과정을 구체화한 점, 아버지와 할머니의 목소리를 직접화법으로 처리하여 독자들에게 생동감과 친근감을 느끼도록 한 점이 돋보인다.

〈단체 사진〉에서 '꽃모자'는 화분에 심은 꽃들이 마치 모자를 쓰고 소풍 가는 아이들처럼 아름답고 귀엽다는 정황을 미화시킨 경우다. 이 시의 형식에서 주목해야 할 부분은 연의 구성이다. 각 연의 행수行數를 보면 1연이 3행, 2연이 1행, 3연이 4행으로 구성되어 행의 구성이 불규칙하다는 사실을 확인할 수 있다. 특히 2연이 유독 1행으로 구성된 점에 주목할 필요가 있다. 이는 한 개의 행이라도 충분히 한 개의 연을 구성할 수 있다는 가능성을 시사해 준 경우다. 단 한 줄짜리로 구성된 연이지만 다른 연과 비교할 때 충분히 그에 버금가는 가치가 있으므로 단 한 줄로 한 연을 구성한 것이다. 하나의 연은 한 행 또는 여러 행으로 구성된다. 외형적으로는 비등가非等價의 것으로 설명할 수 있지만, 내면적으로 보면 모든 행과 연이 각각 동등한 무게와 의미를 지닌 등가성의 산물로 볼 수 있다. 따라서 이 시의 2연 '바짝바짝 붙으세요!'라는 단 한 행으로 이루어졌지만 다른 연과 동등한 값어치가 있는 것으로 읽어야 한다. 사실 단체라는 언어는 서로 밀착되었을 때 의미가 배가된다. 그런 사실을 말하는 데 '바짝바짝 붙으세요!'라는 단 한 줄 외에 다른 말을 덧붙인다면 그야말로 군더더기가 되는 것이다. 또한, 이 시에서 시인은 직유적인 어법을 통하여 동일성을 모색하고 있다. 1연에서 화분에 심어진 꽃들을 보면서 '꽃모자 쓰고 소풍 가는 아이들 같다'라고 표현하여 꽃과 아이들을 동일시한 것이나, 3연에서 깨진 화분들의 모습을 가리기 위해서 살짝 위치를 옆으로 돌려 놓은 것과 '소풍 가서 단체 사진 찍을 때' 몸을 약간 옆으로 돌리는 아이들의 모습을 동일시한 것은 놀라운 발견이다. 수사학적으로는 직유의 방식이지만 심리적으로 보면 아이들과 꽃의 모습을 동일시한 작품이다.

〈화해시키기〉는 자연을 통해 인간의 문제를 해결해 가는 과정이 색다르다. 시인은 작품의 화두에 '다퉜는지'라는 말을 꺼냄으로써 독자들을 긴장시키고 있다. 꽃들이 널찍널찍 떨어져 앉아 있는 모습을 보고 서로 다투었다고 상상한 것이나, 한 걸음 더 나아가 화해까지 시켜야 하겠다고 생각하는 마음은 순수한 동심에서 우러나온 것이다. 따라서 이 시는 서금복 시인이 지닌 순진무구한 동심을 작품으로 형상화한 경우로 분석할 수 있다. 카메라 앵글 속에 꽃들을 모두 담아 화해시키려고 화자가 뒤로 물러서고(2연), 그런 노력으로 멀리 떨어져 있던 꽃들이 사진 속으로 들어와 살그머니 웃고(3연), 마지막 연에서는 마침내 며칠 전에 다툰 애경이와 경애가 화해하도록 전개해 가는 과정이 편안함을 준다. 그리고 이 시에 등장하는 애경이와 경애라는 이름도 이 작품의 상황에 맞는 아주 적절한 작명이다. 소설에서 성격이나 습관 등을 고려하여 등장인물의 이름을 짓는 일은 매우 중요한 작업인데, 이 시에서 애경이와 경애는 이름 자체에 사랑(愛)이라는 글자를 공유하고 있을 뿐 아니라, 앞뒤 글자만 바꿔 놓으면 같은 이름이 되는 동질성을 갖고 있어서 두 사람은 서로 절대 미워할 수 없는 관계라는 사실을 암시한 점도 주목할 일이다.

〈축제장의 꽃들은〉 1·2·3연 전체가 도치법에 따라 창작된 시다. 문장이 단조롭거나 지루한 경우, 말에 변화를 주어서 새로운 관심을 불러일으키고자 할 때 사용하는 수사법의 하나로 도치법이 있는데, 주로 문법이나 논리상 말의 순서를 뒤집어 놓는 기법으로서 감정의 변화를 주는 데 사용한다. 1연의 경우, '큰 소리로 부르지 않아요/꽃이 보고 싶은 사람은/아무리 멀어도 온다는 걸 알거든요'는 정상적인 어법을 따른다면 '꽃이 보고 싶은 사람은/아무리 멀어도 온다는 걸 알기 때문에/큰 소리로 부르지 않아요'라고 해야 한다. 2연의 경우도 첫 행의 '자기를 내세우지 않아요'를 맨 끝에 배열해야 정상적인 어법이고, 3연 역시 1·2행과 3·4행의 위치를 바꾸어야 어법에 맞는 배열이 되는 것이다. 그러나 만약 이 시를 일반적인 어법으로 진술한다면 시가 아니라 산문이 되고 만다. 시인이 굳이 각 연을 도치법으로 구성한 데는 이유가 있다. 각 연의 첫 행을 관심 있게 살펴보면 그 연을 대표하는 핵심 사상이 모두 그 안에 들어 있다. 그 핵심 사상을 강조하기 위해 도치법을 이용해서 각 연의 끝 행에 배열해야 할 시구를 첫 행에 배열한 것이다. 시를 쓸 때는 특히 인식의 전환과 관념의 파격이 필요하다. 또한, 사물이나 관념을 가끔은 뒤집어 생각해 보는 습관이 필요한 것이다. 산을 바다로 보고, 바다를 산으로 볼 수 있는 뒤집기 사고가 시의 형식이나 내용을 새롭게 바꿀 수 있기 때문이다. 축제장의 꽃들을 보며 화려함 속에서 사람답게 살아가는 것이 어떤 것인지를 깨닫게 하는 알레고리가 신선하게 느껴지는 까닭도 바로 여기에 있는 것이다.

〈꽃 인사〉에서 시인은 2연 8행 속에 꽃을 깔끔하게 의인화하고 있다. 그리고 꽃의 속성을 살려서 '인사'라고 하는 관념의 세계를 사람들과 비교해 가면서 '손을 흔드는 행위로 자연스럽게 진술하고 있다. 사실 의인화가 아니면 꽃이 손을 흔든다는 건 있을 수 없는 일이다. 그저 꽃은 바람에 흔들릴 뿐이다. 그런데 꽃에 인격을 불어넣는 순간 꽃은 사람이 되어 멀리서도 손을 흔들고, 안 보여도 손을 흔들며 인사를 하게 된다. 비교와 대조의 형식을 빌려, 추상적인 힘이 의인화되어 나타난 경우다. 꽃들이 사람보다 착하다는 상상을 구체화한 점이나, 1연과 2연의 끝부분에 '손을 흔든다'라는 말을 반복 사용하여 꽃의 인사법을 차별화한 점이 인상적이다.

이처럼 시어는 단순한 표시의 기능 외에 암시와 연상과 상징과 여운의 분위기를 수반하는 내포적 언어가 되어야 한다. 이럴 때 꽃은 그 자체로서의 의미뿐 아니라, 한 세계의 이미지로서 존재하게 되는 것이다.

　루이스는 시의 행위에 대해 시가 무엇에 소용되느냐에 대해서 질문하는 것은 마치 무지개나 바다가 무엇 때문에 있느냐고 질문하는 것처럼 어리석은 일이라고 하였다. 무지개는 별다른 이유 없이 그 자체만으로 아름다운 것처럼 시도 그 자체가 아름다운 것이어야 하고 그것은 한낱 경쾌한 경험이라야 된다는 것이다.

　살펴본 바와 같이 서금복의 시는 시 자체에서 아름다운 힘을 느끼게 된다. 그러한 아름다움은 바로 작품의 곳곳에 인식이나 체험을 중요시하려는 의지가 살아 있고, 순수한 동심을 저변으로 구체화한 이미지 중심의 시를 쓰고자 하는 열정이 있기에 더욱 아름다운 꽃으로 승화되어 가고 있다고 판단한다. 이와 같은 시정신을 잘 갈고 닦아 앞으로 좋은 작품 많이 내놓기를 기대한다.

서금복

1997년 『문학공간』에 수필, 2001년 『아동문학연구』(현 아동문학세상)에 동시, 2007년 『시와시학』에 시로 등단, 현재 한국동시문학회 부회장, 서울 중랑문인협회 고문, 전국어머니편지쓰기모임인 '편지마을' 회장, 『한국수필』 편집차장, 『수필미학』 편집위원, 수필집 『옆집 아줌마가 작가래』, 『지하철 거꾸로 타다』, 『수필 쓰기에 딱 좋은 사람들』, 동시집 『할머니가 웃으실 때』, 『우리 동네에서는』, 『파일 찾기』, 『우리 아빠만 그런가요?』, 시집 『세상의 모든 금복이를 위한 기도』 출간, 우리나라 좋은동시문학상, 인산기행수필문학상 수상, 중랑문학대상, 한국글사랑문학상, 오늘의 작가상 수상. • urisaijo@hanmail.net

하정심

| 대표작 |

5월의 숲속

제비꽃…
양지꽃…
좀꽃마리…

봄꽃 따라
들어선 숲속

떡갈나무 둥치에 기대앉아
연초록 향기에 몸을 맡겼다

산꿩의 날갯짓 소리
뻐꾸기 소리가
한낮을 알린다

쉿!

속잎 피어나는 소리가
바람결 따라 들려오고

졸음이 스르르~

어느새 나도
숲의 식구가 된다.

봄은 어디서 먼저 오는지

햇살 가득한 날
놀이터에 가 보면
봄이 어디서 먼저 오는지
알게 되지

봄꽃보다 더 환한
놀이터의 아이들

봄기운 돌아 촉촉해진 눈망울
마알갛게 피어나는 분홍 볼

움츠렸던 어깨 활짝 펴지며
발걸음도 통통 튀어 오르지

놀이터 봄꽃들도
아이들 웃음소리 따라
꽃망울 톡톡
터뜨려 놓지.

으뜸화음

물이 차오를 때
바닷가 조약돌 길을 걸어 보아요

자박자박 내 발소리
차르르차르르 파도 소리
우우 소리치듯 달려오는 바다 안개

바다가 뿜어내는 숨소리
그건 으뜸화음.

우리 할머니

할머니가 시골에서 올라오셨다
자_ㄴ마한 보따리를
올망졸망 달고서

까칠해진 할머니 얼굴
더 좁아진 어깨

온 가족이 할머니 주위에
둘러앉았다

보따리 하나하나
풀어낼 때마다
휘둥그레 커지는
내 동생 놀란 얼굴

할머니의 땀방울 같은 곡식들
우르르 쏟아질 때마다
말없이 지켜보던
엄마 아빠의 눈빛이 젖어 오고

'할머니, 이게 다 뭐여요?'

주름진 얼굴이 조금씩 펴지며
환한 웃음으로 답하시는
우리 할머니.

찻물 끓이기

가끔
누군가 미워져서
마음이 외로워지는 날엔
찻물을 끓이자

그 소리
방울방울 몸을 일으켜
솨 솨 솔바람 소리
후드득후드득 빗방울 소리
자그락자그락 자갈길 걷는 소리

가만!
내 마음 움직이는
소리가 들려

주전자 속 맑은 소리들이
내 마음속 미움을
다 가져가 버렸구나
하얀 김을 내뿜으며
용서만 남겨 놓고.

웃음이 꽃잎처럼

돌각담에 기대서니
하나 둘
연분홍 살구꽃잎
하늘을 열고

하르르하르르
꽃잎이 풀어내는
봄날의 긴 이야기

닫혔던 골목길이
환하게 열리며
까르르 웃음이
꽃잎처럼 날리고

갈래머리 까까머리
꽃잎 밟으며
고무줄 놀이에
해 지는 줄 모르고.

나무시장 다녀오는 길

아빠 따라
나무시장 다녀오는 날

미선나무
매화
수수꽃다리
반쯤 핀 꽃나무들을
차 속에 태웠다

무뚝뚝한 표정들이 금세 녹아 흐른다
꽃처럼 순한 마음이
차 안에 가득하다

게임기 서로 갖겠다고
동생과 다퉜는데
슬그머니 동생 옆으로 밀어 놓았다

향기를 가득 채워 오는 길
우리 가족 얼굴에도
봄꽃이 활짝 폈다.

달맞이꽃

어스름 고요 속에
별빛을 따라
달빛을 따라
자꾸만 터져 나오는
하하 웃음소리

언제 모여들었나
노란 나비 떼
달맞이꽃.

앉은부채

식물 조사하는 엄마를 따라
산속을 헤집고 다녔지

수많은 꽃과 나무
이름 적고, 사진 찍고

다리쉼하느라
계곡 물가 그늘진 곳에
털썩 주저앉았지
얼핏 눈길 닿는 곳에
자줏빛 얼룩무늬 이파리가 보였어
살그머니 흙을 헤집어 들춰 보았지

간밤에 오줌 싸고
소금 얻으러 나온 동자부처
자주색 얼룩 키 눌러쓰고
부끄러워 고개도 못 드는
'앉은부채'* 바로 너였구나

'소금 좀 주셔요, 소금 좀 주셔요.'

나도 얼굴 붉히며

몰래 웃어 주었지.

* 앉은부채: 천남성과의 다년생초. 땅속 깊이 뿌리줄기가 자라지만, 땅 위로는 줄기가 거의
자라지 않고 잎과 꽃만 핌. 주로 물가의 그늘진 곳에 자라며, 뿌리줄기는 이뇨제로 쓰임.

물수제비 날리는

새하얀 꽁지깃이
까불거린다

참방참방 날아오른
그 자리에
동그랗게 퍼져 나가는
아이들 웃음

포롱포롱 날아오른
그 자리에
조롱조롱 매달리는
웃음보따리

물수제비 날리는
아이들이 있어
더 푸르게 모여드는
봄날의 강물.

늦은 가을이다. 물빛도 하늘빛도 더 투명해지고 깊어졌다.

나무나 바위도 가을이 되면 제 몸의 물기들을 줄이느라 물을 내보낸다고 한다. 무심해 보이는 그들도 겨울 추위를 그렇게 준비하는데 그래서 가을의 계곡 물빛이 더 맑고 푸른 거라고 말한 선배의 얘기가 생각난다.

해마다 반복되는 일이긴 하지만 이맘때 즈음이면 우리의 생각도 더 깊어지게 된다. 과연 문학이 내 삶에서 어떤 존재인가에 대한 질문을 자주 하게 된다. 진정 가치 있는 문학이란 휴머니티가 살아 있는 문학, 즉 인간과 자연에 대한 따뜻한 이해가 선행되지 않고서는 불가능하다는 결론을 내리곤 한다.

사람의 성장 과정에서 고향이 갖는 정서적 의미는 무척 크다. 고향의 정서를 느낄 수 있는 대상은 곧 자연이며, 자연을 노래하는 동시(아동문학)야말로 고향과 다름 아니다. 아동문학은 어른이 되면서 점점 잃어가는 것들을 찾아나서는 일을 하고 있다. 그중에서 어린이의 순수한 마음을 담아내는 동시는 문학의 원형이면서 가장 본질에 가까운 장르라고 할 수 있다. 특히 아이들은 뛰어놀면서도 끊임없이 생각하고 그런 자신을 마음껏 표현하고 싶어 한다. 춥고 메마른 겨울이 지나 봄이 되면 돌 틈에서도 새싹이 고개를 내미는 것처럼 어린이는 자연의 생리와 닮았다.

10년 전부터 제천에 와서 살게 되었다. 풀과 나무에 대한 관심과 사랑을 주체하지 못해 한참 늦은 나이지만 대학에서 본초학을 공부하기 위해서였다. 공부하는 틈틈이 아이들을 찾아 나섰다.

제천! 하면 누구나 의림지를 떠올릴 것이다. 그 의림지 아래쪽 들판 한가운데에는 '솔방죽'이라는 생태학습장이 있다. 온갖 풀꽃들이 피어나고 나비와 잠자리의 고운 날갯짓, 작은 물고기들의 파닥거림으로 생명의 기운이 넘쳐나는 솔방죽은 유년의 꿈을 불러내기에 충분한 곳이다. 그곳에서 '시가 있는 솔방죽'이라는 주제로 여름 한철 아이들과 뒹굴며 놀았던 시간을 나는 잊을 수가 없다. '솔~솔 솔방죽에는 누가누가 사나요'를 운율에 맞추어 노래하며 자연이 베푼 잔치를 아이들과 마음껏 즐겼다.

나비와 식물의 관계를 함께 공부하면서 아이들의 진지한 눈빛과 호기심 어린 표정들은 이 땅에 뿌리내린 자연과 다르지 않다는 것을 새삼 깨닫게 되었다. 아이들 마음이 곧 자연이며, 이렇게 건강한 모습으로 자라난 아이들이 세상을 밝게 비춰 줄 것이라는 믿음은 지금도 변함이 없다. 솔방죽에서 함께 뛰놀던 아이들의 해맑은 웃음소리를 떠올리며 요즘도 나는 기쁜 마음으로 동시를 쓰고 있다.

나비들은 생김새가 각각 다르지만 비슷한 종류도 많은데, 먹이식물이 다르다는 것에서도 종을 구분할 수 있다. 예를 들면 비슷하게 생긴 먹부전나비와 부전나비가 있는데, 먹부전나비 애벌레는 돌나물이나 바위채송화 같은 다육식물을 좋아한다. 그리고 부전나비는 갈퀴나물이라는 식물을 애벌레였을 때 먹고 자란다.

나비의 종마다 좋아하는 식물이 다르다. 이것은 먹이식물을 나누어 가짐으로써 다양한 종류의 나비들이 안정적으로 살아갈 수 있도록, 그들 스스로 방법을 찾아 진화해 온 결과라고 한다.

나비나 곤충들이 식물과 공생할 수 있는 것은 곧 나누어 가진다는 의미와 다르지 않을 것이다. 나누어 가져야만 함께 살아갈 수 있다는 자연의 이치, 그 정서적 의미를 자연 속에서 자란 어린이들은 알고 있다. 그 속에서 배려와 나눔을 배우기 때문에 가슴 따뜻한 아이로 성장할 수 있는 것이다. 이런 정서를 알게 해 주는 것이 곧 동시라고 생각한다. 동시는 어린이의 눈높이에서 어린이의 정서를 가장 섬세하게 표현하고 있으며 또한 자연을 노래하고 있기 때문이다.

풀꽃과 나비(곤충)를 들여다보면서 어렵게 알아낸 이름을 불러 주고, 이들과 눈맞춤하고, 풀꽃과 나비들이 만들어 내는 이야기를 통해 밝고 건강한 생태를 노래할 수 있다면 얼마나 좋을까.

들판 가득 피어나는 풀꽃들이 그냥 이유 없이 피고 지는 것이 아닌 것처럼, 앞으로도 자연을 노래하는 마음으로 동시를 쓰고 싶다.

| 나는 이렇게 읽었다 · 유창근 |

자연의 인격화

인간은 근본적으로 객관적인 세계를 자기가 욕망하고 상상하는 세계로 변용시켜 자아와 세계를 동일화하려는 능동적 심리가 있다.

시정신詩精神 역시 객관적인 세계를 자아의 욕망과 의식의 지향에 따라 가정하고 창조하면서 자아화自我化한 동일성의 세계로 만들어

가는 것이다. 이는 주체와 객체가 하나로 통일되는 세계라고 할 수 있으며, 심리학의 동화同化와 투사投射라는 용어로 설명할 수 있다. 여기서 객관적인 세계를 시인의 내면인 세계로 끌어들여 자아화自我化하는 것은 동화同化의 방식이고, 자신을 객관적 세계에 이입시켜 자아와 세계의 일체감을 꾀하는 것은 투사投射가 되는 것이다.

'숨은 작가 집중조명' 여덟 번째로 하정심 시인의 시를 조명한다. 하정심 시인은 물빛 맑은 남해 바닷가에서 태어나 어린 시절을 보낸 것으로 안다. 1996년에 『아동문학연구』 신인상을 통해 등단하였고, 2001년 조선일보 신춘문예에 동시가 당선되어 역량 있는 작품을 발표하는 중견작가다. 2001년에 동화집 「차돌이의 아침」, 2011년에 동시집 「소나기 내리면 누렁소 잔등을 봐」를 상재하였다. 특히 풀과 나무에 대한 깊은 열정으로 세명대학교 자연약재과학과에서 만학을 하였고, 충북 제천에서 자연에 대한 깊은 이해와 사랑으로 글쓰기는 물론, '시가 있는 솔방죽' 어린이 동시(화) 지도교사, 제천시 평생학습센터 아동문학지도사 · 아동문학창작 강사로 활동하고 있다. 현재 한국아동문학연구회 감사, 한국동시문학회 회원, 한국동요작사작곡가협회 회원, 한국음악저작권협회 회원, 이야기샘 문학동인 등 문단 활동도 활발하다.

하정심 시인은 자연 속에 동화되어 사는 사람이다. 그의 시를 읽어가다 보면 저변에 깔린 기본적 뿌리가 자연이라는 것을 발견할 수 있다. 자연과 더불어 살면서 자연의 이치를 배우고, 자연을 노래하고 있다. 뒤늦게 약재에 대해 만학을 한 것도 이와 무관하지 않다고 본다.

보내온 10편의 시 가운데 〈봄은 어디서 먼저 오는지〉는 놀이터에서 놀고 있는 아이들을 보며 봄이 지닌 생명력을 극대화한 작품이다. 놀이터의 아이들에게서 봄을 발견해 내는 시인의 상상력이 놀라울 뿐 아니라, 봄이라는 관념의 세계를 아이들의 환한 얼굴과 분홍 볼, 통통 튀어 오르는 발걸음, 티 없이 맑은 웃음소리로 구체화한 점이 값지다. 이른바 봄이라는 자연 세계와 아이들을 동일시한 데서 얻어낸 성과물이다. 특히 마지막 연에서, 봄꽃을 보고 아이들이 기뻐서 웃는 것이 아니라, 아이들의 웃음소리에 봄꽃이 꽃망울을 터뜨렸다고 한 진술은 비논리적인데도 불구하고 오히려 친근감이 있다. 그 까닭은, 첫째로 봄과 아이들이 지닌 근본적인 속성을 섬세한 감각으로 이미지화했기 때문이고, 다음으로 1연에서 '알게 되지!', 4연에서 '튀어 오르지', 끝 연에서 '터뜨려 놓지!' 등, 여러 차례 쓰이고 있는 종결어미 '~지'를 효과적으로 잘 활용한 결과라는 판단이다. 대체로 '~지'는 어떤 사실을 긍정적으로 서술하거나 묻거나 명령하거나 제안하는 등의 뜻이 있어서, 친숙함을 더할 때 자주 쓰이기 때문이다. 아울러 첫 연의 종결어미 '알게 되지'와 마지막 연의 종결어미 '터뜨려 놓지'가 수미상관을 이루어 구성을 더욱 탄탄하게 한 점도 주목해 볼 일이다.

〈5월의 숲속〉은 시어의 동어반복(꽃 4회, 소리 3회, 숲 2회)을 통해 봄의 이미지를 부각시킨 작품이다. 화자가 봄꽃을 따라 한가로운 숲속에 들어가 물아일체物我一體의 경지에 이르는 과정을 시각적 이미지와 청각적 이미지를 중심으로 형상화한 점이 이성적이다. 예를 들어 '1연 봄꽃→2연 숲속→3연 휴식→4·5연 숲속의 소리→6연 한가로움→7연 자연과 동화'의 이미지 전개 과정이 체계적이고, 1연에서 '제비꽃→양지꽃→좀꽃'의 배열을 꽃이 지는 순서(제비꽃 5월, 양지꽃 6월, 좀꽃마리 7월)에 따라 시각화한 점, 4연에서 '산꿩의 날갯짓 소리→뻐꾸기 소리'의 배열을 소리의 크기에 따라 청각화한 점 등은 곧 시인의 이성적 사고理性的 思考에 의한 치밀함으로 해석할 수 있다. 그리고 시인이 5연에서 '속잎 피어나는 소리'까지 들을 수 있는 뛰어난 감성 역시, 동심童心과 자연의 동화同化에서만 가능한 일로 돋보이는 부분이다.

그러나 시에는 감정적 요소만 있는 것이 아니라 논리적이고 이성적인 요소도 있다. 엘리엇이 '시는 사상과 감정의 등가물'이라고 말한 것과 다르지 않다. 과학이 감정을 극도로 배제한 논리적 세계라면 시는 논리의 세계와 감정의 세계를 적절히 공유하여 예술성을 구사하고 있는 세계다. 예를 들어 6연은 이 시에서 자연과 인간이 물아일체가 되는 아주 중요한 가교 구실을 하고 있는데, '졸음이 스르르~'는 1행이 1연을 이룬 경우로, 다른 행이나 연과 대등한 가치가 있다는 수학적 논리에 따라 연을 구분했다는 점에서 이성적이다.

〈으뜸화음〉은 3연으로 구성된 짧은 작품이지만 중량감이 있고, 언어구사에서 함축과 긴장을 보여 주고 있다. 이 시에서 화자는 먼저, 물이 차오를 때 바닷가 조약돌 길을 걸어 보라고 청유함으로써 분위기를 환기한 점이 색다르다. 바닷가를 거닐며 들려오는 소리를 '자박자박 내 발소리', '차르르차르르 파도 소리', '우우 바다 안개 소리' 등으로 상황에 맞춰 개성 있게 청각화하고, 의성어를 통해 아름다운 리듬으로 시의 맛을 내는 부분이 입체적이다.

일반적으로 으뜸화음은 장조에서 '도·미·솔'의 화음을 지칭한다고 전제할 때, 어쩌면 자박자박 소리는 으뜸화음의 '도', 차르르

차르르는 '미', 우우는 '솔'에 해당되는 음일 것이라는 생각이다. 특이한 것은 시인이 바닷가의 모래 위를 걸으며 들리는 발걸음 소리(도)와 파도 소리(미)를 먼저 으뜸화음으로 설정해 놓고, 그다음에 안개가 우우 소리치듯 달려온다는 상상을 통해 나머지 으뜸화음(솔)의 빈자리를 채우고 있는 점이다. 이는 시인이 가지고 있는 독특하고 과감한 터치로, 빈자리를 채워 자연의 이치에 순응하려는 상상적 행위다. 시인이 마지막 3연을 '바다가 뿜어내는 숨소리/그건 으뜸화음'이라고 마무리한 것 또한 은유의 극치로, 자연세계와 인간이 시를 통해 동화되어 가는 상황을 형상화한 것이다. 이처럼 은유는 알려지지 않은 것을 알려지게 한다. 한 시인의 작품 속에서 한 덩어리의 은유가 발전 전개되어 나가는 것은 일종의 개인적인 신화를 만드는 단계가 되는 것이다.

〈우리 할머니〉는 훈훈한 가족애를 담은 작품으로, 할머니의 사랑을 동심의 시각에서 묘사했다. 이 시의 화자는 물론 어린이다. 시골에서 농사지은 곡식들을 보따리에 싸 가지고 오신 할머니의 모습을 '까칠해진 얼굴, 더 좁아진 어깨'라고 표현한 것이라든가, 보따리를 풀 때마다 눈이 휘둥그레지는 동생, 땀방울 같은 곡식들이 우르르 쏟아질 때마다 눈빛이 젖어 드는 아빠 엄마, 그리고 화자가 "할머니, 이게 다 뭐여요?"라고 묻자 주름진 얼굴이 조금씩 펴지며 환한 웃음으로 답하는 할머니의 모습 등 시 속에 등장하는 인물들의 표정이나 모습을 아이들의 시점에서 섬세하고 특징 있게 스케치한 점이 돋보인다. 그리고 5연에서 '할머니의 땀방울 같은 곡식들'이라는 비유를 통해, 할머니의 보따리에서 나온 곡식들 하나하나가 얼마나 소중하고 귀한 것인지 암시해 주고 있을 뿐 아니라,

'우리 할머니'라는 제목을 비롯해 각 연에서 중심 시어인 '할머니'를 7회나 반복함으로써 할머니의 사랑을 강조하고자 노력한 시인의 태도가 놀라울 정도다.

그리고 6연에서 '할머니, 이게 다 뭐여요?'라고 1행이 1연을 이루고 있는데, 이 말의 중간에 나오는 '…다…'라는 부사 하나가 이 시 전체를 함축하리만큼 중요한 가치가 있음을 눈여겨봐야 할 일이다. 시의 등가성 원리를 적절하게 적용시킨 경우다. 더불어 이 작품의 마지막을 '우리 할머니'라는 주제어로 마무리하여, 할머니에 대한 이미지를 명쾌하게 해 준 점이 인상적이다.

〈찻물 끓이기〉는 미움을 사랑으로 승화시켜 가는 과정을 기승전결에 의해 형상화한 작품이다. 누군가 미워져서 외로운 날에는 찻물을 끓인다는 화두에서부터 분위기가 예사롭지 않다. 그리고 2연에서 물이 끓는 소리를 듣고 물방울들이 몸을 일으킨다고 의인화한 뒤, 그 속에서 솨 솨 솔바람 소리, 후드득후드득 빗방울 소리, 자그락자그락 자갈길 걷는 소리를 듣는 시인의 상상은 비범하다. 여기서 솔바람 소리는 우리가 살아가면서 만나는 상쾌하고 기분 좋은 일들일 것이고, 빗방울 소리는 우울하고 쓸쓸한 것들이며, 자갈길 걷는 소리는 고통스럽고 힘든 때를 상징하는 소리일 수 있다. 희로애락을 등에 지고 살아가는 인간세계를 자연 속의 사물에 비유함으로써 자연과 인간의 동화를 꾀하고 있는 경우로, 이 또한 동심에 바탕을 두지 않고서는 상상조차 할 수 없는 일들이다. 그런데 시인은 3연에서 갑자기 '가만!'이라는 말로 분위기를 환기시킨다. 앞에서 들리던 세상의 소리가 단절되는 순간이기도 하다. 자신을 움직이는 마음의 소리를 듣게 되면서 상황이 급격히 반전한다.

그 마음의 소리는 마지막 연에서, 주전자 속 맑은소리들이 미움을 다 가져가고, 남은 것은 용서라고 매듭지음으로써, 마음속의 미움을 사랑으로 승화시키고 있는데, 그러한 시적 구성이 탄탄하고 안정적이다. 더불어 신화에서 '차는 신성한 물'을 상징한다는 사실에 의미를 둘 때, 〈찻물 끓이기〉는 한층 더 성스럽고 맛깔스러운 시로 읽을 수 있다고 본다. 이 시는 인간의 내면세계를 알기 쉬운 일상어와 동심에 바탕을 두고 인간과 자연의 세계를 동화시킨 수작秀作이다. 전체적으로 리듬이 살아 있어서 곡을 붙이면 동요로서도 손색이 없으리라고 본다.

〈웃음이 꽃잎처럼〉은 제목이 물 흐르듯 유연하고, 그림같이 평화스러운 시다. 무엇보다도 계절 감각을 순수한 우리말로 편안하게 구사하고 있어서 친근감이 느껴진다. 1연에서 4연까지 봄날의 정경을 질서정연하고 무리 없이 전개하고 있는 점이라든가, 마지막 연에 '갈래머리', '까까머리', '고무줄놀이' 등의 향토적 시어를 집중적으로 배열하여 저변에 깔린 회상적回想的 상상력을 매체媒體로 유년의 봄을 회상케 한 구성이 야무지다. 특히 살구꽃잎이 하늘을 열고, 그 꽃잎이 봄날의 긴 이야기를 하르르하르르 풀어낸다는 상상과, 까르르 아이들의 웃음소리가 꽃잎처럼 날린다는 비유는 놀랍고 충격적이다. 마지막에서 해 지는 줄 모르고 놀이에 빠진 아이들의 심리를 심도 있게 묘사함으로써 자아와 자연의 세계를 동일화한 점도 돋보인다.

〈나무시장 다녀오는 길〉은 화자가 게임기 문제로 동생과 싸운 뒤, 무뚝뚝해진 가족들의 분위기가 나무시장에 다녀오는 차 안에서 꽃처럼 순한 마음으로 바뀌게 된 이야기를 형상화했다. 〈찻물

끓이기〉에서처럼 미움이 사랑으로 승화되어 가는 과정이 아름답
고 자연스럽다. 이 시는 이해하기 어려운 시어나 어구를 전혀 사용
하지 않고 일상에서 일어났던 일을 평범한 어법으로 서술했을 뿐
인데, 어딘가 모르게 마음을 끌어당기는 힘이 있다. 특히 이 시의 4
연 '게임기 서로 갖겠다고/동생과 다퉜는데/슬그머니 동생 옆으로
밀어 놓았다'는 부분은, 순수한 동심이 그대로 묻어나 읽을수록 시
의 맛이 난다. 특히 동시童詩는 '게임기를 슬그머니 동생 옆으로 밀
어 놓듯'처럼 시 속에 꾸미지 않은 동심童心, 은은한 동심이 배어 있
어야 제맛이 난다. 이 시에 나오는 미선나무, 매화, 수수꽃다리는
봄을 알리는 대표적인 꽃들이다. 그 가운데 흰색 꽃을 피우는 미선
나무와, 다른 나무보다 꽃이 일찍 피는 매화는 둘 다 3월이면 잎보
다 먼저 꽃을 피우는 특성이 있다. 한편 수수꽃다리는 미선나무나
매화보다 늦은 4~5월에 연한 자주색 꽃을 피운다. 하정심 시인이
2연에서 꽃을 배열한 순서는 무작위가 아니라, 개화 시기를 기준
으로 꽃의 배열순서가 정해졌다는 점도 주목할 일이다. 마지막 연
'우리 가족 얼굴에도/봄꽃이 활짝 폈다'는 비유로 어둡던 가족들의
얼굴을 한층 밝게 형상화한 점이 인상적이다.

〈달맞이꽃〉은 난해한 시어를 전혀 사용하지 않았는데도 단조롭
지 않고 시상詩想의 전개가 아름다운 시다. 달맞이꽃이 피는 걸 달
빛 따라, 별빛 따라 터져 나오는 웃음소리에 비유하고, 또 노란 나
비 떼에 비유한 점이 참신하다. 달맞이꽃이라는 하나의 이미지를
웃음소리나 노란 나비 떼 등 여러 가지 연상적 이미지로 변화시켜
가는 과정도 세련되어 있다. 특히 달맞이꽃에서 웃음소리를 들을
수 있는 시인의 상상력이 놀랍다. 이 부분을 자칫 지나친 상상으로

착각할 수 있지만, 이 시의 첫 행 '어스름 고요 속에'를 염두에 둔다면 달맞이꽃에서 웃음소리가 터져 나온다는 상상은 극히 합당하다. 달과 별이 떠 있는 고요한 밤에는 낮에 들리지 않던 미세한 소리까지도 들리기 때문이다.

〈앉은부채〉는 이 시의 중심 시어인 약초 이름을 제목으로 설정한 경우다. 이 시는 화자가 산속에서 '앉은부채'라는 식물을 직접 만나는 직감적 이미지와 과거에 경험했던 오줌싸개에 대한 상상적 이미지를 결합하여 정서적 환기를 시도한 점이 색다르다. 1·2·3연은, 식물을 조사하는 엄마 따라 산속을 헤집고 다니며 식물들의 이름을 적고, 사진을 찍고, 잠깐 쉬는 시간에 계곡 물가에서 자줏빛 얼룩무늬 이파리를 발견하는 등, 화자가 직접 사물을 통해 경험한 직감적 이미지를 형상화한 것들이다. 그런데 시의 전반부에서는 다만 3연에서 '자줏빛 얼룩무늬 이파리가 보였어'라는 한 줄의 암시만 있을 뿐 앉은부채에 대한 언급이 전혀 없다. 시인은 앉은부채의 꽃잎이 연한 자주색으로 거북의 잔등 같으며, 꽃은 검은 자갈색으로 반점이 있고, 줄기와 잎은 구토제, 진정제, 이뇨제로 쓰며, 산지의 응달에서 자란다는 특성에 관해서 전혀 이야기하지 않고 있다가 4·5·6연에서 갑자기 오줌싸개 이야기를 꺼내 당황하게 만든다. 이른바 의미의 비약을 하고 있다. 시인은 앉은부채라는 식물을 발견하면서 얻은 직감적 이미지를 통해 오줌 싼 아이가 머리에 키를 쓰고 이웃집으로 소금을 얻으러 가는 과거의 상상적 이미지를 연상하고, 그 직감적 이미지와 상상적 이미지를 결합하여 한 편의 시로 형상화했다. 그리고 5연에서 '소금 좀 주셔요. 소금 좀 주셔요.'라는 말에 1연 1행의 등가성을 적용한 점, 6연에서 그 말을 듣고 '나도 얼굴 붉히며/몰래 웃어 주었지'라고 수줍고 맑은 동심을 포착하여 표현한 점이 매우 값지다. 〈앉은부채〉는 하정심 시인의 맑은 시정신과 약초에 대한 전문적 지식이 어우러져 빚어낸 가편佳篇이다.

〈물수제비 날리는〉은 감각적이고 섬세한 언어구사에 의해 이미지를 명징하게 처리하고 있나. 특히 물수제비라는 시어의 본질을 파악하여 새로운 이야기를 만들어 가는 솜씨가 만만치 않다. 이 시에서 주제어로 쓰이고 있는 물수제비 날리기는, 둥글고 얄팍한 돌을 수면과 평행이 되도록 던지면, 돌이 물에 들어갔다 나왔다 하면서 통통 튀게 되는데, 이런 원리를 이용한 것이다. 그런 물수제비의 본질을 찾아 '새하얀 꽁지깃이/까불거린다'고 새로운 이야기를 창조해 내는 작업은, 곧 현대시가 추구하는 기본적 창작 원리 가운데 하나다. 던진 돌이 물의 표면을 치고 나갈 때 생기는 물줄기에서 새의 꽁지깃을 연상한 것은 하정심 시인의 놀라운 상상력에서 비롯된 창조적이고 새로운 이야기다. 2연에서 물 위에 돌이 스치며 생긴 파문처럼 아이들의 웃음이 동그랗게 퍼져 나간다고 상상하고, 3연에서 돌이 공중으로 날아오른 자리에 웃음보따리가 조롱조롱 매달린다는 상상 역시 순수 동심적 발상에서 나온 창조적 시상詩想이다. 그리고 마지막 연에서 물수제비 날리는 아이들이 있어 봄날의 강물이 더 푸르게 모여든다고 마무리한 점은 상상의 극치를 보여 준 예로 높이 평가할 만한 일이다.

아울러, 하정심 시인이 자연 친화적인 시를 쓰며 특별히 자연의 소리에 남다른 관심을 두고 있는 부분도 그의 시를 읽을 때 간과해서는 안 될 중요한 부분이다. 10편의 시 가운데 〈오월의 숲속〉에서 들려오는 산 꿩의 날갯짓 소리, 뻐꾸기 소리, 속잎 피어나는 소리, 〈으뜸화음〉에서 자박자박 발소리, 차르르차르르 파도 소리, 우우 안개 소리, 숨소리, 〈찻물 끓이기〉에서 쏴쏴 솔바람 소리, 후드득후드득 빗방울 소리, 자그락자그락 자갈길 걷는 소리, 마음을 움직이는 소리, 주전자 속 맑은 소리, 〈웃음이 꽃잎처럼〉에서 까르르 웃음소리, 〈앉은부채〉에서 '소금 좀 주셔요, 소금 좀 주셔요.' 오줌 싸고 소금 얻으러 온 아이의 소리, 〈달맞이꽃〉에서 터져 나오는 웃음소리, 〈물수제비 날리는〉에서 참방참방 물수제비 날리는 소리, 아이들 웃음소리 등 실제로 시인의 귀에 들리는 자연의 소리와 아이들의 소리는 물론, 인간의 귀로 들을 수 없는 속잎 피어나는 소리, 안개 소리, 마음을 움직이는 양심의 소리까지 이미지화한 것은 자연과 동화하고자 하는 인간의 간절한 내적 심리에서 비롯된 것으로 해석할 수 있다.

하정심은 자연과 더불어 살면서 향토적인 언어로 맑고 아름다운 자연의 소리를 빚어내는 시인이다. 그에게 자연은 가장 큰 시적 소재이며, 세계를 인식하고 대응하는 방식의 매개물이다. 그래서 하시인은 시적 대상을 철저히 자연으로 한정하고 자연에서 인간성 회복과 인간의 참다운 도리를 탐색하고 있는 것이다.

흔히 시는 자연의 모방이며 자연의 형상이라고 한다. 자연이란 우주만물이며 우주의 질서다. 따라서 인간은 자연을 통하여 질서를 배우고 자연과 공존하는 동질성을 가진다. 그러나 인간은 유한하고 불완전하고 변화무쌍한 존재인 반면, 자연은 영원하고 완전하며 불변하는 세계이기 때문에, 인간은 자연과의 동일성을 찾기 위해 부단히 노력하는 것이다.

앞에서 밝힌 것처럼 자연의 소리와 인간의 소리가 서로 교감할 때 비로소 자연과 인간은 물아일체物我一體가 된다. 물아일체란 자연의 인격화로, 시인은 모든 자연을 자신 속으로 끌어들여 그것을 내적으로 인격화하는 동화同化의 방식을 취할 수도 있고, 자연 속에 자신을 투여하는 투사投射의 방식을 취할 수도 있는 것이다. 하 시인의 시 전반에서 발견할 수 있는 의인화擬人化 수법이나 감정이입感情移入 수법도 이른바 자연의 인격화다.

시인이 자연과 한 덩어리가 되지 않고서는 결코 자연의 아름다움을 빚어내지 못한다. 하정심 시인은 앞으로 더 철저히 자연으로 들어가 그 속에서 들려오는 미지未知의 소리와 아름다운 향기로 좋은 시를 빚기 바란다. 그리고 그 싱그러운 자연의 소리로 인간 세상의 어둠을 말끔히 지워 나가길 기대한다.

하정심

경남 남해 출생, 1996년 『아동문학연구』 신인상, 2001년 조선일보 신춘문예 당선, 2012년 세명대학교 자연약재과학과 졸업, 2001년 동화집 「차돌이의 아침」, 2011년 동시집 「소나기 내리면 누렁소 잔등을 봐」, 2012년 생태이야기책 「솔솔 솔방죽에는 누가누가 사나요」, '시가 있는 솔방죽' 어린이 동시(화) 지도교사, 제천시 평생학습센터 아동문학지도사, 아동문학창작 강사, 한국아동문학연구회 감사, 한국동시문학회·한국동요작사작곡가협회·한국음악저작권협회 회원, '이야기샘' 아동문학 동인. • hjs9963@hanmail.net

박예분

| 대표작 |

겨울 허수아비

이곳이
벼가 누렇게 익었던 곳이라고

찾아보면
잘 여문 낟알들이 있을 거라고

먹이 찾는 겨울새들을 위해
찬바람을 맞으며

눈 한가운데
기꺼이 알림판으로 서 있습니다.

매미 허물

아기 매미 잘 자라라고
나무는 날마다 젖을 주었지요

나무 젖을 먹고 자란 매미
날개 돋아 멀리 여행 떠날 때

나뭇가지에 제 허물 벗어 놓고
엄마 나무라 표시해 두었지요.

솟대

나는 나무 오리예요

다른 친구들처럼
물속을 헤엄치지 못하고
꽥꽥 소리 내지도 못하지만

하늘 닿는
긴 장대 끝에 앉아

바람을 만나면
뱃사람들 이야기 들려주고
너무 세게 불지 말라 부탁하고

비를 만나면
농사짓는 사람들 이야기 들려주고
너무 많이 내리지 말라 부탁하고

별을 만나면
아이들 가슴에 반짝반짝
따뜻한 별 하나씩
품게 해 달라 꼭꼭 부탁해요.

꼼지락 톡톡

식구들 모두
거실에 둘러앉았다
맨발로 둘러앉아

다리 쭉 뻗고
꼼지락꼼지락 이야기 나눈다

굳은살 박힌
아빠 발가락을
엄마 발가락이 살살 만져 주고

조그만 내 발가락
오빠 발가락을 톡톡 건드린다

꼼지락 톡톡 우리 가족
오늘도 맨발로 이야기 나눈다.

안녕, 햄스터

18개월 동안 함께 살았어
잘 가라고, 인사도 못해 더 눈물이 나
모과나무 아래 곱게 묻어 주고
돌아서는데 누나도 나도 엉엉
눈물 콧물 훔쳤어

햄스터가 아픈 것도 모르고
밤새 혼자 끙끙 앓게 한 것이
학원 다니기 바쁘다고
방학 때 많이 놀아 주지 못한 것이
너무너무 미안해서.

딱 한 사람

내가 젠투펭귄이랑 악수했다 말해도
친구들은 믿지 않았어

혹등고래랑 바다를 누볐다 말해도
절대로 믿지 않았어

물개랑 입맞추며 놀았다 말해도
도무지 믿지 않았어

그런데 딱 한 사람
그 친구만 내 말에 고개를 끄덕였지

그 친구가 우주에서 왔다고 했을 때
나도 그대로 믿어 줬거든.

엄마의 지갑에는

항상 두둑한 엄마 지갑
만날 돈 없다는 건 다 거짓말 같아

엄마는 두꺼운 지갑을 열어 보며
혼자서 방긋 웃기도 하지

돈이 얼마나 많이 들었을까
나는 몹시 궁금해서 살짝 열어 봤지

에계계 달랑 천 원짜리 두 장뿐이었어

대신 그 속에 어릴 적 내 사진이
활짝 웃고 있지 뭐야

거기에 할머니 할아버지
아빠랑 누나 사진까지 들어 있지 뭐야.

그런데 칭찬

수학 시험을 잘 봤구나,
그런데 이렇게 쉬운 문제를 틀리면 이떡해?

달리기를 잘했구나,
그런데 조금만 더 힘을 내서 달리지 그랬어

글을 아주 잘 썼구나,
그런데 또박또박 글씨를 좀 잘 쓰지 그랬니

우리 아빠 칭찬은 참 좋다
그런데….

덩이

흙덩이, 복덩이, 햇덩이
달덩이, 돌덩이, 메주덩이

눈덩이, 얼음덩이, 불덩이
똥덩이, 소금덩이, 황금덩이

모두 작은 덩이로 이루어졌지만
하는 일은 다 다르다

나는 총소리 울리는
저 바다 건너
배고픈 아이들 배를 불리는
빵 한 덩이 되고 싶다.

시소 놀이

드디어 오늘
반장을 뽑는다

김기린 한 표
박인봉 한 표

하얀 칠판에
바를 정正자 획이 그어질 때마다
내 마음은 시소를 탄다

친구들이
김기린, 하고 내 이름 부르면
하늘 높이 붕 뜨고

박인봉, 하고 친구 이름 부르면
쿵, 엉덩방아 찧는다.

동시는 나의 숨구멍이자 희망이고 축복이다. IMF 후유증으로 지난한 삶에 지쳐 있던 영혼을 초심으로 돌려놓고, 까마득히 잊고 지낸 유년 시절을 기억 드로잉하며 행복했다. 특히 내가 낳은 아이 셋과 함께 또 다른 나비의 꿈을 꿀 수 있어서 감사했다. 나는 2004년 동아일보 신춘문예에 동시가 당선되면서 일명 생계형 작가로 활동했다. 습작기에 장르 불문하고 즐겼던 자유로운 글쓰기는 결코 허투루 보낸 시간이 아니었다.

일간지 어린이동아에 '박예분 선생님의 글쓰기교실'을 연재했고, 문학관 · 도서관 · 학교에서 어린이와 어른들을 대상으로 문학 강연이 이어졌다.

동시집, 그림책, 동화책이 출간될 때마다 가슴에 기쁨의 열매를 안고 감사의 기도를 올렸다. 동시는 나에게 줄곧 '따뜻한 밥그릇'이 되어 주었다.

삶을 있는 그대로 수용할 수 있도록 무언의 힘을 주었고, 생을 좀 더 가치 있게 꾸려 갈 수 있도록 전폭적인 지지를 해 주었다.

동시는 내게 열린 마음을 갖게 했다. 먼저 오감을 동원하여 모든 사물에 관심을 갖게 했다. 자세히 보고, 깊이 생각하고, 새롭게 보게 했다. 사물을 생명이 있는 것처럼 대하고, 하찮고 작은 것들을 소중히 여기고, 마주하는 대상과 입장 바꿔 생각하고, 더불어 행복하게 사는 법을 자연스럽게 가르쳐 주었다. 사회 이슈에 대해 보이지 않는 이면의 것들을 들여다보며 시대와 소통하는 작가로 삶의 방향을 제시해 주었다. 이러한 일상의 새로운 발견은 큰 즐거움이고 기쁨이었다.

동시는 내게 끊임없이 과제를 주었다. 동아일보 신춘문예에 동시가 당선된 후 나는 교보문고 광화문점을 찾아간 적이 있다. 어떤 동시들이 아이들의 마음을 잘 읽어 주고 있는지 살펴보고 싶었다. 판매대에는 새로 나온 동화책들이 자리를 차지하고 앉아 있었다. 직원에게 물으니 화장실 가는 길목 구석을 가리켰다. 누어 개의 서가에 색 바랜 동시집들이 꽂혀 있었다. 그 순간 절로 한숨이 나왔다. 동시 써서 밥 먹고살 수 있을지 의문이 들었다. 앞길이 막막했다. 어떻게 해야 동시를 널리 알릴 수 있을까, 고민하지 않을 수 없었다. 가슴으로 낳은 내 새끼(동시)들이 아이들 품속으로 파고들어 뒹굴며 놀게 하고 싶었다. 그래서 아이들에게 외면받는 동시가 아니라, 아이들이 스스로 찾아서 읽는 동시를 쓰자고 다짐했다.

당시 한국동시문학회에서 전국 각 지역에 '동시 읽는 어머니 모임'을 결성하고 있었다. 동시를 통해 어른들에게 잃어버린 동심을 회복시켜 주고, 아이들에게 순수한 동심을 지켜 주자는 취지였다. 나는 집 근처에 있는 '전주 인후문화의 집'에서 윤이현 시인을 모시고 '전주 동시 읽는 어머니 모임'(2005)을 갖게 되었다. 동시를 읽는 어머니들은 아이들의 세계를 더욱 이해하게 되었고, 좋은 동시를 필사하여 가족은 물론이고 이웃에게 나누었다. 2011년 이준관 시인이 한국동시문학회 회장을 맡았을 때, '동시 읽는 어머니 모임'의 대상을 확대하여 '동시 읽는 모임'으로 바꾸었다. 나도 그해 '전주 동시 읽는 모임'을 '전북 동시 읽는 모임'으로 명칭을 바꾸고, 전라북도 교육청의 후원을 받아 제1회 '가족과 함께하는 동시화대회'를 개최하였다. 가족이 빙 둘러앉아 좋은 동시 한 편을 골라서 4절지에 옮겨 쓰고, 삽화를 그리고 동시화 작품을 만들면서 일어난 에피소드를 150자로 표현하며 가족애를 더욱 돈독히 하는 자리를 마련하였다. 동시를 무작정 낳기만 한 게 아니라, 동시가 제구실을 할 수 있도록 저변 확대에 힘썼다. 그 결과 동시는 나날이 날개를 달고 이웃과 동심을 나누었다.

　동시는 내게 언제나 '따뜻한 밥그릇'이 되어 주었다. 동시로 어린아이부터 구순의 어르신들까지 수용의 폭을 넓혀 마음을 열고 소통했다. 동시는 나를 더욱 나답게 당당하게 살게 해 주었다. 그에 보답하고자 나는 늘 다짐한다. 새로운 시각으로 세련되고 정제된 동시를 쓰고, 삶의 진정성과 감동을 느낄 수 있는 글을 쓰고, 무엇보다 어린이·청소년들의 마음을 어루만져 주는 글을 쓰고, 다소 어설픈 내 글이 어딘가에 부딪히고 깨지더라도 아무 일도 없었던 것처럼 다시 쓰고, 작가들끼리 돌려 읽는 작품이 아닌 독자들이 찾아서 읽는 글을 쓰고, 새로운 작가로 거듭나기 위해 상상의 날개 밑에 실험의 알, 긍정의 알, 포용의 알을 쉼 없이 품자고 조곤조곤 타이른다. 온몸에 피가 돌 듯 창조의 주체로서 시적 형상화에 문학적 깊이를 더하여 시작에 심혈을 기울이며 '밥값, 시값' 제대로 하는 동시를 쓰자고.

온도가 있는 시

　봄호 특집으로 보내온 박예분의 시 10편을 읽었다. 박예분 시인은 전북 임실에서 태어나 전북대학교에서 아동학, 우석대학교 대학원에서 문예창작학을 전공하였다. 2003년 『아동문예』 신인문학상으로 등단하여, 2004년 동아일보 신춘문예에 동시가 당선되어 현재 활발하게 작품 활동을 하는 중견이다. 동시집으로 「햇덩이 달덩이 빵 한 덩이」, 「엄마의 지갑에는」, 「안녕, 햄스터」가 있으며, 동화책 「이야기 할머니」, 「두루미를 품은 청자」, 「삼족오를 타고 고구려로」 외 여러 권이 있다. 역사 논픽션 「뿔난 바다」와 그림책 「피아골 아기 고래」, 「이순신의 작전이 궁금해」 외 여러 권이 있고, 글쓰기 교재로 「글 잘 쓰는 반딧불이」 시리즈를 출간한 바 있다. 2009년 한국문화예술위원회 문학창작지원금과 2014년 아르코문학창작기금을 수상했으며, 2017년 한국문화예술위원회 유망작가로 선정되었다. 현재 전북 동시 읽는 모임 회장, 한국동시문학회, 한국작가회의, 전북작가회의에서 활동하고 있다.

　보내온 여러 가지 자료를 보면서, 박예분 시인에게 아동문학은 곧 그의 분신이며, 생활 전부라는 생각이 든다. 그의 시에서 어렵지 않게 어린이만의 특유의 싱그러움과 훈훈함을 만날 수 있는데, 시인 스스로 어린이들의 생활에 들어가 많은 시간을 어린이들과 피부로 접촉하면서 어린이들의 내면세계를 연구하고, 어린이들을 위한 글쓰기에 열중해 온 결과라고 본다. 아울러 어린이를 위한 시는 박 시인의 시처럼 작품 속에서 어린이의 음성이 들리고, 어린이의 눈빛이 느껴지고, 어린이의 순수한 향기가 나야 한다는 확신이 선다. 그래야 동시의 1차적 독자인 어린이는 물론, 동심을 가진 어른들이 관심을 가지고 다가와 손을 내밀 것이기 때문이다.

〈솟대〉는 상징성이 강한 작품이다. 마을공동체 신앙의 하나로 음력 정월 대보름에 동제를 올릴 때 마을의 안녕과 수호, 풍농을 기원하는 것으로 마을 입구에 세우는 상징물이 바로 솟대다. 그리고 솟대 위의 새는 대개 나무로 깎아 만든 오리이지만, 일부 지방에서는 까마귀 · 기러기 · 갈매기 · 따오기 · 까치 등을 쓰기도 한다. 이 작품을 좀 더 깊이 들여다보면, 〈솟대〉는 어떤 화자가 어떤 청자에게 말하는 커뮤니케이션의 형태로 이루어졌다. 즉 솟대가 '나'라는 화자를 설정하여 말하도록 하는 1인칭 화자의 언술 방법을 택하고 있다. 1인칭 화자의 언술 방법이란 '나'가 이야기를 이끄는 화자이자 '나'가 이야기의 중심인물인 경우를 말한다. 즉 작품 속의 주인공이 자신의 이야기를 하는 경우로, 인물의 초점과 서술의 초점이 일치한다. 이때 '나'는 시인이 만들어 낸 허구의 인물이지만, 독자는 자신의 이야기를 털어놓는 듯한 '나'의 시점에 '나'의 존재를 실재하는 인물처럼 생각하고, '나'란 사람이 실제 경험했던 일이라고 믿기 때문에 독자에게 쉽게 친근감을 얻을 수 있는 장점이 있다. 따라서 〈솟대〉에서도 시인 자신의 직접적인 목소리가 아닌 허구화된 나의 목소리로 읽어야 한다. 화자인 솟대 '나'가 시의 문면

文面에 등장하여 청자인 바람에게 어부들을 위해 세게 불지 말라고 부탁하고, 비를 만나 농부들을 위해 너무 많이 내리지 말라고 부탁하고, 별을 만나 아이들 가슴마다 따뜻한 꿈 하나씩 품게 해 달라고 부탁함으로써 친근감을 느끼도록 한다. 이 시의 1연에서 '나는 나무 오리예요'라고 전제한 다음, 2연과 3연에서 솟대의 이미지를 구체화한 방법도 깔끔하다. 아울러 4·5·6연에서 보여 주고 있는 바람과 뱃사람, 비와 농사짓는 사람, 별과 아이들의 연결은 각각의 속성을 잘 살려 낸 성공적인 이미지 결합이다.

〈겨울 허수아비〉는 기·승·전·결의 4분법으로 구성되어 있으며 메시지가 뚜렷한 시다. 문학 형식에서 4분법은 가장 원만하고 안정적인 것을 추구하는 인간의식의 소산이기도 하다. 시 전체가 순수한 우리말로 쓰인 것도 주목할 일이다. 일차적인 독자가 어린이일 경우 난해한 시어나 사상은 시에서 제일 먼저 배제되어야 할 기본 요소들이다. 그렇다고 어울리지도 않는 유아어를 남발하거나 쉬운 말만 골라 쓴다고 해서 좋은 시가 빚어지는 것은 아니다. 박예분 시인은 이러한 동시의 특성을 살려 어린이의 심리나 정서에 맞추어 시어와 사상을 자연스럽게 시에 접맥하고 있다. 허수아비는 곡식의 낟알을 쪼아먹는 새나 곤충들을 쫓기 위해 논밭 한복판에 만들어 세워 놓는 사람 모양의 인형이다. 이것이 비유적으로 쓰일 때는 주어진 자리에서 제구실하지 못하고 자리만 차지하고 있는 존재를 가리킨다. 더구나 철이 지난 겨울 허수아비는 아무런 존재 가치가 없는, 그야말로 무의미하고 무용지물에 불과한 것이다. 겨울은 춥고 어두운 분위기이기 때문에 고난과 역경을 상징할 뿐 아니라, 한 해의 '끝남'이며 '죽음'을 뜻하기 때문에 겨울과 죽음은 동일시되기도 한다. 따라서 겨울 허수아비는 더 이상 존재할 가치가 없는 죽음의 허수아비다. 그러나 앞의 시에서 허수아비는 막중한 역할을 맡은, 사람 이상의 중요한 존재다. 시인은 겨울 허수아비에게 눈의 한가운데 서 있는 '알림판'으로 새로운 임무를 부여한다. 시인만이 할 수 있는 직권이다. 겨울 허수아비는 날아온 겨울새들에게 '이곳이/벼가 누렇게 익었던 곳이라고' 알려 주고, 2연에서 새들에게 '찾아보면/잘 여문 낟알들이 있을 거라고' 알려 준다. 먹이가 있는 곳을 가르쳐 주는 겨울 허수아비야말로 겨울새들에게 매우 중요한 존재다. 이처럼 무의미한 존재를 의미 있는 존재로 만들어 가는 것이 동심의 세계이기도 하다.

〈매미 허물〉은 매미의 껍질이라는 표상적 이미지를 통하여 인간이 동경하는 이상세계의 일면을 형상화한 것으로 생명력이 넘치는 시다. 엄마 나무와 아기 매미라는 전혀 이질적인 사물을 모자 관계로 묶어서 의인화한 점이 색다르다. 1연에서 나무의 수액을 먹고 자란 아기 매미를 '아기 매미 잘 자라라고/나무는 날마다 젖을 주었지요'라고 표현하고, 2연에서 아기 매미가 자라 우화羽化하면서 멀리 여행을 하고, 떠나기 전에 젖을 준 엄마 나무를 잊지 않기 위해 허물을 벗어 나뭇가지에 표시해 놓는다는 상상이 티 없이 맑고 순수하다. 실제 매미의 일생을 살펴보면 1주일 정도의 삶을 살기 위한 준비 기간이 참으로 길고 길다. 짝짓기한 암컷이 나무 틈에 산란관을 박고 알을 낳으면 그 알은 나무 틈에서 겨울을 난 뒤 여름에 깨어 나오며 애벌레는 땅속의 나무뿌리에 붙어 6년 정도 보내는 인고의 세월을 보낸다. 굼벵이로 몸집을 키워 때가 되면 땅 밖으로 기어나와 나무나 풀에 올라 우화羽化를 거쳐 매미가 된다.

그리고 1주일 정도 나뭇진을 빨아먹으며 살다가 교미를 한 뒤 알을 낳고 나면 껍질이 되어 죽는다고 한다. 박 시인이 이런 길고 긴 매미의 일생을 3연 6행 속에 함축시킨 것은 놀라운 일이다.

〈꼼지락 톡톡〉은 시인의 눈에 비치는 현상을 평범한 일상적 언어로 스케치한 작품이다. 가족들이 거실에 둘러앉아 발가락으로 피부를 접촉하면서 나누고 있는 가족애를 형상화하였다. 특히 발가락을 의인화하여 가족들이 맨발로 둘러앉아 이야기를 나누고, 만져 주고, 톡톡 건드림으로써 마치 발가락이 사람들처럼 이야기하고 행동하도록 시도한 점이 흥미롭다. 이는 때묻지 않은 동심에서 우러나온 것으로 동시를 쓰는 데 중요한 역할을 한다. 시 전체가 마치 동영상을 보듯 리얼한 까닭은, 둘러앉고, 쭉 뻗고, 만져 주고, 건드리고, 이야기를 나누는 등의 역동적인 시어들이 연속적으로 시적 분위기를 고조시키고 있기 때문이다. 시인은 이 작품의 첫 연과 마지막 연에서 '맨발'이라는 시어를 사용하고 있는데, 맨발은 인간적인 기쁨과 슬픔, 고통을 이해하는 격의 없는 사이를 지칭할 때 쓰이는 것으로 '친근함'을 상징하는 것으로 읽어야 한다. 아울러 '맨발'이 1연의 '식구들', 마지막 연의 '우리 가족'과 짝을 이루면서 가족 간의 사랑을 극대화한 점도 주목해야 한다. 특히 이 시의 주체가 발가락이라는 사실을 부각시켜 '오손도손 이야기 나눈다'가 아니라, '꼼지락꼼지락 이야기 나눈다'고 표현한 것은 훌륭한 비유다.

〈안녕, 햄스터〉는 일종의 모놀로그*monolog* 성격의 시로 볼 수 있다. 반려동물인 햄스터의 죽음을 놓고 화자 혼자서 말하고 있는 형식을 취하고 있기 때문이다. 1연에서는 죽은 햄스터를 모과나무 아래 묻고 북받치는 감정을 조금도 숨기지 않고 그대로 노출시키고 있다.

그리고 18개월 동안 함께 지냈던 햄스터의 죽음을 통해 '죽음'은 예고 없이 일어나기에 항상 관심을 가져야 한다는 메시지를 '잘 가라고 인사도 못해'라는 가장 평범한 언어로 전해 주고 있다. 2연은 1연의 결과에 대한 원인을 밝힌 부분으로 일종의 후회이며 반성하는 글이다. 잘못한 일에 대해 시간이 지나고 난 뒤에 잘못을 깨닫고 반성하는 것이 '후회'다. 햄스터가 밤새도록 아파서 혼자 끙끙 앓는 것도 모르고, 학원 다니기에 바빠 방학 때 많이 놀아 주지 못한 것이 결국은 햄스터를 죽게 했다는 사실을 뒤늦게야 깨달은 것 자체는 분명히 후회다. 후회는 대부분 보통 과거의 어떤 선택 때문에 일어나며 '그때 만약 이렇게 했더라면'이라는 생각이 머릿속을 휩쓸고 지나가기 마련이다. 따라서 〈안녕, 햄스터〉는 후회의 본질을 어린이의 수준에서 가장 효과적으로 형상화한 작품이다. 시간적 순서에 따라 연을 배열한다면 일반적으로 2연을 앞에 놓고 1연을 뒤로 보내야 한다. 2연은 과거에 있었던 일이고 1연은 현재 전개되고 있는 상황들을 나열하고 있기 때문이다. 그런데 시인은 전체적인 시의 구성을 과거→현재의 배열이 아니라, 현재→과거로 역순 배열함으로써 시간적 흐름을 일탈하고 있다. 평범하고 일상적인 상황을 시로 형상화할 경우, 흥미를 도출시키는데 효과적 방법 가운데 하나다.

〈딱 한 사람〉은 인간이 살아가는데 신뢰감이 얼마나 중요한가를 구체적인 사례를 들어 형상화하고 있다. 1·2·3연에서 화자는 친구들로부터 불신당했던 사례들을 '믿지 않았다→절대로 믿지 않았다→도무지 믿지 않았다'라는 형식으로 부정의 강도를 높여 가고 있다. 이른바 '절대로'와 '도무지'라는 부사를 '않았다'는 부정어와 결합하여 불신에 대한 감정을 최고조에 이르게 하고 있는 것이다.

그런 다음, 4연에서 뒤의 내용이 앞의 내용과 대립할 때 쓰는 연결부사 '그런데'를 사용하여 부정적인 상황들을 긍정적인 것으로 반전시키면서 '딱 한 사람'이라는 주제어를 부각한 점이 이채롭다. 사람과의 만남에서 가장 중요한 것은 신뢰감이라는 진리를 가르쳐주는 교훈적인 시다. 다만 이 시를 읽으면서 젠투펭귄과 악수하는 행위, 혹등고래와 바다를 누비는 일, 물개와 입맞춤을 하는 행위가 각 동물의 특성과 어떤 유사성을 가졌는지 분명하게 이미지화했더라면 시가 더욱 빛나리라는 생각을 해 본다.

〈엄마의 지갑에는〉 어린이의 심리를 잘 포착한 시다. 모든 인간은 천성적으로 알고 싶어 하는 본능을 가지고 있다. 이 시는 화자인 어린이가 엄마의 두툼한 지갑에 돈이 얼마나 들어 있을까 몹시 궁금해하는 전반부와 어느 날 마침내 지갑을 열어 보고 알게 된 사실들을 꾸밈없이 묘사한 후반부로 구성되어 있다. 평소 궁금하게 생각했던 문제들을 어린이 심리에 맞게 해결해 가는 과정이 자연스럽다. 시인은 호기심이 아무리 강해도 그걸 실천할 용기가 없으면 호기심은 없는 것이나 마찬가지라는 사실과 사랑은 물질적인 것이 아니라 정신적인 것임을 엄마의 지갑 속에 들어 있는 천 원짜리 두 장과 가족들의 사진을 통해 가르쳐 주고 있다. 엄마의 지갑은 물질적인 것을 상징하지만 그 속에 들어 있는 가족들의 사진은 정신적인 사랑을 의미하는 것이다. 이런 측면에서 볼 때, 〈엄마의 지갑에는〉은 물질보다 사랑이 더 중요함을 깨닫게 하는 알레고리 시로 볼 수 있다. 일반적으로 알레고리는 인물, 행위, 배경 등이 일차적 의미(表面的 意味)와 이차적 의미(裏面的 意味)를 모두 가지도록 고안된 이야기다. 예를 들어 「이솝우화」와 같은 동물 우화는 일차적으로는 동물 세계를 보여 주지만, 그 이면을 들여다보면 인간세계에 대한 풍자와 교훈을 담고 있는 것과 같다. 아울러 박예분 시인이 전반부와 후반부를 분명하게 구분 짓는 역할로 이 시의 가장 중간 되는 위치에 감탄사 '에계계'를 한 행으로 처리하여 상황을 반전시 키고 있는 점에 주목해 볼 일이다.

〈그런데 칭찬〉은 '그런데'라는 부사와 '칭찬'이라는 명사를 합성 하여 재미있고 독창적인 제목을 빚어낸 것이다. 시의 본질이 창 조성에 있듯이 제목도 창조적이어야 한다. 바꾸어 말하면 제목부 터 상상력이 구사된 제목이며 이미지화된 제목이라는 의미다. 시 의 제목은 넥타이와 같고 여인의 스카프와 같다고 했다. 넥타이와 스카프는 외모를 돋보이게 할 뿐 아니라 그의 인격과 교양과 매력 을 동반하는 것이기 때문이다. '그런데'라는 부사는 화제話題를 앞 의 내용과 관련시키면서 다른 방향으로 이끌어 나갈 때 쓰는 접속 부사다. 시의 구조를 보면 1연부터 4연까지 모두가 동일하다. 각 연이 2행으로 구성되어 있는데, 연의 첫 행에서 칭찬하는 말을 해 놓고 둘째 행의 첫 부분은 모두 '그런데'라는 부사로 시작하고 있 다. 예를 들어 '수학 시험을 잘 봤구나/그런데 이렇게 쉬운 문제를 틀리면 어떡해?'와 같은 서술방식으로 일관하고 있어서 경우에 따 라 단조로움을 느낄 수 있다. 그러나 시의 내용을 깊이 있게 읽어 가다 보면 이와 같은 구조가 시인이 의도하고자 하는 주제를 담기 에 적합한 기법이라는 것을 알 수 있다. 그리고 이 작품에서 시인 이 인간의 심리적 양면성을 각 연의 행 배열을 통해 시각화하려는 의도적 전략도 미루어 볼 수 있는데, 이는 단조로운 구조라기보다 오히려 아이러니하고 복합적인 구조로 읽어야 한다. 인간의 양면성이란 심리학적으로 양가감정*ambivalent feeling*에서 기인한다고 보는데, 이 개념은 상반되는 가치를 지닌 감정들이 마음 안에서 갈등하고 있는 형태지만 이러한 양면적인 모습이 상황에 따라 다르게 나타나는 것이다. 전문적인 용어를 빌린다면, 〈딱 한 사람〉은 겉으로 나타나는 의미와 속뜻이 다른 아이러니 가운데 낭만적 아이러니에 속하는 작품으로 심리직인 부분을 동심의 시각에서 잘 형상화했다고 볼 수 있다. 시의 화자가 어떤 상황에서 칭찬하며 낭만적인 분위기로 나가다가 '그런데'라는 부사를 시점으로 돌연 다른 어조로 설명을 바꿔 상황을 말하고 있기 때문이다.

〈덩이〉는 리듬이 잘 살아 있는 시다. 특히 1연은 3음절 내지 4음절의 명사형 시어 12개가 아무런 수식이나 서술 없이 3개씩 4행으로 나뉘어 무질서하게 열거되고 있어서 딱딱하고 건조한 느낌이 드는 게 사실이다. 그러나 형태상으로 음절수가 비슷한 시어끼리 묶어 행을 배열하고, '흙'을 비롯한 12개의 명사 뒤에 '덩이'를 붙여 3·4조의 전통적 리듬을 살려 냄으로써 전체적 이미지를 흥겹고 역동적으로 변화시킨 점이 돋보인다. 사실 1연에서 12개의 덩이들은 '작게 뭉쳐서 이루어진 것'으로 각자 하는 일이 다르다는 것이외에 특별한 의미가 없다. 다만 이러한 형식의 반복은 리듬의 효율성을 높이기 위한 것으로 읽으면 된다. 그러나 3연은 단순히 시어의 나열이 아니라, 시인의 깊은 사상과 의미가 들어 있다는 점에서 앞부분과 다른 시각으로 읽어야 한다. 우선 1·2연의 화자가 객관적인 관점에서 이야기하는 반면, 3연에서는 화자가 '나'라는 주관적 관점에서 이야기하는 점이 다르다. 1·2연의 화자가 정적이고 미온적이지만, 3연의 화자는 동적이고 적극적이다. 화자가 '나는 총소리 울리는/저 바다 건너/배고픈 아이들 배를 불리는/빵 한 덩이 되고 싶다'고 자신의 의지를 분명히 밝힘으로써 1연에 열거한 다른 12개의 덩이와 역할이 다르다는 것을 강조하고 있다. 박예분 시인이 이 시의 3연에서 주제가 되는 '사랑'을 겉으로 드러내지 않고 은유적으로 묘사한 점이 돋보인다.

〈시소 놀이〉는 상황에 따른 인간의 심리적 변화를 시소 놀이에 비유한 작품이다. 이 시의 화자는 반장선거에 입후보한 두 사람 중의 하나다. 칠판에 득표수를 표시해 나갈 때마다 오르락내리락하는 감정의 변화를 시소 놀이에 비유하여 사실적으로 묘사한 점이 이채롭다. 특히 '하얀 칠판에/바를 정(正)자 획이 그어질 때마다/내 마음은 시소를 탄다'고 한 비유가 탁월하다. 이어서 '김기린, 하고 내 이름을 부르면/하늘 높이 붕 뜨고//박인봉, 하고 친구 이름 부르면/쾅, 엉덩방아 찧는다'고 비유한 것 또한 어린이의 내면 심리를 날카롭게 파헤친 부분으로 높이 평가할 만하다. 시는 존재를 설명하는 것이 아니라 존재를 드러내는 창조적 작업이기 때문에 필연적으로 언어의 감각화나 형상화가 요구되며, 이러한 시적 창조를 위하여 시는 비유적 이미지를 선택한다는 걸 박 시인은 〈시소 놀이〉에서 재확인시켜 주고 있다.

박예분 시인은 어린이를 위한 시가 무엇인지 알고 쓰는 시인이다. 그는 어린이들의 일상생활 속에서 소재를 찾아 평범한 우리말로 알기 쉽게 시를 쓰고 있어서 겉으로 보기에 쉽고 가벼운 시로 보일 수 있지만 읽을수록 맛이 나고 그 속에 깊은 의미가 담겨 있는 것을 발견할 수 있다. 동시는 동심적 심상에 비쳐진 감각체험의 재현이다. 특히 성인들이 동시를 쓸 때, 동심 세계의 형상화가 이루어지려면 어린이의 실제 생활 속으로 파고들어가 항상 그들을 관찰하면서 상상적 체험을 얻어내지 않으면 안 된다.

또한 박 시인의 시에서 규칙적인 행과 연의 배열을 발견할 수 있는데, 이는 곧 동시에서 리듬이 얼마나 중요한 것인가를 보여 주는 부분이다. 〈겨울 허수아비〉, 〈매미 허물〉, 〈딱 한 사람〉, 〈엄마의 지갑에는〉, 〈그런데 칭찬〉에서는 각 연을 모두 2행으로 배열하고, 〈안녕, 햄스터〉는 각 연을 5행으로 배열하는 등 규칙적인 행의 배열은 곧 시의 리듬과 밀접한 관계가 있음을 시사하고 있다. 기타 〈솟대〉, 〈꼼지락 톡톡〉, 〈덩이〉, 〈시소 놀이〉도 외형상 불규칙적으로 보이지만 내재율로 인해서 다른 시 못지않게 리듬이 살아 있는 것을 알 수 있다. 성인들의 시와 다르게 어린이를 위한 시일수록 음악성이 있어야 한다. 자신 있는 리듬감, 자연스러운 운율을 느낄 때 어린이는 친밀함과 재미를 갖고 시에 접근하기 때문이다.

앞으로 어린이의 지각을 일깨워 주는 시, 햇살처럼 어둠을 환히 밝혀 주는 동시를 많이 써서 이 세상 모든 어린이에게 큰 꿈을 안겨 주기를 바라며, 박예분 시인에게 박수를 보낸다.

박예분

1964년 전북 임실 출생, 전북대학교와 우석대학교 대학원 졸업, 동아일보 신춘문예 당선, 『아동문예』 문학상, 전북아동문학상, 아르코 문학창작기금에 2회 선정, 아르코 유망작가 선정, 세종나눔도서 선정, 올해의 좋은 동시집 수상, 서울지하철 스크린도어에 동시 3편 게시, 동시집 『햇덩이 달덩이 빵 한 덩이』, 『엄마의 지갑에는』, 『안녕, 햄스터』, 동화책 『부엉이 방귀를 찾아라』, 『이야기 할머니』, 『두루미를 품은 청자』, 『삼족오를 타고 고구려로』 외 다수, 역사 논픽션 『빨간 바다』, 그림책 『피아골 아기 고래』, 『우리 형』, 『달이의 신랑감은 누구일까?』 외 다수, 글쓰기 교재 『글 잘 쓰는 반딧불이』 시리즈 출간, 한국작가회의, 한국동시문학회, 한국아동문학회 회원, 전북아동문학회 회장 역임, 현재 스토리창작지원센터 대표. • yeboon@naver.com

조영수

| 대표작 |

나비의 지도

사회 시간
집에서 학교까지
지도 그리기를 했다

자연이만
큰 건물 대신
소곤대는 꽃들을 그려 놓았다

'은행' 자리엔
베고니아꽃을 소복
'흥부부동산' 자리엔
제비꽃을 소복
'술집' 자리엔
민들레꽃을 소복,

—나비가 찾아오는 지도를 그린 거예요.

빨랫줄

장마가 끝난 뒤
아빠와 이불을 널려고 하는데

이런이런

나팔꽃이
먼저
넝쿨손을 뻗어
젖은 분홍 꽃봉오리를 널어놓았다

이런이런

수세미가
먼저
넝쿨손을 뻗어
젖은 노랑 꽃을 널어놓았다.

살구나무 밥집

커다란
살구나무네 밥집 꽃문 열었다

맛있다~
벌 한 마리 먹고 가고

벌 세 마리 먹고 가고

벌 아홉 마리 먹고 가고

와글 와글 바글
바글와글와글 바글바글
와글와글바글 바글
와글와 글바글바글

—어쩌나, 민들레네 밥집 문 닫겠네.

마술

돼지 저금통이
마술을 부렸다

아프리카에 가서
염소 한 마리 되었다

배고픈
아이에게 젖 나눠 주는
젖엄마가 되었다.

고양이 의자

바닷가에서
아파트 모퉁이로 옮겨진
시무룩한 돌

얼룩덜룩 길고양이의
졸음을 앉힙니다
가릉가릉 가쁜 숨소리도 앉힙니다

파도 소리 대신
길고양이 가난함을 앉히는
의자가 되었습니다.

순서

밥 받으려고
줄 선
배고픈 나라 사람들

줄이 자꾸만 늘어나고
밥이 자꾸만 줄어들어도
어린이가 오면 끼워 주고
어린이가 오면 또 끼워 주고
어린이가 오면 또 끼워 주고

배고픔도 참으며
만들어 내는
착한 순서를 텔레비전에서 보았다.

새 이름

나는 김치 항아리
할머니의 할머니 때부터
얻은 이름이지요
김치냉장고에게 할일을 빼앗기고
놀란 입을 다물지 못했지요
앵두꽃잎이 놀러오고
햇살과 비도 들렀다 가고
할머니 발소리 언저리만 맴돌아도
무엇을 채울까
잊은 적 없지요
이가 빠지고 금이 가
감나무 밑으로 버려질 때
놀라 튀어 오른 귀뚜라미를
이때다, 꿀꺽 삼켰지요
입을 크게 벌려
귀뚤귀뚤귀뚜르
나는
―노래 항아리
새 이름을 얻었지요.

꽃요일

국회의사당이 있는 여의도에
수만 송이 벚꽃이
나무에 올라앉아 웃었습니다

구경 나온 사람들 속에
텔레비전에서 말싸움하던
국회의원이
싸움을 등뒤에 내려놓고,

꽃웃음을 쳐다보며 호호
찰칵찰칵 사진을 찍으며 하하
악수를 나누며 허허,

오늘은
대한민국 국회의원에게
벚꽃이 웃음을 가르친
꽃요일입니다.

탑

모난 돌
금간 돌
손을 든 돌

돌이 돌을 무등 타고 서 있다

비 맞고
바람 맞고
눈 맞으며
함께 나이를 먹는 돌

밀어내지 않고
투덜대지 않고
꽉 끌어안고

돌이 돌을 무등 타고 서 있다

그 앞에서
사람들이 고개를 숙인다.

꽃씨 설계도

꽃나무가
꽃씨의 설계도를 그립니다

향기방 다섯 개
꽃가루방 두 개
물감방 세 개
웃음방 일곱 개를 들이고
창문도 내었습니다

아, 깜빡했네
꽃씨도 울고 싶을 때가 있을 거야
눈물샘도 한 개 그려 넣었습니다

봄이면
꽃씨가 어디까지 만들어졌나
보고 싶어
벌 나비가 꽃을 들락날락할 겁니다.

'숨은 작가 집중조명'의 원고 청탁을 받고 새삼 나에게 동시란 무엇인가에 대해 골똘히 생각해 보게 되었습니다. 그 과정에서 나의 등단 소감이나 수상 소감 등을 다시 읽어 보며 현재의 생각도 그러한지 되짚어 보는 계기로 삼았습니다.

2006년 조선일보 신춘문예 당선 소감에는 '사탕을 만들고 싶다. 이슬 한 숟가락, 호기심 한 숟가락, 무지개 한 숟가락… 내 안을 통과한 갖가지 재료를 섞어 만든, 세상에 하나뿐인 사탕을, 어린이도 어른도 다 좋아할 만한 사탕을. 그 사탕을 먹으면 눈물 끝에 웃음이 나오는, 웃음 끝에 눈물이 나오는 동시라는 사탕을.'이라고 썼습니다.

2010년 오늘의 동시문학상 수상 소감에는 '제가 태어나서 가장 잘한 일 한 가지를 꼽으라면 두 아이를 낳고 기른 일입니다. 엄마가 된 일입니다. 아이를 위해 골고루 섭취한 음식이 제 몸에서 걸러져 최고의 음식인 젖이 되어 아이의 몸을 살찌웠다면 제 동시는 보이는 것과 보이지 않는 것에서 보고 듣고 느낀 모든 것들을 시인의 마음으로 걸러 어린이의 정신을 살찌우는 최고의 음식을 만드는 일이라고 생각합니다.'라고 했습니다.

2014년 자유문학상 수상 소감에는 '꿈으로 가는 길에서 만나는 기쁨과 슬픔을 에두르지 않고 직시하며 자음과 모음으로 받아 적겠습니다. 대상에 대한 가장 적확한 의미를 찾아내기 위해 노력하겠습니다. 그 의미에 인간의 근원적인 순수한 마음인 동심을 담은 언어의 절 한 채 짓는 일로 수상에 보답하겠습니다. 그리고 제 꿈에 대해 예의를 다하겠습니다.'라고 적었습니다.

제가 쓴 글을 읽으면서 동시에 관한 생각은 여전히 변함없음을 알았습니다. '눈물 끝에 웃음이 나오는, 웃음 끝에 눈물이 나오는' 동시를 추구하며, '어린이의 정신을 살찌우는 모유와 같은' 동시를 지향하며, '인간의 근원적인 순수한 마음인 동심을 담은 언어의 절한 채 짓는 일'은 지금도 간절한 제 꿈임을 확인합니다.

꿈으로 가는 길은 아직 아득합니다. 이 길에서 만나는 동시는 어느 순간 무지개처럼 불쑥 오기도 하고, 조각 천을 모으고 모아서 잇대고 잇댄 조각보처럼 느리게 오기도 하고, 한눈을 팔면 스쳐지나가기도 합니다. 그걸 알면서도 동시 쓰기에 많이 게을렀습니다. 제 꿈에 예의를 다하지 못했습니다.

제 딸이 늦은 나이에 첫아기를 가졌습니다. 병원에서 찍은 아기의 초음파 사진을 받던 날부터 저는 새로 태어날 아기를 위해 기도하는 마음으로 동시 한 편을 썼습니다. '초음파로 찍은 엄마 뱃속 사진/둥그런 씨방에 하얀 점 하나/그게/아기씨란다/나 박하나의 시작점이었단다//열 달 동안/ 엄마가 꽃향기 맡으면/나도 온몸으로 맡고/밥 먹으면/꽃봉오리처럼 살이 올랐단다//엄마와 나의/보고 싶은 마음이 다 자란 날/있는 힘 다해 씨방 문을 열었단다, 까꿍!' 〈점 하나〉 전문입니다. 이 시를 밤을 새워 쓰면서 동시의 주 독자인 어린이가 얼마나 소중한지를 다시 생각했습니다. 덜컥 겁이 났습니다. 어린이의 몸과 정신을 살찌우는 모유와 같은 동시를 있는 힘 다해 써 보자고 마음을 다잡았습니다.

동시는 어린이가 주 독자이므로 단순 소박 명쾌해야 하며, 동시집 세 권을 내기 전에는 아직 신인이라는 박두순 선생님의 말을 곱

씁습니다. 곧 나올 새 동시집이 이전의 동시집에 비해 기본을 중시
하면서도 새롭게 씌어졌는지를 되새김질해 보겠습니다. 그리고 제
꿈으로 가는 길에 동시를 쓰면서 혹시라도 들어갔을 필요 이상의
힘을 경계할 것입니다. 손끝이 아닌 지극한 마음으로 사람과 자연
이 어우러진 동시를 쓰겠습니다. 제 꿈인 누구나 공감하고 감동할
수 있는, 동심을 담은 언어의 절 한 채 짓는 일과 끝까지 손을 놓지
않겠습니다.

| 나는 이렇게 읽었다 · 유창근 |

아름다운 메타포

'숨은 작가 집중조명' 10회째로 조영수 시인이 보내온 작품을 읽
었다. 조영수 시인은 1959년 대전에서 태어나 2000년 계간 『자유문
학』에 시, 2006년 조선일보 신춘문예에 동시가 당선되어 문단에 나
왔다. 그동안 시집 「행복하세요?」^(2007, 문학과 문화), 동시집 「나비의 지
도」^(2009, 문학과 문화) 등을 펴냈고, 문학적 성과를 인정받아 '오늘의 동
시문학상', '자유문학상'을 수상했으며, 2018년 아르코창작지원금
을 받았다. 현재 한국동시문학회 이사, 예버덩문학의집 운영위원,
미래동시 모임 회원으로 활동하면서 꾸준히 무게 있는 시와 동시
를 발표하고 있다.

인간의 관념 세계는 수많은 개념으로 이루어졌고, 그 개념들의 대부분은 은유로 되어 있다. 따라서 인간은 어떤 은유를, 어떤 비전을, 어떤 시어를 가지고 사느냐에 따라서 삶의 내용이 달라진다고 한다. 은유의 속성 가운데 하나가 자기달성예언을 이루는 힘이라고 전제할 때, 인생을 고해나 비극으로 단정하는 은유의 방식을 택할 것인가, 아니면 세상을 사랑하고 감사하며 긍정적으로 바라보는 은유의 방식을 택할 것인가의 문제는 대단히 중요하다. 특히 1차적인 독자가 어린이일 경우, 꿈과 사랑과 희망을 안겨 주는 주제와 시정신이 담겨 있지 않으면 곤란하다.

먼저 조영수 시인의 〈나비의 지도〉를 읽었다. 그의 첫 번째 동시집 표제가 된 자연 친화적인 시로, 집에서 학교까지의 지도를 그리는 상황이 비교적 상세하게 묘사되어 있다. 다른 어린이들은 큰 건물을 중심으로 지도를 그리고 있는데, 유독 '자연'이라는 어린이는 건물 대신 소복소복 꽃들을 그려서 나비가 찾아오기 좋도록 지도를 그린다는 발상이 신선하다. 여기서 은행, 부동산, 술집 등 건물은 현대 물질문명의 상징이고, 베고니아꽃, 제비꽃, 민들레꽃은 대자연의 상징물들이다. 시인이 집에서 학교까지 가는 길의 지도를 사람 중심의 건물로 표시하지 않고, 나비 중심의 꽃으로 표시한 데는 '자연애호'라는 사랑의 의미가 함축되어 있다. 이런 시정신이 곧 〈나비의 지도〉를 개성 있는 작품으로 형상화하는 데 성공했다고 본다. 특히 이 시의 3연에서 '베고니아-은행', '제비꽃-흥부부동산', '민들레-술집'의 결합에 주목해 볼 필요가 있는데, 그 가운데 제비꽃과 흥부부동산을 하나로 묶은 것은 제비와 흥부 이야기를 이미지화한 것으로 지극히 자연스럽다. 또한, 이 시에 등장하는 인물의 이름을 '자연'이라고 작명한 것도 시적 주제와 잘 어울린다. 아울러 마지막을 '-나비가 찾아오는 지도를 그린 거예요.'라고 군더더기 없이 단 한 행으로 처리한 것도 깔끔하고 명쾌하다.

〈빨랫줄〉은 나팔꽃과 수세미의 특성을 잘 살려 의인화한 점이 돋보인다. 장마가 끝난 뒤 빨랫줄에 이불을 널러 갔다가 나팔꽃이 먼저 빨랫줄에 '젖은 분홍 꽃봉오리'를 널고, 수세미가 '젖은 노랑 꽃'을 널었다고 식물에 지나지 않은 나팔꽃과 수세미를 인격화하고 있어서 친근감이 느껴진다. 그리고 시인이 나팔꽃의 분홍 꽃봉오리와 수세미의 노랑꽃 앞에 굳이 '젖은'이라는 수식어를 덧붙여 빨랫줄이 젖은 것들을 건조하는 데 사용하는 것임을 강조한 점도 눈여겨볼 일이다. '젖은' 꽃이 아니라면 빨랫줄에 널어놓을 이유가 없다는 타당성을 함축하고 있다. 그리고 시인이 '이런이런'이라는 감탄사를 2연과 4연 두 곳에서 독립된 한 개의 연으로 사용하여 긴장감을 주고 있는 점도 눈여겨볼 일이다. '이런이런'은 뜻밖에 놀라운 일이나 딱한 일을 보거나 들었을 때 하는 말이다. 이 경우 '이런이런'은 리듬을 만들어 흥미를 유발하려는 의미도 있겠지만 긴장감을 주는데 강력한 장치로 사용되고 있다. 빨랫줄에 이불을 널려고 갔는데 생각지도 않게 빨랫줄에 나팔꽃이 넝쿨손을 뻗어 먼저 분홍 꽃봉오리를 널어놓고, 수세미가 넝쿨손을 뻗어 젖은 노랑 꽃을 널어놓은 상황은 예사로운 상황이 아니다. 그야말로 뜻밖의 놀라운 일들이 벌어진 것이다. 그럴 때 순간적으로 나오는 말이 '이런이런'이다. 적재적소에 꼭 필요한 시어를 잘 선택했고, 어린이의 수준이나 심리에 맞게 이미지를 감각화한 점이 돋보인다. 사실 이 시에 나오는 나팔꽃이나 수세미는 매우 막연한 이미지다. 그러나 '넝쿨손을 뻗어 젖은 분홍 꽃봉오리를 널어놓았다'거나, '젖은 노랑 꽃을 널어놓았다'는 행위와 결합함으로써 이미지를 보다 감각적이고 충동적인 것으로 변화시킨 것을 알 수 있다. 또한 명사형 이미지보다 동사형 이미지를, 동사형 이미지 중에서도 특히 인체의 기관이나 근육의 동작을 나타내는 동사형 이미지를 사용했을 때 감동적 기능을 발휘하는데 더욱 효과적임을 보여주고 있다. 끝으로 이 시의 2연과 4연에서 두 차례나 1행을 1연으로 구성하고 있는 것은 등가성의 원리를 최대한으로 잘 활용한 경우다.

〈살구나무 밥집〉은 일상적인 시어들을 사용하고 있지만 감각적이면서도 신선함을 주는 구성방법이 눈길을 끈다. 살구나무네 밥집 꽃문을 연 것이나, 벌들이 찾아와서 맛있다고 먹고 가는 일, 벌떼가 몰려와 복잡해진 상황이나, 민들레네 밥집 문 닫겠다고 걱정하는 것은 인위적이고 추상적인 세계가 아니라 가장 원초적이고 감각적인 이미지의 세계다. 살구나무는 꽃이 피면 화사하고 향기가 있어서 많은 벌이 찾아와 북새통을 이루지만, 길가에 소박하게 피어 있는 민들레는 어쩌다 지나가는 벌이 잠깐 머물다 가는 초라한 존재다. 그 모습을 시인은 '살구나무네 밥집'과 '민들레네 밥집'으로 비유하고 있다. 우리 주변에서 흔히 볼 수 있는 대형 식당과 그 옆의 구멍가게 식당을 순수한 동심의 시각으로 대비시킨 점이 새롭다. 아울러 시의 마지막을 '—어쩌나, 민들레네 밥집 문 닫겠네'라고 걱정하는 동심이 순수하다. 이 시는 또한 행의 배열에 특별한 의미를 부여하고 있다. 형태면에서 6연 11행의 시로 구성되어 있는데 3행·4행·6행을 보면, 한 행을 1연으로 구성하면서 등가성의 원리를 효과적으로 잘 활용하고 있다. 특히 5연의 행 배열은 시각적 이미지를 통해 무질서의 형태를 보여 주고 있는데, 때에 따라서 기발한 발상과 형식적 파괴, 일탈 등은 독자에게 강렬한 깨우침과 충격을 주기도 한다. 그리고 활자를 무질서하게 배열하여 한꺼번에 많은 벌이 모여들어 혼란스럽게 꿀을 따고 있는 형태를 회화화한 점이 돋보인다. 이미지가 단순히 의미를 해설하고 전달하는 지시적 기능이 아니라 기존의 어법이나 상식을 파기하고 언어를 감각화하여 정서를 환기하는데 최대한의 관심을 기울이게 한다. 이럴 때 감정의 섬세한 맛은 물론 일상적인 사물을 갑자기 놀라움으로 발견하게 되는 신선감, 강렬성까지 맛볼 수 있다. 특히 이 시의 5연은 띄어쓰기가 잘못되지 않았는지 오해할 정도로 글자 배열이 혼란스러운데, 살구나무에 벌떼들이 한꺼번에 떼를 지어 날아와 와글와글 바글바글 자리다툼을 하는 모습을 상상한다면 그곳에서 질서를 찾는다는 것은 무의미한 일임을 깨닫게 될 것이다. 5연의 행 배열은 그야말로 기발한 착상에서 창조된 행의 배열이다. 시의 마지막을 '―어쩌나, 민들레네 밥집 문 닫겠네'라고 마무리하여 순수한 동심과 신선한 이미지를 보여 준 것도 깔끔하다.

〈마술〉은 '아프리카에 빨간 염소 보내기' 캠페인을 모티브로 한 시다. 돼지 저금통이라는 무생물체가 사람처럼 마술을 부린다는 화두가 긴장감을 갖게 한다. 돼지 저금통에 모아 놓은 푼돈이 아프리카에 가서 한 마리 염소가 되고, 배고픈 아이에게 젖을 제공하는 젖엄마로 변신한다는 상상이 구체적이고 감각적이다. 돼지

321

저금통의 푼돈이 2연에서 '염소'로, 3연에서는 '젖엄마'로 사용된다는 사실을 시각화하고 구체화하면서 마술이라는 추상적인 개념을 성공적으로 형상화한 수작秀作이다. 이 캠페인은 아프리카 어린이 가정에 염소를 보내 지속적인 생계를 지원하자는 취지에서 세이브 더 칠드런save the children이라는 한 단체가 2010년에 시작한 운동인데, 아프리카 어린이들이 더 이상 굶주리지 않을 수 있는 근본적인 방법을 그곳 주민들과 함께 고민하던 끝에 일회용 지원이 아니라, 생활에 도움이 되는 근본적 대책으로 '빨간 염소 보내기' 캠페인을 벌이기 시작한 것으로 알고 있다. 염소는 생존력이 강하고 번식력이 좋아 1년에 3~4마리를 낳기 때문에 순식간에 마릿수가 많이 불어나 생계를 이어 가는 데 크게 도움이 될 뿐 아니라, 하루에 최대 4ℓ를 아이들에게 제공할 수 있는 염소젖은 영양 부족을 해결할 수 있어서 근본적인 빈곤을 해결하기에 큰 효과가 있다는 것이다. 이런 의미에서, 〈마술〉은 아프리카의 어린이들에게는 꿈을 심어 주고, 우리 어린이들에게는 사랑을 배우게 하는 의미 있는 작품이라고 판단된다. 앞으로 이 같은 시들이 많이 발표되었으면 좋겠다.

〈고양이 의자〉는 고양이와 돌의 특성이 잘 살아 있는 시다. 바닷가에 있던 돌이 아파트로 옮겨지면서 갑자기 돌의 용도가 파도의 의자에서 고양이의 의자로 바뀌는 상황을 세밀하게 스케치하고 있다. 특히 의자의 기능을 강조하기 위해 '졸음을 앉힙니다', '숨소리도 앉힙니다', '가난함을 앉히는' 등 세 차례에 걸쳐 '앉히다'는 동사를 반복하여 사용하고 있다. 2연에서 화자는 바닷가에서 옮겨 온 돌을 길고양이의 졸음을 앉히고, 가쁜 숨을 앉히는 평화로운 의자로 묘사하고 있다. 고양이는 원래 야행성이며 잠이 많은 동물로, 따뜻한 햇볕 아래 홀로 낮잠을 자거나 창밖을 구경하는 등 혼자만의 여유를 즐기는 데에 익숙한 동물이라는 특성을 개성 있게 형상화하고 있다. 전반부에서 고양이의 졸음을 앉히고 숨소리를 앉히던 돌이 3연에서 갑자기 길고양이의 가난함을 앉히는 의자로 바뀌면서 의미상의 거리가 형성된다. 이때 전반부의 '졸음', '숨소리'와 후반부의 '가난함' 사이에는 전혀 이질적인 상상적 공간이 형성되고, 이런 긴장이나 거리는 마침내 강한 정서적 환기를 일으킨다. 이런 시점에서 〈고양이 의자〉는 시적인 성공을 거두었다는 판단이 선다. 우리 주변에서 흔히 빚어지는 장면의 한순간을 현장감 있게 사실적으로 잘 표현하고 있다.

〈순서〉는 텔레비전에서 가난한 나라 사람들이 밥을 타기 위해 줄 서 있는 장면을 보고 거기서 소재를 얻어 쓴 시다. 평범하지만 대단히 논리적이고 주제가 분명한 시다. 〈순서〉라는 제목이 암시하듯 서론·본론·결론이 분명한 시다. 시인은 먼저 1연에서 배고픈 나라 사람들이 밥을 받으려고 길게 줄 서 있다는 사실을 아무런 수식 없이 평범한 언어로 구사하고 있다. 그러다가 2연에서 갑자기 구체적이고, 역동적인 상황으로 바꾸어 놓는다. 긴장감을 주는 구성이 생소하지만 이른바 '낯설게 하기'에서 느낄 수 있는 신선함을 느끼게 한다. '줄이 자꾸만 늘어나고/밥이 자꾸만 줄어들어도'에서 서로 상대적인 의미를 대칭시켜 위기의식을 조성한 뒤, '밥이 자꾸만 줄어들어도/어린이가 오면 끼워 주고/어린이가 오면 또 끼워 주고/어린이가 오면 또 끼워 주고'라는 반복된 표현으로 초조감이나 긴장감을 고조시키고 있다. 한편 밥을 타려고 긴 줄에 서서 애타게 자기 순서를 기다리다가도 어린이가 오면 아무런 불평 없이 어린이를 끼워 주고 또 끼워 주는 어른들의 모습에서 무질서 속의 질서, 빈곤 속의 여유를 찾을 수 있으며, 훈훈한 인간미까지 느끼도록 전개하고 있는 과정이 감동적이다. 그리고 이 시에서 '어린이'라는 말을 연거푸 세 차례나 반복적으로 사용하여 의도적으로 어린이의 존재를 부각함과 동시에, 규칙적인 리듬으로 어린이의 흥미를 유발한 점, 전래 동화에서 흔히 볼 수 있는 '같은 말 세 차례 반복하기' 형태를 시에 도입한 실험정신이 돋보인다. 시인이 3연에서 앞에 일어난 상황들이 결국 '배고픔도 참으며/만들어 내는/착한 순서'라고 결론을 내린 점도 순수하고 인간적이다.

〈새 이름〉은 '나는 김치 항아리'로 시작하여 '나는 노래 항아리'로 끝맺음한 1인칭 시점의 의인화 시다. 특히 19행이나 되는 시 전체를 한 연으로 구성하여 속도감을 주고 있는 점에 주목할 필요가 있다. 김치냉장고에 할일을 빼앗긴 김치 항아리가 순식간에 노래 항아리로 변신한 모습을 신속하게 알려 주고자 하는 시인의 의도를 읽을 수 있다. 아울러 비어 있던 김치 항아리가 감나무 밑에 버려지는 순간 기쁨의 노래 항아리로 거듭나는 흥분이나 감격스러움을 그대로 전하려는 심리도 읽을 수 있다. 대체로 화자가 주인공이 되는 1인칭 주인공 시점의 시는 〈새 이름〉에서 보다시피 주인공이 직접 자신의 이야기를 전달하기 때문에 주인공의 심리를 정밀하게 표현할 수 있고, 독자에게 친근감과 신뢰감을 준다는 면에서 효과적이다. 아울러 차분한 고백체의 목소리로 독자들에게 자신을 들여다보는 계기를 만들어 주고 있다는 점에서도 우리에게 시사해 주는 바가 크다.

〈꽃요일〉은 제목도 신선하고 벚꽃을 의인화한 점이 인상적이다. 인간이 아닌 생물이나 무생물, 그리고 추상적인 개념까지도 인간 또는 인간의 행위로 표현할 때 어린이는 훨씬 더 흥미를 갖는다. 어린이들은 의인화된 작품을 읽으며 현실의 벽, 즉 나이, 성별, 심리, 온갖 규제 등에서 오는 갈등으로부터 쉽게 자유로워질 수 있기 때문이다. 이 시에서 시인은 시의 모두冒頭를 '국회의사당이 있는 여의도에/수만 송이 벚꽃이/나무에 올라앉아 웃었습니다'라고 벚꽃을 의인화하는 것으로 출발하고 있다. 벚꽃이 나무 위에 올라앉는다는 상상도 재미있지만, 벚꽃들이 웃는다는 표현을 함으로써 벚꽃에 인격을 부여한 사실이 평범하지 않다. 바로 그다음 연에서 말싸움하던 국회의원이 등장하는 것과 무관하지 않기 때문이다. 국회의원의 모습과 여의도에 활짝 핀 벚꽃은 상대적이다. 이는 강자와 약자, 추(싸움)와 미(웃음)라는 서로 다른 이미지를 묶어 폭력적 결합을 한 경우다. 그러나 3연에서 국회의원이 벚꽃 구경 나온 사람들 속으로 들어가 벚꽃처럼 활짝 웃으며 모두가 함께 어울리면서 상황이 놀랍게 반전된다. 상반되는 것들끼리의 폭력적인 이미지 결합이 의외로 큰 성과를 거둔 경우다. 또한 '오늘은/대한민국 국회의원에게/벚꽃이 웃음을 가르친/꽃요일입니다'라고 시인이 작품 속에 담고자 한 메시지를 명쾌하게 전달한 점도 감동적이다.

〈탑〉은 무생물체에 인격을 부여하여 마치 인간세계에서 일어나는 일처럼 탑을 의인화한 경우다. 시인은 1연 3행에서 '손을 든 돌', 2연과 5연에서 '돌이 돌을 무등 타고 서 있다', 3연 4행에서 '함께 나이를 먹는 돌', 4연 전체에서 '밀어내지 않고/투덜대지 않고/꽉 끌어안고'라고 마치 탑이 사람처럼 생각하고 행동하는 것처럼 인격화하여 생동감을 주고 있다. 그리고 열악한 환경 속에서도 불평불만하지 않고 함께 어우러져 서로를 견고하게 품고 살아가는 탑앞에 결국 인간이 고개를 숙이는 시적 전개 과정이 차분하면서 교훈적이다. 탑이라는 무생물을 통해 인간의 부끄러운 면을 깨닫도록 형상화한 점이 매우 값지다. 아울러 탑을 이루고 있는 돌이 '거룩한 힘, 단단함, 강력함'을 상징한다고 할 때, 이 시는 돌과 탑의 특성을 간결하고 쉽게 잘 이미지화했다고 할 수 있다. 아울러 시인은 2연과 5연에서 '돌이 돌을 무등 타고 서 있다'고 단 한 줄로 하나의 독립된 연을 구성하고 있는데, 앞에서도 여러 차례 언급했듯이 등가성의 원리를 적용하여 성공한 경우다. 다른 연과 비교하여 동등한 무게와 의미가 있다고 판단될 때는 길이에 상관없이 하나의 연을 만들 수 있다. 여기서 말하는 1개의 연은 극단적으로 하나의 글자나 부호가 될 수도 있다. 그밖에 '돌', '맞고', '않고', '돌이 돌을 무등 타고 서 있다'는 등 같은 말을 여러 차례 반복하면서 자연스럽게 리듬을 만들어 가고, 흥미를 유발하고, 의미를 강조해 가는 기법도 세련되어 보인다.

〈꽃씨 설계도〉는 한 편의 동화처럼 스토리가 있는 시다. 꽃나무가 꽃씨의 설계도를 그린다는 화두가 흥미롭고 호기심을 갖게 한다. 이 시의 시적 화자는 꽃나무인데, 꽃씨 설계도에 '향기방 다섯 개, 꽃가루방 두 개, 물감방 세 개, 웃음방 일곱 개, 눈물샘 한 개'를 그린다고 이야기함으로써 시가 구체적이고 현실적으로 보이도록 화자의 역할을 충실히 수행하고 있는 것을 발견할 수 있다. 이른

바 화자의 역할을 표면화한 것으로 보인다. 시의 내면을 좀 더 깊이 들여다보면 1연과 2연은 '설계도, 다섯, 두, 셋, 일곱' 등의 시어가 주는 고정관념 때문에 대단히 논리적이고 이성적인 느낌을 주는 반면, 3연과 4연은 '울음, 눈물, 보고 싶어' 등 감성적이고 정서적인 시어로 인해 따뜻한 인간미를 느끼게 된다. 두 개의 상반되는 개념이 공존하고 있는 구조다. 그러나 이 시의 3연 첫 부분에 '아, 깜빡했네'라는 감탄구가 나오면서 전반부와 후반부의 대립된 상황이 자연스럽게 하모니를 이루고 있다. 그래서 바로 다음에 '꽃씨도 울고 싶을 때가 있을 거야/눈물샘도 한 개 그려 넣었습니다'라는 감성적 이미지를 결합시키고 있는데도 불구하고 전혀 어색하지 않다. '봄이면/꽃씨가 어디까지 만들어졌나/보고 싶어/벌 나비가 꽃을 들락날락할 겁니다'라고 어린이의 호기심으로 끝마무리를 하는 세심한 배려 또한 아름답다.

조영수 시인의 시를 읽으면서 시종 순수한 동심과 만날 수 있어서 행복했고, 세련된 언어 구사와 선명한 주제의식, 메타포의 적절한 사용과 탄탄한 시적 구성을 발견할 수 있어서 기쁘다. 일반적으로 시는 은유에 이르러 시적 창조의 절정을 이루기 마련인데, 조 시인은 〈새 이름〉이나 〈탑〉을 비롯한 여러 편의 시에서 표현의 발랄함과 간결함으로 메타포의 미적 거리를 극대화하고 있다는 생각이다. 아는 바와 같이 은유가 성립되기 위해서는 우선 비교되는 두 대상이 서로 적당하게 미적 거리를 유지해야 하고, 대상을 비교할 때 어느 정도 연상적인 타당성과 설득력, 그리고 의외성의 긴장감이 있어야 한다. 시 속에 형성된 공간감과 독자의 정서적 거리를 통해 시 텍스트의 의미는 단순히 행간, 자간의 거리에서 머무는 것이 아니라, 상상력을 자극하면서 광범위하게 확장될 수 있다는 점도 부연해 둔다.

가장 좋은 동시는 어린이와 어른 모두에게 박수를 받는 시다. 앞으로 사명감과 긍지를 가지고 좋은 시로 세상을 환히 밝혀 주기를 조영수 시인에게 기대해 본다.

조영수

1959년 대전 출생, 2000년 계간 『자유문학』에 시, 2006년 조선일보 신춘문예에 동시 당선, 시집 「행복하세요?」, 동시집 「나비의 지도」 출간, 오늘의 동시문학상, 자유문학상 수상, 현재 한국동시문학회 이사, 예버덩문학의집 운영위원, 미래동시 모임 회원. • 0syua0@hanmail.net

심옥이 · 전세중

그리움의 승화

　시인은 시를 통하여 무엇인가를 말하려고 한다. 물론 과학자도 문장을 통하여 무엇인가를 말하고자 하지만 과학자는 이성적 사고와 논리화된 학문으로 말하는 것이고, 시인은 상상이라는 이미지를 통하여 말하고 있는 점에 근본적인 차이가 있다. 한 송이의 꽃을 보았을 때 과학자는 그 꽃의 종류가 무엇이며 어떠한 생태를 가졌는지 등 식물학적 관점에서 이해하고자 하지만, 시인은 그 꽃이 나에게 어떤 의미와 느낌을 주는가 하는 자신의 심정적 태도를 보이려고 한다. 이처럼 한 사물에 대한 인식이 과학자와 시인에게 있어서는 서로 다르다.

　심옥이 시인의 시를 읽으면 어딘가 모르게 친근감이 있고 온 세상이 아름답고 정겹게 느껴진다. 밝고 긍정적인 시각으로 사물의 온갖 미세한 움직임을 관찰하여 그것에 자신의 의미와 느낌을 부여하고 자기 정서로 소화하여 표현하고 있을 뿐 아니라, 동시에 그의 무의식 속에 동심童心이라는 맑고 깨끗한 우물이 자리잡고 있어서 끊임없이 순수하고 아름다운 시상詩想을 퍼 올리기 때문이라는 생각이다.

　심옥이 시인은 경북 성주 출신이다. 1999년에 동시로 등단하여 2000년에 첫 번째 동시집 「새벽 두레박」을 상재한 바 있다. 한국문인협회, 한국아동문학회, 경북아동문학회, 대구아동문학회, 경북문인협회 등에서 활발히 작품 활동을 하고 있다. 동시와 동화는 물론 서예에 남다른 달란트를 가지고 있어 대한민국서예대전 초대작가, 대한민국 정수서예문인화대전 초대작가, 서예학원 원장으로 후진들을 양성하는 일에 눈부신 활동을 하고 있다.

특히 이번 동시집은 심 시인의 모든 영혼이 투영되었다는 점에서 큰 의미가 있다. 즉 그가 창작한 시를 손수 붓으로 옮겨 쓰고 거기에 그림까지 곁들여 한 권의 작품집으로 내놓았다는 사실 하나만으로도 「이야기 속 발자국」의 출간은 매우 가치 있는 일로 평가할 수 있다.

상재한 70여 편의 작품들은 기본적으로 원초적 그리움과 전통적 율격을 어린이 정서에 맞게 시적으로 승화시키고 있어서 독자들에게 더욱 친근감과 안정감을 준다고 하겠다. 일반적으로 시를 일컬어 감정의 표현이니 정서의 표현이라는 말을 쓴다. 여기서 감정이란 어떤 자극이 계기가 되어 이루어지는 느낌이나 기분을 말하는데, 사물을 보거나 만질 때 일어나는 마음의 움직임이 때로는 기쁘거나 슬플 수도 있고, 아름답거나 즐거울 수도 있다. 그런데 심 시인의 경우는 사람이나 사물뿐 아니라 심지어 만질 수 없는 것이나 신에게까지 그리움의 대상으로 삼고 작품을 만들어 가고 있는 점이 특별하다.

이러한 그리움의 정서는 먼저 어머니로부터 출발하고 있음을 발견할 수 있다.

어머니 물동이 속

세월이 출렁거려요

언제나 부르면
대답할 것 같은데

언제나 귓불에
숨결이 스치는데

어머니 그리운 얼굴
다시 볼 수 없지만

어디선가 날 부르며
오고 있는 것 같아요.

−〈엄마는 언제나〉 전문

이 시는 시적 화자가 객관화된 주지시主知詩가 아니라, 자신의 감정을 표현한 주정시主情詩임을 알 수 있다. 그런데도 화자의 감정은 애매한 구름이나 바람이 아니라 확실하게 절제되어 있다. 화자가 어머니에 대한 그리움을 노래한 작품으로 화자의 그리움은 분명한 공간성을 갖고 있다. 일반적으로 그리움이라면 막연하고 추상적인 수식을 하기 일쑤인데 심옥이 시인은 여기서 그리움의 공간을 더욱 구체화하고 있다. 첫 연에서 그리움의 공간을 일단 물동이 속으로 한정시킨 다음에 3연에 가서 그리움의 공간을 화자의 귓불로 이동하고, 귓불에 어머니의 숨결이 스친다고 표현하고 있다. 그리고 어머니에 대한 그리움은 일시적 현상이 아니라 2연과 3연에서 거듭 제시하고 있는 시어 '언제나'를 통해 항구적이며, 마지막 연에서 '어디선가'라는 시어를 제시함으로써 그리움 자체가 공간적 개념을 초월하고 있음을 확인할 수 있다. 어머니에 대한 그리움의 정도를 막연한 관념어로 처리하지 않고 이처럼 감각적 사물 이미지로 구체화하고 있음은 바로 시인의 절제력에서만 가능하다.

흙 묻은 어머니 머리 수건 위로
빙빙 돌던 잠자리 한 마리
헬리콥터처럼 내려앉는다

사립문 딸랑
정겨운 어머니 소리 같아
소꿉 살던 막내 동생
삽살개와 뛰어온다

앞마당 멍석 위에
드러누운 맨살 고추
뙤약볕에 몸살 앓으며
빨갛게 익어 간다.

-〈시골집〉 전문

어린 시절 시골집의 정겨운 모습을 스케치한 자연 친화적 시로 밑바닥에 유년의 그리움이 깔려 있다. 이 작품은 행이 거듭되면서 마침내 어머니에 대한 그리움이 고조될 뿐 아니라, 흙, 사립문, 삽살개, 멍석 등 빈번히 등장하는 향토적 언어를 통해 심 시인의 원초적 정서에 내재한 향수를 읽을 수 있다. 이는 곧 그의 내면에 잠재된 그리움에서 비롯된 정서로, 전문적인 용어를 빌면 연상적 상상력에 의한 것이라고 할 수 있다. 사립문 딸랑거리는 소리에서 어머니가 들어오는 소리를 연상하고, 삽살개와 함께 뛰어오는 막냇동생의 발걸음 소리를 연상하고, 그 무한한 상상 속에서 그리움이라는 정서를 끌어내는 것은 예사로운 일이 아니다. 이른바 휴머니즘humanism의 진수를 보여 주었다고 하겠다. 그리고 1연에서 잠자리한 마리가 내려앉는 모습을 '헬리콥터처럼 내려앉는디'고 구체적인 상황으로 묘사한 것이나, 3연에서 '멍석 위에 드러누운 맨살 고추/뙤약볕에 몸살 앓으며/빨갛게 익어 간다'라고 표현한 것은 탁월한 비유와 시각적 이미지를 극대화한 경우로 2연의 청각적 이미지와 더불어 독자들의 동심을 자극하는데 매우 효과적인 역할을 하고 있다.

항아리는
배가 얼마나 큰지

메주 한 가마를
다 먹고

동이를 다 마셔도
새색시 마냥 시침을 떼요

항아리가 뱃속을
다 토하던 날

윤이랑 준이랑 빈이랑
항아리 뱃속에서 잠을 잤대요.

－〈항아리〉 전문

〈항아리〉는 동심이 잘 나타나 있는 시로, 의인화에 성공한 경우다. 의인화는 동심의 기본 심리 가운데 하나로 대상을 인격화하여 존엄성 있게 나타내는 데에 의의가 있다. 심 시인은 이 시에서 사람이 아닌 항아리에 인격적 요소를 부여하여 사람의 의지, 감정, 생각 등을 지니도록 하고 있다. 그래서 심 시인은 항아리가 메주 한 가마를 먹고, 샘물 몇 동이를 다 마시고도 '새색시 마냥 시침을 뗀다'고 항아리에 인격을 부여하고 있다. 그는 또 간장을 담은 항아리에 감정을 이입시켜 항아리의 크기를 탁월한 상상력으로 그려내고 있을 뿐 아니라 마지막 연에서 세 아이가 들어가 잠을 잤다고 함으로써 다시 한 번 항아리의 공간적 존재성을 구체화하고 있다. 사물에 관한 서술에서 심 시인은 이처럼 더욱 구체적인 사실을 발견하고 이를 통하여 존재들의 참된 리얼리티를 표현하고자 한 점이 돋보인다.

바람 한 점
흔들지 않았는데도

여린 맘 앓다가
눈꽃처럼 떨어지네

빠알간 아기 손
찔레꽃 새순

험한 세상 살다가
가시 돋았네.

－〈찔레꽃〉 전문

이 시는 간결하면서도 비유가 자연스럽다. 마치 찔레꽃이 사람이나 되는 것처럼 애처롭다는 생각까지 하게 한다. 꽃이 피었다가 때가 되면 바람 한 점 불지 않아도 꽃잎이 저절로 떨어지게 되는 것이나 찔레꽃 새순에 가시가 돋는 것은 자연의 질서고 이치이고 과학이다. 그런데 시인은 이 지극히 당연한 진리에 인격을 부여해서 꽃잎이 '여린 맘 앓다가' 눈꽃처럼 떨어지고, 새순이 '험한 세상 살다가' 가시 돋았다고 찔레꽃을 철저히 의인화하고 있다. 〈찔레꽃〉이 지극히 평범한 듯하면서도 우리에게 신선한 충격을 주는 까닭은 찔레꽃 새순을 객관적으로 바라보면서도 상상력을 동원하여 전혀 새로운 이미지로 형상화한 감각적 기법을 사용하고 있기 때문이다.

그리고 심옥이 시인의 시를 읽다 보면 그가 얼마나 우리의 전통적 리듬을 사랑하는지 알 수 있다. 한국시의 음수율은 여러 가지가 있지만, 4·4조(3·4조)는 그 대표적 율격이라고 할 수 있다. 사실 한국어는 특성상 어간과 어미가 합하면 대개 2음절 이상 4음절이 되기 마련이다. 우리 시가 바로 이 특성의 결정체로서 대개 3·3조, 4·4조의 기본 율격을 가지는 이유가 바로 여기에 있다고 볼 수 있다. 심 시인의 이번 시집에서 우리 시의 전통적 운율은 어디서든지 어렵지 않게 찾아볼 수 있는데 이 또한 원초적 그리움의 정서와 무관하지 않다고 판단한다.

이제는 다 떠나가고
혼자 서서 웁니다

찢기고 빛바랜

밀짚모자 벗어 놓고

눈보라 가슴 치고
찬바람 에워싸도

팔 벌려 춤을 추던
가을 들판 생각하며

허수아비는 눈을 감고
잠을 청해 봅니다.

–〈허수아비 · 2〉 전문

　이 시는 심옥이 시인이 〈허수아비〉라는 같은 제목에 일련번호
1 · 2 · 3 · 4를 붙여 쓴 4편의 연작시 중 하나다. 그런데 이 4편의
시들은 각각 허수아비를 노래하면서도 독립성을 유지하고 있다.
여기서 독립성이란 소재의 독립이 아니라 작품성의 독립을 말하
는 것으로, 〈허수아비 · 1〉은 빈 들녘에서 남루하게 서서 온갖 고
통을 견디는 인내의 허수아비, 〈허수아비 · 2〉는 풍요롭던 가을 들
판을 생각하며 외로움과 쓸쓸함으로 서 있는 겨울 허수아비, 〈허
수아비 · 3〉은 허수아비 팔뚝에 앉은 새 한 마리와 정겹게 놀고 있
는 한가로운 허수아비, 그리고 〈허수아비 · 4〉는 행여나 길 잃은
참새 한 마리가 찾아올까 봐 늦게까지 기다리는 사랑 많은 허수
아비를 각각 개성 있게 묘사하고 있다. 특히 앞에서 인용한 〈허수
아비 · 2〉는 시어 자체도 밀짚모자, 눈보라, 가을 들판, 허수아비
등 익숙한 시어들로 우리에게 친밀감을 느끼게 한다. 그리고 시인
은 첫 연에서 허수아비를 '이제는 다 떠나고 혼자 서서 운다'라고

구체화함으로써 극적인 긴장감을 고조시키고 있다. 그런 뒤에 형편없이 초라해진 허수아비의 모습을 시각적으로 보여 주어 동정심을 촉발하고, 마침내 허수아비가 풍요롭던 가을 들판을 회상하며 차라리 눈을 감고 체념하는 것으로 마무리한 일은, 첫 부분의 혼자서 우는 정서와 짝을 이루어 시적 구조를 탄탄하게 만들어 갔다는 점에서 값지다.

이 시는 또한 각 연이 동일하게 2행으로 이루어졌는데, 4·4조의 기본 율격을 지닌 정형시로 우리에게 친근감이 느껴지지만, 어딘가 쓸쓸함을 갖게 한다. 리듬의 효과는 이와 같은 개인적인 정서나 감정의 조절뿐 아니라 사람과 사람끼리의 연대 관계에도 적지 않은 영향력을 미치고 있다. 그래서 어린이들의 유희나, 노래에 맞춘 동작, 행진 등으로 사람들을 협동시키는 리듬은 그 자체로서 사회적인 의의까지 포함하고 있다.

봄 산은 화가의
손인가 봐요

진달래 철쭉꽃
동백꽃 개나리

예쁘고 예쁜
꽃을 그려 내지요

봄 길은 인자한
할머니 같아요

무섭고 춥던 바람
따뜻한 품으로 녹여 주고

정겨운 얼굴 점 점 점
웃음 지으며 다가오지요

봄 들녘은 보글보글
아지랑이 끓이고

숙제하는 아이들
손짓으로 불러요.

–〈봄이 일어나네요〉 전문

〈봄이 일어나네요〉는 동시의 제목으로서 참 흥미롭다. 각 연이 2행으로 이루어진 8연 16행의 비교적 긴 시이지만 반복된 리듬의 계속된 자극으로 독자의 감정과 분위기를 더욱 흥겹고 활발하게 만든다. 그리고 이 시의 화자는 먼저 봄 산을 '예쁘게 꽃을 그리는 화가의 손'으로, 봄 길을 '인자한 할머니의 따뜻한 품'으로, 그리고 봄 들녘은 '아이들을 부르는 손짓'에 비유하고 있어서 매우 역동적인 모습을 보여 주고 있다. 특히 봄 들녘이 보글보글 아지랑이를 끓인다고 표현한 것은 동심이 그대로 묻어 있는 순수하고도 기발한 상상이다.

이밖에 각 연이 순전히 2개의 행으로 이루어진 경우는 심옥이 시인의 시 가운데 전체의 65%^(77편 중 50편)로 시의 대부분을 차지하고 있다. 그 외에 3행, 4행, 5행이 각각 한 연을 이루는 예도 있고, 어떤 시는 그 이상의 여러 행이 모여 전체가 한 연을 이루는 예도 있어서 형태가 다양하다. 우리 동시의 흐름을 보면, 대체로 정형 동시는 2행, 3행, 혹은 4행을 1연으로 삼는 것이 보통이고, 자유 동시에서도 주로 2행을 한 연으로 삼고 있다. 이러한 1연 2행의 동시에 익숙해진 우리에게 심 시인의 시가 남다르게 친근감을 주는 것은 지극히 당연한 일이라고 본다.

심 시인의 전통적 연과 행 가르기에 대한 애착은 마침내 동시조의 영역에 이르러 놀라운 성과를 거두고 있다.

꽃잎 지는 소리에
잠 깨어 일어나요

베갯머리 흰 머리칼
많이도 쌓였어요

세월도
납작 엎드려
한숨 쉬고 가네요.

―〈아버지〉 전문

앞의 시 〈아버지〉에서 보듯이 우리의 시조는 종장을 제외하고는 율격이 그다지 정확히 지켜지지 않는 편이다. 시조는 읊는 이의 생리적 호흡에 맞도록 한국의 전통적 시가의 기본 율격인 3·4조 혹은 4·4조가 연결되어 3장으로 정형화된 것이지만, 시조의 기본 율격은 실제로 얼마든지 그 변형이 가능하다. 각구各句의 음수는 그것을 중심으로 전후에 약간의 변화를 자유롭게 할 수 있다는 말이다.

앞의 〈아버지〉는 특히 초장·중장·종장 가운데 종장의 자수율을 철저히 지킨 동시조로 세월의 무상함을 절실하게 느낄 뿐 아니라, 향수처럼 옛 것에 대한 원초적 그리움이 묻어 있어 더욱 정감이 가는 동시조다.

먹물 와락 쏟아 놓은
봉창이 밝아지면

작고 낮은 처마 끝에
도란도란 이야기들

마음이 먼저 가서
귀만 자꾸 커지네

생솔가지 타는 내음
빨래처럼 걸어 널면

아궁이 앞 삽살개도
눈 비비며 일어나고

이야기 속 발자국들이
대숲처럼 일어선다.

–〈어린 날의 아침은〉 전문

〈어린 날의 아침은〉은 초장과 중장은 4·4조를 기본 율격으로 하고 있지만 종장의 기본 자수율 3·5·4·3을 벗어나고 있는 경우다. 일반 시조와 다르게 간결하고 쉬운 내용으로 되어 있어서 어린이들이 이해하기 편할 뿐 아니라 어른들이 읽어도 전혀 모자람이 없는 좋은 동시조다. 풍부한 어휘와 무한한 상상력으로 읽을수록 새롭고, 맛이 나고, 어린 시절을 그리워하게 한다. 특히 '마음이 먼저 가서/귀만 자꾸 커지네'라든가, '생솔가지 타는 내음/빨래처럼 걸어 널면' 등의 비유는 참으로 놀라운 것이다. 그리고 종장에 가서 '이야기 속 발자국들이/대숲처럼 일어선다'라고 한 표현은 수준을 뛰어넘은 고차원의 비유라고 하겠다. 동시든 동시조든 어린이를 대상으로 쓰인 시라고 해서 유치하고 시적인 수준에 도달하지 못한다면 아무리 정성을 다해서 썼다고 하더라도 의미가 없다. 특히 동시는 일차적으로 어린이를 대상 독자로 하므로 정서순화에도 그 기능이 있지만, 자라는 어린이의 지능이나 언어발달에 크게 영향을 준다는 효용성도 무시해서는 안 된다. 혀 짧은 유아어를 흉내내거나 말재주를 부리는 것으로 착각해서도 안 되고, 의성어나 의태어를 자주 반복하여 쓰거나 무조건 쉬운 언어만 쓴다고 동시나 동시조가 되는 것은 아니다. 심 시인의 〈어린 날의 아침은〉이나 〈아버지〉는 앞에서 지적한 동시나 동시조에 대한 문제점을 잘 극복하고 있다. 다시 말해서 심 시인은 풍부한 생활 체험을 바탕으로 실제 동심 세계의 형상화를 조화롭게 잘 이루어 내고 있어서 어린이는 물론 동심이 있는 어른들에게 유년의 그리움이나 친근감을 느끼게 한다.

아울러 심 시인의 시를 관심 있게 살피다 보면 어딘가 모르게 독실한 신앙인으로서의 성서적 사랑을 만날 수 있다. 〈은혜의 해〉처럼 직설적 표현에 의해 어린이들의 신실한 신앙생활을 시로 쓴 예도 있지만, 〈허수아비·4〉처럼 성경의 어느 한 구절을 비유해서 쓴 시도 있다.

> 개미떼처럼 날아왔던
> 참새들이 날아가 버리면
>
> 행여나 길 잃은
> 참새 한 마리 찾아올까
>
> 어둠이 묻어와도
> 기다리고 서 있습니다.

–〈허수아비 · 4〉 전문

이 시는 성서에 나오는 유명한 '잃어버린 양 한 마리'의 비유와 정서를 같이하고 있다. "만일 어떤 사람이 양 백 마리가 있는데 그중 하나가 길을 잃었으면 그 아흔아홉 마리를 산에 두고 가서 길 잃은 양을 찾지 않겠느냐? 진실로 너희에게 이르노니 만일 찾으면 길을 잃지 아니한 아흔아홉 마리보다 이것을 더 기뻐하리라. 이처럼 이 작은 자 중의 하나라도 잃는 것은 하늘에 계신 너희 아버지의 뜻이 아니니라"라는 〈마태복음〉 말씀을 연상하게 하는 시다. 예수님은 제자들이 알기 쉽도록 잃어버린 양의 비유를 들면서 한 사람을 중요하게 여기는 하나님의 마음을 알려 주고 있다. 그런 하나님의 마음을 심옥이 시인은 〈허수아비 · 4〉에서 은유적으로 보여 주고 있다. 혹시 길 잃고 헤매는 참새 한 마리를 위해 밤늦게까지 기다리는 허수아비의 마음은 곧 '작은 자 중에 하나라도 잃는 것은 하나님의 뜻이 아니라'고 말한 하나님의 마음과 일치된다.

우연히 심옥이 시인의 인생 철학에 관한 기사를 읽은 일이 있다.

기자와의 인터뷰에서 '사람을 사랑하고 하나님을 공경하며 모든 영광을 하나님께 돌리는 것'이라고 했다. 이와 같은 경천애인敬天愛 人의 정신이 곧 그의 시세계를 더욱 순수하고 맑고 아름답게 만들었다는 생각이다.

결론적으로 심옥이 시인은 인간이 지닌 원초적 그리움을 인간과 자연과 전통성, 그리고 신에게까지 그 범주를 넓혀 가며 한 편의 시로 승화시키고 있는 점에 주목할 일이다. 작품을 읽으며 다소 아쉬운 부분도 있었지만, 처음부터 끝까지 무한한 상상력과 뛰어난 비유가 많은 감동을 주었다. 그러한 장점들을 작품 속에서 제대로 살려 나간다면 앞으로 좋은 동시가 많이 태어나리라는 확신이 선다. 다시 한 번 시서화詩書畵를 곁들인 아름다운 시집 출간을 축하하며, 이 시집이 세상의 어른들과 어린이들에게 소중한 선물이 되기를 기대한다.

심옥이

한국방송통신대학교 국어국문학과 졸업, 1999년 월간 『아동문학』 신인상, 2004년 고려문학상 대상 수상, 동시집 『새벽 두레박』, 시서화 육필 동시집 『이야기 속 발자국』, 성경서예작품집 『오직 말씀으로』 출간, 한국문인협회 · 경북문인협회 · 대구아동문학회 · 한국아동문학회 회원, 구미문학회 부지부장 역임, 대한민국서예대전(국전) 초대작가 · 심사위원 역임. • pulpili@hanmail.net

예술의 형상화

자연을 노래한 것이든 현실을 노래한 것이든 시는 어디까지나 인간의 구경적究竟的인 표현이 되어야 하고, 생명의 내면과 영원을 울려 주는 것이라야 한다. 그래서 시는 곧 체험의 형상화라고 말할 수 있다. 그러나 인생을 표현하고 생명을 해석한다는 시의 이념이 예술적으로 형상화되지 못하고 생경하고 추상적인 이념과 이상의 진술이 되어서는 안 된다. 현대시가 아무리 철학화되고 관념화되는 경향이라고 하지만 역시 형상화의 과정을 거치지 않으면 참다운 시가 될 수 없다.

특히 동시의 경우, 어린이가 1차 독자이기 때문에 성인이 어린이의 관점에서 체험을 형상화하는 일이 그렇게 쉬운 일은 아니다. 더구나 관념적인 것을 어린이의 수준에 맞추어 시로 형상화하는 작업은 동심에 대한 폭넓은 지식과 세련된 기술을 필요로 한다. 기존의 경우도 마찬가지지만, 요즘 발표되고 있는 현대 동시의 경우 대부분이 형상화 작업에 미숙함을 보여 안타깝다.

전세중 시인은 마흔아홉에 시를 쓰기 시작하여, 2002년에 공무원문예대전 시조 부문 최우수상을 받았고, 2004년에 농민신문 신춘문예 시조가 당선되었으며, 2007년에 공무원문예대전 동시 부문에 최우수상을 받는 등 비교적 든든한 바탕 위에서 시조와 동시를 쓰는 분이다. 얼마 전 잠깐 만났을 때 직업에서 오는 선입견과 달리 구김살이 없고 해맑다는 인상을 받았다. 그가 향토적인 언어와 참신한 이미지로 시적 대상과 교감하면서 동심과 접맥하고, 자연스럽게 한 편의 시로 형상화할 수 있었던 것은 그의 이러한 성품과 무관하지 않다.

할머니는 하늘을 바라본다
소나기 한 줄기 내렸으면 하는 눈치다
그러나 하늘은 맑기만 하다
매미는 연신 뜨거운 울음을 뱉어낸다
잠자리는 하늘을 즐겁게 날아다닌다
할머니는 우는 손자를 달래려고
느티나무 밑에 있는 의자에 앉았다
그늘과 놀기 시작했다
손자는 그늘을 만지작거리며 웃었다
그늘은 할머니의 주름 구석구석에 맺힌
땀방울을 닦아 주었다
이따금 가지에 얹혔던 실바람이 내려와
할머니의 굽은 어깨를 만져 주었다
햇볕은 느티나무 주위를 빙 둘러서서
그늘 속으로 들어오려고 애를 썼다
해가 산 넘어갈 무렵
할머니는 어깨의 그늘을 내려놓고
집으로 돌아갔다

느티나무는 40년 전에 할머니가 심은 것이었다.
— 〈할머니와 느티나무〉 전문

앞의 시 〈할머니와 느티나무〉는 할머니와 느티나무의 이미지를 선명하게 묘사함으로써 '시는 곧 그림'이라는 말을 실감나게 한다. 느티나무 아래에 앉아서 손자를 달래는 할머니의 포근한 사랑과 할머니의 굽은 어깨를 만져 주는 실바람의 넉넉한 사랑이 잘 형상화된 작품이다.

전세중 시인은 이 시에서 '느티나무는 40년 전에 할머니가 심은 것이었다'고 마무리함으로써 사랑의 대상을 단순히 인간에게 한정하지 않고 자연에 이르기까지 폭넓게 확산시키고 있음을 보여 주고 있다. 시의 소재 또한 '할머니'와 '느티나무'라는 중심 소재를 바탕으로 온전히 자연 속에서 소재를 선택한 점에 주목할 필요가 있다. 일반적으로 자연의 어떤 광경, 석양이나 달빛이나 산림, 바다 등은 때에 따라 우리를 크게 감동하게 하면서 사람의 괴로움이나 죽음에 대한 이념도 우리에게 커다란 충격을 주는 원인이 되는데, 이러한 종류의 감동은 다른 감동과 달라서 미의 세계를 형성하려는 원인이 된다.

그리고 시인이 앞의 시에서 전체적인 이미지를 역동적인 것으로 결합하여 강한 생명력을 암시한 점이라든지, 시어를 '매미→잠자리→실바람→해'의 순서로 배열하여 대상물의 활동 영역을 시간의 흐름에 따라 확산시켜 나간 점, 의인화를 통하여 훈훈한 인간미를 도출해 낸 점 등은 동심적 사랑을 질서정연하게 형상화한 경우로 매우 돋보인다. 아울러 시의 전반부에서 가시적 현상들을 사실적으로 묘사하고 나서 후반부에 '손주, 할머니, 그늘, 실바람' 등이 지닌 역동성을 동심에 접맥하여 독특한 시적 이미지로 창출해 낸 점 또한 값지다.

방안 한편
대바구니에 담긴
고향에서 온 모과

산골길 돌아가듯 구불구불하다
그곳에
산토끼 다람쥐가
바스락거린다

시냇물 흘러가듯 울퉁불퉁하다
그곳에
미꾸라지 붕어가
일렁인다

노란 보리밭 물결 넘실댄다
그곳에
어머니의 손길이
바쁘다

그 소리들이
방안 가득 몰려와 있다.

-〈모과〉전문

    인용한 시 〈모과〉역시 고향에 대한 사랑이 유년의 추억 속에서 구체적으로 형상화된 작품이다. 먼저 모과의 외형적 특징에 맞는 의태어 '구불구불, 울퉁불퉁' 등의 의태어를 선택하여 산과 시냇물로 비유한 다음에 산토끼 다람쥐의 움직임을 청각적 이미지로, 미꾸라지와 붕어의 움직임을 시각적 이미지로 구체화한 점, 그리고 노란 보리밭에서 일하는 어머니의 손길과 애향심을 부드럽게 연결하고 있는 점 역시 전세중의 시에서 느낄 수 있는 특별한 향기로 볼 수 있다.

리샤아르의 말처럼 '문학이란 존재를 파악하려는 의식의 노력'이다. 그러기에 시인은 기존의 언어에다 가능한 많은 의미를 부여하고 또 새로운 용법을 찾아낸다. 이때 시인은 이미 현실 언어의 의미를 파괴하기 시작하고, 파괴된 언어는 그 자체가 사회에서 일정한 개념인 약속된 언어가 아니라 그 시인만의 독특한 언어가 되는 것이다.

그밖에 남북통일이라는 관념적인 사실을 비상구라는 구체물로 형상화한 〈비상구〉, 파란 들판에서 소를 몰고 가는 시골 아이의 평화로운 모습을 묘사한 〈시골 아이〉, 꽃이 피고 지는 자연의 원리를 철학적인 시각으로 조명한 〈꽃〉 등에서 동심적인 순수한 사랑을 발견할 수 있다. 사상이나 개념을 그대로 전달하려는 것이 아니고 감동적인 정서로 만들어 새롭게 환기하려는 것이 시의 세계라고 전제할 때, 전세중의 시가 추구하는 것은 머리의 세계가 아니라 충격과 놀라움과 뜨거움 등으로 느끼는 가슴의 세계인 동시에 사랑의 세계다.

시의 리듬과 운율을 통하여 어린이들은 감각적인 혀와 귀의 즐거움을 경험한다. 그러나 현대 동시의 경우, 안타깝게도 리듬을 무시하거나 지나치게 외형적인 운율 맞추기에 급급한 나머지 동시의 참맛을 잃어버리는 경우가 자주 눈에 띈다. 그런데 전세중의 시는 작품 속에서 리듬이 살아 움직이고 있다. 정형시는 말할 필요도 없고, 자유시도 시를 읽어 가다 보면 저절로 흥이 나고 은밀한 우주의 소리를 들을 수 있다.

오무렸다 폈다
오무렸다 폈다

땅 한 모퉁이가
움칠움칠

세상 한 모퉁이가
꿈틀꿈틀.

-〈자벌레〉 전문

미물에 불과한 자벌레를 보면서 동심의 시각으로 가장 함축적인 언어로 사물의 특성을 묘사한 점이 주목할 만하다. 그리고 동시의 주요 부분에 해당하는 운율을 효과적으로 잘 살려 쓴 점도 동시다움을 만들어 가는 데 크게 이바지하고 있다.

〈자벌레〉에서 볼 수 있듯이 리듬은 청각적으로 우리를 자극하고, 이미지는 감각적으로 우리를 자극한다. 그래서 자벌레 한 마리가 땅 한 모퉁이를 움칠거리게 하고, 세상 한 모퉁이를 꿈틀거리게 한다. 그리고 1연에서 '오무렸다 폈다'를 두 번 반복하여 리듬감을 분명히 제시해 놓은 뒤, 2연에서 '땅 한 모퉁이가/움칠움칠', 3연에서는 '세상 한 모퉁이가/꿈틀꿈틀'이라고 의태어의 속성을 잘 살려서 리듬의 효과를 극대화한 점도 간과해서는 안 된다.

시가 예술의 영역에 포함될 수 있는 최대의 요소는 정서적이고 상상적인 기능이 있기 때문이다. 그런데 그 정서적 기능의 발생은 감정의 충동에서 비롯되는 것이다. 그리고 그 감정의 충동은 감각적인 것으로서 음악이나 미술이 갖는 청각과 시각의 자극에서 시작되는 것이다. 과거의 모든 시가 정형을 취했던 이유 가운데 하나는 바로 이러한 음악적 기능의 인식에 있었던 까닭이다. 현대 시가 청각보다는 시각성에 호소하는 경향이라고 하지만 그것은 본질적으로 정서적 체험이라는 데서 동일한 것이며, 정서가 시의 기본적인 요소가 되는 한 시의 운율성은 영원히 배제할 수 없는 것이다. 그래서 에드거 앨런 포는 시를 '미의 운율적 창조'라고 하였고, 허드슨도 '시의 정서와 상상은 특별한 표현 형식을 통해야 하는데 그 형식이란 물론 규칙적인 것으로 운율적인 언어나 율격'이라고 시사한 바 있다.

① '소리 지르지 마세요
산이 놀라요'
우리 동네 뒷산 중턱에
걸린 현수막

바람에 펄럭이면
하얀 음성이 나직나직 울려 나오지요
산이 먼저 귀 기울여 듣고
가슴을 가라앉히지요

산에서 소리 지르면
나무들 가슴이 펄떡펄떡 하지요

산새들 가슴이 팔딱팔딱 하지요
다람쥐 가슴이 조마조마 하지요

소리 지르지 마세요
메아리도 놀라서 몸을 떨어요.

-〈현수막〉 전문

② 대나무는 뿌리가 튼튼하다
그래서 곧게 씩씩하게 자란다
대나무는 뿌리가 튼튼하다
그래서 하루 한 뼘씩 쑥쑥 자란다
대나무는 뿌리가 튼튼하다
그래서 단단하다
대나무는 뿌리가 튼튼하다
그래서 늘 푸르다
대나무는 뿌리가 튼튼하다
그래서 잘 부러지지 않는다
대나무는 뿌리가 튼튼하다
그래서 어디든지 뻗어 간다
대나무는 뿌리가 튼튼하다
그래서 많은 새들이 집을 짓고 산다.

-〈대나무〉 전문

운율적인 언어와 율격은 전세중의 시에서 자주 만나게 되는데. 인용한 두 편의 시 〈현수막〉과 〈대나무〉는 리듬감이 두드러진 경우다. 〈현수막〉은 3연에서 '나무들 가슴이 펄떡펄떡 하지요/산새들 가슴이 팔딱팔딱 하지요/다람쥐 가슴이 조마조마 하지요'라고 3·3·4·3의 정형률을 엄격하게 지킴으로써 마치 동요를 연상하게 한다. 그리고 〈대나무〉는 전체적인 구성 자체가 매우 규칙적이다. 일곱 번에 걸쳐 '대나무는 뿌리가 튼튼하다'라는 말을 전제한 뒤 각각 대나무의 특성을 나열하는 방식이 다소 의도적이긴 하지만, 행이 바뀔 때마다 새로운 상황을 전개하면서 어린이의 수준에 맞추어 교훈적인 내용을 사랑으로 승화시킨 점이 신선하다. 그러나 시 창작에서 〈대나무〉처럼 단순한 구조를 밑바탕에 깔고, 같은 구절을 여러 차례 반복하다 보면 다소 지루한 감을 배제할 수 없을 뿐더러 자칫하면 식상함까지 동반할 수 있다는 점을 명심해야 한다.

그렇다고 시에서 음악적인 것을 제거한다면 시의 가장 중요한 부분을 상실하는 셈이 된다. 시에서 음악성을 상실할 때 정서적 기능은 무의미하게 되고 시의 감동적 체험은 끝나게 되는 것이다. 오늘날 일부 자유시에서 운율의 정형이 부정되고 있으나 내재율을 지닌 까닭도 여기에 있다.

전세중의 시를 읽으면서 이따금 세련된 상상과 만나게 되는데, 이는 시의 저변에 깔린 풍부한 상상력이 그의 시를 생명력 있고 기름지게 만들 뿐 아니라, 자연과 자유롭게 교감하면서 자연 속에서 순진무구한 사랑의 이미지를 창출해 내고 있기 때문이다. 인간과 인간의 관계는 물론 인간과 자연, 자연과 자연의 폭넓은 관계까지 순수하고 투명한 동심적 사랑으로 형상화한 점은 전세중의 시가 거두어 낸 성과로 분석할 수 있다.

① 떨어질 때
나뭇잎이
손잡아 주고

작은 풀잎은
두 손 모아
안아 준다

빗방울은
땅속
창문을 열고

잠든 뿌리를
가만히
깨운다.

-⟨빗방울⟩ 전문

② 산골길에
진달래꽃
가로등 켰다

할미꽃
길 못 찾을까 봐

마을길에
개나리꽃

등불 켰다

봄날
빨리 갈까 봐.

-〈낮에도〉 전문

인용한 시 ①과 ②는 자연에다 온갖 상상력을 동원하여 신비롭고 생기 있는 사물을 창조한 경우로 전세중의 시에서 빈번히 발견할 수 있는 사랑의 정신과 무관하지 않다. 과학적인 글에서 빗방울은 '구름이 찬 기류를 만나 엉겨 떨어지는 한낱 물방울'에 지나지 않으며, 나뭇잎이나 풀잎 역시 잎과 줄기와 뿌리를 가지고 있는 단순한 식물에 지나지 않는다. 그러나 전세중 시인은 〈빗방울〉에서 가시적인 사실성이나 생활과 관련된 실용성을 진술하는 것이 아니고, 일상적인 사고를 뛰어넘어 특별한 사고로 사물을 인식하고 이를 형상화한다. 보다시피 시 ①의 주어는 빗방울이다. 이 빗방울이 첫 연에서는 떨어질 때 나뭇잎이 손을 잡아 주고, 둘째 연에서는 작은 풀잎이 두 손 모아 안아 준다고 표현함으로써 나뭇잎이나 풀잎을 사랑의 주체로 세웠고, 셋째와 넷째 연에서 시인은 이 시의 주제어인 빗방울이 땅속의 창문을 열게 하고, 잠든 뿌리를 깨우도록 빗방울을 능동적인 사랑의 주체로 만들고 있다. 이 시는 한마디로 동심적 사랑의 메시지라고 할 수 있다.

앞의 시 〈낮에도〉에서 시인은 산에 핀 진달래꽃을 할미꽃이 길을 잘 찾아오라고 켜 놓은 가로등으로, 마을에 피어 있는 개나리꽃을 봄날이 빨리 갈까 봐 켜 놓은 등불로 표현한 것도 독특한 상상력의 실체다. 다만 이미지의 성격상 가로등과 등불의 위치를 바꾸어 등불은 산에, 가로등은 마을에 결합하는 것이 시를 더 짜임새 있게 하지 않을까 생각한다.

상상이란 무생물이나 식물에 대한 일상적 통념에서 벗어나 사물을 새롭게 보는 관점이고, 감정이 없는 식물이나 무생물에 감정을 넣어 인간과 다정한 관계를 수립하는 것이며, 현실과 또 하나의 상상적 세계를 창조하는 일이다.

모든 문학이 정서와 상상을 기본적인 요소로 삼고 있지만, 특히 동시에서는 그런 현상이 두드러진다. 정서가 순화된 인간의 감정이고 문학을 예술답게 해 주는 기능을 지닌다면, 상상은 예술의 무한한 세계를 확대하면서 창조적 기능을 다하는 것이다. 특히 동시에서 상상이 차지하는 비중은 절대적이다.

다만 상상이 이미지를 형성하고 문학의 독창성을 만드는 것은 사실이지만, 그렇다고 상상이 무에서 유를 만들어 내는 것이 아님을 명심하지 않으면 안 된다. 시인의 상상은 체험의 소재들을 결합해서 새 물건을 만들어 낸다는 의미에서 창조적이지 결코 시인이 과거의 체험 없이 상상적으로 쓸 수 있다는 것을 의미하지는 않는다. 따라서 무엇이나 근거 없이 생각하는 일은 상상이 될 수 없다.

조그만 연못 속에
하늘이 엎드려 있다
해가 길을 가고 있다
산은 앉아 있고

나무가 손잡고 서 있다
그 중심에 내가 서 있다
모두 정답게 어울러 있다

누군가 돌을 던졌다
물고기들이 흩어진다
해가 흔들렸다
산이 흔들렸다
나도 흔들리고
모든 것이 흔들렸다

무심코 던져진 돌에
조그만 연못 동네
모두 떨었다.

-〈연못〉 전문

인용한 시 〈연못〉은 우리가 살아가는 인간들의 세계다. 한없이 평화롭고 행복하게 살던 세상에 예측할 수 없는 환난과 불행과 고통이 몰아닥치면 공포에 떨 수밖에 없는 나약한 존재가 인간이다.

1연은 평화스럽고 사랑이 충만한 에덴동산의 아름다운 정경이다. 연못과 하늘, 해와 산, 나무, 그리고 그 중심에 시적 화자인 내가 정답게 어우러져 있다. 그야말로 우주만물과 인간이 하나가 되는 물아일체物我一體의 경지이고, 물심일여物心一如의 세계다.

그런데 2연에 가서 상황이 갑자기 반전한다. 고요한 연못에 누군가 던진 돌멩이가 날아오자 물고기들이 흩어지고, 해와 산이 흔들리고, 화자인 내가 흔들리고, 주변의 모든 것들이 흔들려 조그만 연못 전체가 두려워 떨고 있다. 이는 인간에 의해 자연이 파괴되고 해체되는 현상으로, 인간과 자연의 공존체제가 완전히 무너지는 것을 시사하고 있다. 사랑과 화평과 소망이 존재하는 대신 미움과 전쟁과 어둠만이 들끓는 악마의 세계가 존재할 뿐이다. 그러나 어린이들의 처지에서 볼 때, 연못은 어린이들 자신이 존재하는 순진무구한 세상이고, 돌을 던지는 사람은 항상 권위주의적 입장에서 어린이들을 간섭하고 자유를 구속하는 어른들로 해석할 수 있다.

전세중 시인은 이밖에 시 〈연못〉, 〈잘도 살지요〉, 〈걸어오길 잘했지〉, 〈꽃〉, 〈조약돌〉, 〈새싹〉, 〈파도〉 등에서 감정의 구체화가 상상력에 의한 이미지 창조로 성립된다는 사실을 확연히 보여 주고 있다.

인간은 대자對自인 동시에 즉자卽自로 존재하려는 속성을 가지고 있어서 주체이면서 객체가 되고 의식과 대상이 상반되면서도 하나가 되려고 부단히 노력한다. 그런데 자연과 인간이 하나가 되기 위해서는 서로 공통적인 요소가 있어야 한다. 인간은 감정이나 의식을 가진 존재이지만 자연은 감정도 의식도 없는 존재다. 따라서 인간을 자연으로 물화物化하거나 자연을 인간으로 육화肉化시켜야 서로가 결합할 수 있다. 그래서 시인들은 자연을 사랑하고 자연을 생명의 모체로 생각하면서 화합하려고 한다.

전세중 시인은 체험적, 동심적 사랑 위에 운율의 미를 접맥하여 상상의 날개를 달고 형상화함으로써 이 나라 아동 문단에 동시다운 동시가 무엇인지 시사해 주었다고 높이 평가할 수 있다.

갈수록 피폐해지는 현대인들의 마음밭에 더욱 신선하고 맑은 시로 동심의 꽃을 활짝 피웠으면 하는 바람이다.

전세중

경북 울진 출생, 한양대학교 행정대학원 졸업, 시인·수필가·칼럼리스트·사진작가, 2004년 농민신문 신춘문예 시조 당선, 『열린시학』에 시, 『오늘의 동시문학』에 동시로 등단, 공무원문예대전에서 시조와 동시 부문 최우수상, 2019 KBS창작동요대회 노랫말 우수상, 아름다운글문학상 수상, 대한민국순국선열유족회 이사, 시의 향기 회장, 나라사랑문인협회·송파문인협회 부회장, 울진아리랑(박범훈 곡) 등 동요·가곡 150여 곡 작사, 지은 책으로 『한말 울진 결세항쟁과 정미의병』 등 30여 권.
• junse5312@hanmail.net